U0585774

中国当代文学
新批评丛书

主　　　编
贺　仲　明
李　遇　春

王　尧　著

历史·文本·方法

SPM 南方出版传媒·广东人民出版社

·广州·

图书在版编目（CIP）数据

历史·文本·方法 / 王尧著. -- 广州：广东人民
出版社，2022.1
（中国当代文学新批评丛书 / 贺仲明，李遇春主编）
ISBN 978-7-218-15343-8

Ⅰ.①历… Ⅱ.①王… Ⅲ.①中国文学－当代文学－
文学评论－文集 Ⅳ.① I206.7-53

中国版本图书馆 CIP 数据核字（2021）第 213180 号

LISHI·WENBEN·FANGFA

历史·文本·方法

王尧 著

版权所有　翻印必究

出 版 人： 肖风华

责任编辑： 李力夫
责任技编： 吴彦斌　周星奎
封面设计： 周伟伟

出版发行 广东人民出版社
地　　址： 广州市海珠区新港西路 204 号 2 号楼（邮政编码：510300）
电　　话： （020）85716809（总编室）
传　　真： （020）85716872
网　　址： http://www.gdpph.com
印　　刷： 三河市荣展印务有限公司
开　　本： 787mm×1092mm　1/16
印　　张： 17.5　**字　　数：** 220 千
版　　次： 2022 年 1 月第 1 版
印　　次： 2022 年 1 月第 1 次印刷
定　　价： 68.00 元

如发现印装质量问题，影响阅读，请与出版社（020-85716849）联系调换。
售书热线：（020）85716826

自 序

按照通常的分类，我只是广义的"批评家"。我现有的文字，多数是文学史研究，少数是文学批评，有些是介乎两者之间的文字。

关于中国当代文学研究，我也主张分为作为文学史的当代文学研究和作为文学批评的当代文学研究，但这两者常常难以截然分开。即便是文学批评也需要以文学史为潜在的参照，这一观点或许保守，但审视被诟病的文学批评，其问题之一便是因为没有文学史可资参照而信口开河。我的同行朋友中，确有专注文学批评的，但这一类型的批评家似乎越来越少，越来越少的批评家在形成文学研究的专门领域。这一变化与学术体制的强大力量有关，现在的文学研究者大多在大学受过学术训练，大学通常引导学生侧重专题、综合的研究。从茅盾先生开始就比较成熟的作家作品论这一文学批评的形式，虽然仍为许多研究者使用，但由于当代文学研究经典化、历史化的倾向越来越强烈，作家作品论便存在严选对象的问题。另外，学术体制下的训练也可能钝化研究者对当下文学生产的敏感度，或者使研究者"教条主义"地处理当下的文学生产现象。

因此，面对繁复的文学生产现象，批评家对文本的及时性阐释其实是一件极其艰难的学术工作，它考验批评家的文学史视野、价值判断和审美判断，也考验批评家快速反应的能力。我对批评家及时阐释当下作品的工作一直保持高度的敬意，这些及时性的批评是此后文学史论述的基础。但问题也在这里，由于是及时性的批评，这些批评文字选择的文本与意义的阐释随着时间的推移能否成立便成了疑问。由于文学生产的丰富，文学批评也随之膨胀。一个批评家，他可能正确地选择了文本，也对文本做出了经得住历史推敲的解读；也可能错误地选择了文本，可能在肯定、否定（其实在肯定与否定之间，还有其他的面向，现在的文学批评或失之于宽松，或失之于严苛）之间做了错误的判断，这也是一种正常的现象。而一个优秀的批评家，即使出现了我所说的这种错误，但他有可能在批评文字中留下了与文本相关的问题，而这些问题具有讨论的价值。所以，做一个优秀的批评家是非常困难的。我也做过一些及时性的批评，觉得在短时间内做出准确的判断是高难度的工作。在这个意义上，我并不是处于一线的批评家，当然更不是一个优秀的批评家。

重建文学批评和文学创作的关系，是改革开放四十年文学的成就之一。在某种意义上说，新时期文学的诞生和发展得益于在思想和学术上具有先锋性的文学批评，相当长时间内的文学批评一直处于思想解放的潮头。最具活力的文学批评，不仅在学术上更新知识、理论和方法，而且在现实语境中关注文学生产的现象、问题，在文本与现实之间建立起密切而广泛的联系。创作与批评的关系建立在文学信仰的基础上，生存于健康的文化生态中。如果意义、思想、价值、审美、诗性、彼岸等仍然是我们精神生活的关键词，那么文学批评不仅不可或缺，而且必须以自己的方式参与其中。批评家需要对文学现象、文学文本做出价值判断。就文学史研究而言，批评家要为文学作品的历史化、经典化做出最初的选择。在作品和读者之间，批评家需要提供理解作品的参照。我没有用"引导"这个措辞。往崇高处说，批评家的责任是守护文学信仰。不断反省自己、叩问自己、充实自己是批评家的另一种责任。

试图在文本与世界、现实之间建立联系，与我们这一代人的成长背景有关。在已经变得遥远的少年时代，我读到了鲁迅先生的《朝花夕拾》《呐喊》和《彷徨》，并在作文时模仿先生的笔法。之后毫不犹豫地选择中文系、选择文学研究，很大程度上与青少年时期阅读鲁迅的作品有关。我们在风云激荡的八十年代①成长，那是思想的年代、启蒙的年代、文学的年代。回到"五四"时期，重读鲁迅、赓续传统、吸纳西学，是延续至今的脉络。鲁迅先生《文化偏至论》中的那句名言一直是我的座右铭："首在审己，亦必知人，比较既周，爰生自觉。"在这样的脉络中，"五四"时期和"八十年代文学"成为我们这一代批评家最重要的思想资源。

　　我愿意在更广泛的意义上理解文学和文学研究。我是一个从小就喜欢文学的人。在初中的那几年，我从村庄的老师或兄长那里偷偷借到文学书籍，然后在油灯下阅读。我在长篇散文《一个人的八十年代》中叙述了自己青少年时期的阅读史。我带着作家梦进了中文系，这个梦想现在仍然继续着。我在大学受到学术训练，然后取得学位，选择文学研究为业。我从八十年代中后期开始研究文学史，然后做文学批评。学术研究之余，写作散文随笔，先后在《南方周末》《读书》《收获》和《钟山》等报刊开设专栏，用另一种方式表达我对历史、现实与人的理解。这样的经历让我觉得在很大程度上文学研究也是研究者的精神自叙传。正因为经历了七十年代和八十年代，我个人的学术研究，也是对自己成长背景的批判。

---

① 在二十世纪尚未结束时，我们通常会说"八十年代"'80年代''九十年代''90年代'等，二十一世纪后又通常会说"20世纪80年代""20世纪90年代"等，为了叙述的方便统一和尊重约定俗成的习惯，在无歧义的情况下，本书使用"八十年代""九十年代'等。

在强调文本与世界关系的同时，我以为个人生活对批评家同样重要，这是我提出"我们的故事是什么"的原因之一。一个作家或批评家在现实世界中有两种生活：个人生活和社会生活。我们可以发现，很多作家在文本中通常只有社会生活，而无个人生活。这说明这些作家缺少个人生活，或者是以社会生活代替了个人生活。我这里所说的个人生活，主要不是指作家的经历，或者是作家在现实社会中的遭遇，而是指与个人气质相关的个人生活方式。没有个人生活的作家，不可能成为优秀作家。我们重视个人生活，其实不是在日益需要慢生活的时代模仿或者回复到这样的生活方式，而是要看到作家的个人生活在一定程度上是和作家的创作构成了一个整体，从而将作家的创作和他的个人生活联系在一起考察。同样，一个批评家如果缺少个人生活，那么他的文学批评文本也将缺少个人的气息，这里的气息不仅是指精神，还包括语言、论述方式等。当然，我并不讳言个人生活对作家、批评家的限制。固定化的个人生活方式和对生活的理解，也可能会影响作家、批评家与社会生活的广泛联系。在研究汪曾祺时，我谈到他的小说是"过去"的"记忆"。记忆复现的心理过程，是虚构和叙述语言展开的过程，带有鲜明的人格色彩。记忆是可以淡化和遗失的，而现实生活呈现了创作的广阔道路。汪曾祺长于前者，而短于后者。当然，如果一种个人生活方式都可能成为一种局限，那么汪曾祺的晚年显然也受此限制，我在他的一些笔记小说中感受到了他创作力的衰退。若从我们成长的经历看，个人生活虽然对文学创作有很多这样或那样的局限，但是显然不可或缺。

我曾经在一篇学术随笔中反省过这样的问题："和梭罗，和鲁迅相比，我们并没有形成自己的简单、大度、独立、信任的生活。生活的格式化和思想能力的贫弱（不能完全说没有思想能力），足以让我们这一代人的故事雷同和贫乏。在这个挤压的时代中，我们能否有自己的故事和讲述故事的方式，也许将决定了文学的生死存亡，也影响着知识分子的未来。在真实的生活中，我们几乎都被格式化了，我们也用某种方式包裹、装饰了自己。我们在文学中似乎和各种各样的故事与讲述者相遇，故事不断被生产，甚至有些过剩，至少那么多的长篇小说使人眼花缭乱。但是，这些故事，与我们的生活，与我们的思想生活有多大关系？我不清楚，写作者的思想能力从何时开始变得不重要了，世界观从故事中消失再次呈现了写作者哲学上的缺失和贫乏；我不清楚，写作者的个人品格是何时从作品中消失的，是因为我们没有品格，还是因为我们无法呈现自己的品格；我不清楚，写作者的文字为何没有了自己的气息，文字应当是从自己的血液中过滤出来的。"

　　如果简单概括一下自己这些年的研究工作，那就是在文学的历史和现实脉络中，关注文学与思想文化问题，由此表达我对文学的理解。即将付梓的拙作从一个侧面呈现了我近几年的学术工作面貌。主持这套丛书的仲明兄和我有大致相同的成长背景与学术历程，承蒙他盛情邀约，我匆忙编辑了本书。现在同行都很忙碌，难得见面，通常是在文章中相遇，这本书就算是和仲明兄的一次学术"约会"吧。

Contents 目录

「第三编 ———— 文化现实、价值判断与文学写作」

「第四编 ———— 当代文学研究中的问题与方法」

第一编

当代文学史的"关联性"研究

论中国当代文学史的"过渡状态"

———— ◎ ————

中国当代文学史研究通常将"当代"划分为"十七年""文化大革命"和"新时期"三个阶段。随着研究的深入，有些研究者试图调整这样的阶段划分，提出以"20世纪50年代至70年代"作为一个阶段，以便在整体上处理"十七年文学"和"文革文学"的关系；早在八十年代末九十年代初，终结"新时期文学"的声音逐渐清晰，当"新时期"越来越丢失指称近三十年文学的学理性基础后，原先的"新时期文学"又细分为"八十年代文学""九十年代文学"和"新世纪文学"。这样一种以时间为序又贴近社会转型的阶段性划分，既突出了文学史的进化轨迹，又强调了不同文学史阶段的差异性。

问题随之而来：如果不同的文学史阶段之间存在差异，那么这种差异是如何形成的？换言之，在阶段之间究竟发生了怎样的变化？没有"断裂"，便没有文学史阶段之间的差异；而文学史阶段之间显然又有某种"联系"，两者的"关联性"何在？在"断裂"与"联系"之外有无更为复杂的或者处于两者之间的状态和特征？——这就意味着，在不同的文学史阶段之间存在"过渡状态"，正是"过渡"期的矛盾运动改变了文学史的进程。这不仅指文学史"过渡状态"中旧的因素在消失或转化，新的因素在孕育和生长，其中的一些因素成为文学史新阶段的源头；而且指"过渡状态"是复杂的，并非简单的新旧转换或冲突，往往是多种因素的并存，矛盾冲突的结果则预示了此后文学发展的脉络。尽管我们在研究中从不忽视"过渡状态"的存在，但在阶段性的特征被强调以后，"过渡状态"的意义被过滤掉，"过渡状态"自身的文学史意义在文学史著作中的叙述也往往被省略。我在拙作《矛盾重重的"过渡状态"——关于新时期文学"源头"考察之一》中曾经提出这一问题，并试图做出一些解释，但仍然将"过渡状态"的问题做了简单化的处理[①]。

"过渡状态"可以视为文学史的节点。中国当代文学是由若干段"过渡状态"连接而成的，在政治与文学的关联中，政治运动累积的力量以及重大政治事件的发生，都造成了文学史的"中断"和"转折"，这中间留下了我称之为"过渡状态"的阶段及其特征。"新文学"在一段时间内的搁置，是因为"当代文学"的产生，有了从"现代文学"到"当代文学"的"过渡"。七十年的当代文学史，"十七年"到"文化大革命"、"文化大革命"到"新时期"、八十年代到九十年代是三个"过渡"阶段。我以为，在当代文学史的整体框架中讨论"过渡状态"的意义，才能够理顺文学史阶段之间的联系。

在我看来，影响"过渡状态"的主要因素是经济结构、政治结构和文化结构的变化，以及文学如何处理与这些因素的关系。在"十七年"到"文化大革命"的"过渡"中，随着"社会主义文化想象"的展

---

① 王尧：《矛盾重重的"过渡状态"——关于新时期文学"源头"考察之一》，《当代作家评论》2000 年第 5 期。

开，政治对文化的控制不断增强，从而造成了单一的文化结构，这当中的冲突既有对抗性的，也有非对抗性的，矛盾冲突的结果是"文化大革命"时期"极左"文艺思潮的泛滥。八十年代到九十年代的"过渡"是在八十年代的政治结构、文化结构都发生了大的变化之后，出现了以市场经济为基础的经济结构的变化，文学需要处理的主要问题是如何在消费主义意识形态中保持其审美价值。在有了七十年代末八十年代初处理文学与政治关系的经验以后，"九十年代文学"尤其是"新世纪文学"，尽管与社会现实有着种种矛盾、冲突，但和由"文化大革命"过渡到"新时期"的状态相比，似乎又不具备"历史转折"的意义。从大的背景看，文学由"文化大革命"到"新时期"的"过渡"几乎汇集了中国当代文学史的所有基本问题，而这一时期的"过渡状态"既影响了此后文学的进程，也改变了人们对此前文学史的认识。为了集中讨论问题，本文将时间范围大致划在 1975 年至 1983 年之间。

一

否定"文化大革命"是"新时期文学"产生的基本前提，也是"新时期文学"得以命名的社会政治基础。从历史转折的背景看，这是当代文学史的一次"断裂"，但在"断裂"中仍然存在这样或那样的联系。一方面，在"文化大革命"后期，无论是在制度性的局部调整中还是作家的写作中，都出现了一些积极因素，虽然未能撼动基本秩序，但累积了促使历史变革的力量，因此成为"新时期文学"的源头之一。另一方面，一些消极因素仍然延续在"新时期文学"之中，八十年代的一些思潮、运动和创作等或多或少存在历史惯性。我想在此着重讨论前者。

在严格意义上，文学史研究中的"文革文学"并不能完全指称"文化大革命"时期的文学。"文革文学"这一概念最初被提出时，研究者对"文化大革命"时期的文学还停留在感性判断上，未能对这一时期文学历史的复杂性做出理性认识，所谓"文革文学"，主要是指那些反映了"文化大革命"主流意识形态话语的创作。如果用"文革文学"来指称"文化大革命"时期的文学，在研究中就会遇到问题。比如，那些"地下文学"归到哪里？在主流意识形态话语之外的创作归到哪里？因此，作为主流意识形态话语的"文革文学"应当是"文化大革命"时期文学的一部分。我如此辨析是为了让接下来的分析更贴近"文化大革命"时期文学的分层现象。

我原先的思路是，文学创作始终是与作家或者文学知识分子的思想命运相关联的。"文化大革命"时期的知识分子既不是"工人阶级"的一部分，也不是"劳动人民知识分子"，知识分子被定性为"资产阶级"。"九一三"事件以后，对知识分子既"再教育"也"给出路"，与"文化大革命"初期相比，此时关于知识分子的"各项无产阶级政策"已经有一些变化，但本质上仍然是"无产阶级在上层建筑其中包括在各个文化领域的专政"的一个重要环节。1976年的《辞海》"文艺条目"（征求意见稿）在解释"百花齐放，百家争鸣"时，突出了"实现无产阶级在上层建筑其中包括各个文化领域中对资产阶级的全面专政"这一目的。从1972年开始，部分作家能够公开写作和发表作品。但当时以个人名义所写的一些文章，通常是个人或者某个"写作组"对主流意识形态话语的一种转述。我也认为，知识分子如何对待"文化大革命"是中国思想界的重大问题。处理这一问题的困难在于，部分知识分子在"文化大革命"中的角色是双重的，他们既是主流意识形态话语的生产者，又是"运动"中的受害者。如果我们这样看待这一时期的作家、知识分子、现实和文学，会更客观地认识到"极左"政治给文学带来何种影响，理解作家的思想何以贫弱。

显然，政治对文学与思想文化的影响在"文化大革命"时期是决定性的，体制的细微调整、变化或者重大事件的发生都会给文学和作家带来不可低估的影响。在"文化大革命"结束以后，许多研究者从若干时间点——1968年（"红卫兵运动"结束，知识青年"上山下乡"）、1971年（"九一三"事件）、1975年（邓小平复出并整顿）、1976年（"文化大革命"结束）——考察知识分子的思想状况，清理出知识分子思想转折的一条线索：狂热—迷惘—矛盾—觉醒，而这一脉络几乎与政治的起伏相关联。以1975年为例，复出后的邓小平主持全面整顿，这一年后来被称为历史转折的前奏。是年1月的第四届全国人民代表大会第一次会议上，周恩来抱病做政府工作报告，重申建设社会主义现代化强国的宏伟目标。7月，毛泽东在林默涵信件上批示："周扬一案，似可从宽处理，分配工作，有病的养起来并治病。久关不是办法。请讨论酌处。"① 毛泽东在和主持中央政治局工作的邓小平谈话时说"百花齐放都没有了"等，又由《创业》的批示开始文艺政策的调整。但到了1976年，"反击右倾翻案风"又重创了文艺界。当文学史进程是由"文学—政治"这样的内在逻辑结构决定时，只有重大的政治事件才能改变文学史的进程。

如我们所了解的那样，公开发表和出版的一些作品在有限的缝隙中相对疏离"文化大革命"时期的主流意识形态话语，比如电影《创业》，小说《闪闪的红星》《沸腾的群山》《大刀记》等，但创作者不

---

① 黎之：《回忆与思考——"周扬一案"……》，《新文学史料》2000年第3期。

可能在更广泛的范围内和更本质的问题上清算"极左"思潮对创作的影响，他们既无这样的能力，也无这样的条件，那些相对疏离政治中心的话语仍显示出被控制的特点。《创业》的编剧张天民将这样一种状态描述为"处于摇摆之中"，在"'左''右'之间摇摆"。创作的复杂性同样出现在诗人食指、郭小川等人的诗歌中，这是我们都已经熟悉的文学现象，即在创作上有时判若两人。这反映了中国知识分子深刻的精神矛盾，如郭小川诗句所言，"写下矛盾重重的诗篇"[①]。

如果我们侧重于文学创作与思想命运的关系，可以判断出如"右派""红卫兵""知青"等不同群体的思想变化，但是如果这些思想变化不能落实在文学文本之中，也只是为文学史研究提供了一种思想背景而已。在巴金"文化大革命"后写作的《随想录》中，我们可以读到作家心路历程的变化。写作于"新时期"的《随想录》也就成了考察作家在"文化大革命"时期思想状态的文本，其文学意义和思想价值产生于"新时期"而非"文化大革命"时期。另外一种状况是，一些作家通过写作留下了精神与审美的痕迹，为"文化大革命"时期的文学带来了另一种景象，即在当时被压抑的景象。1972年，丰子恺写作《往事琐记》。1975年，穆旦在创作中断了近二十年后，写出了诗歌《苍蝇》，这是"地下写作"的重要文本。1976年左右，在穆旦的朋友们手里流传着他的手写稿，上面有《智慧之歌》《秋》《冬》等诗。"文化大革命"后期，许多搁笔多年的作家开始写作，比如诗人曾卓、牛汉、流沙河等。"现代文学"的复活在文学由"文化大革命"到"新时期"的过渡中，虽然是一种"地下"状态，但延续了"五四"新文

---

① 王尧：《矛盾重重的"过渡状态"——关于新时期文学"源头"考察之一》，《当代作家评论》2000年第5期。

学的传统。这表明，一方面文学史受制于政治，另一方面在任何一个阶段总有一些作家在控制之外，而他们不被控制或者不受影响的原因则是今天的研究者需要关注的问题。

所以，讨论由"文化大革命"时期到"新时期"的过渡，在侧重作家思想历程转换与创作关系的同时，似乎还有另外的分析模式可以进入"过渡状态"。虽然"政治—文学"的关系异常密切，但仍然有其他因素在影响文学创作。小说家阿城较早注意到"知识结构"或"文化构成"对思想和写作的影响，这是我们在很长时间内忽视的一个问题。当我们注意到政治对文学的决定性影响时，那些在"政治结构"与"文化结构"之间的"缝隙"中，存在着相对于中心而言的"异质"因素。阿城以自己为例，分析他在"文化大革命"时期接受的不同于课堂、课本的"启蒙"：他逛琉璃厂的画店、旧书铺、古玩店、博物馆，看了不少杂书，获得了和同代人不一样的、更接近中国文化传统的、区别于"文化大革命"时期的"正统"与"中心"的知识结构。在谈到《棋王》的特别时，阿城对一些批评和分析不以为然，他觉得应该是由于他的知识结构和时代的知识结构不一样才创作出了《棋王》[1]。在一个文化断裂的时代，阿城在边缘处的阅历和阅读衔接了另一种知识和文化构成，当八十年代重构知识背景时，阿城已经完成了"补课"，这样一种差异让《棋王》等小说率先显示出"八十年代文学"的新素质，并和八十年代初的文化背景形成了差异。因此，即便同为"寻根派"，彼此间的差异也是明显的："我的文化构成让我知道根是什么，我不要寻。韩少功有点儿像突然发现一个

---

[1]　查建英：《八十年代：访谈录》，生活·读书·新知三联书店，2006，第22页。

新东西。原来整个在共和国的单一构成里，突然发现一个新东西。"①
阿城也对莫言的创作做了另一种解释，他认为莫言的《透明的红萝
卜》《白狗秋千架》等作品之所以个性化特点鲜明，也在于莫言处于
共和国的一个"边缘"："为什么，因为他在高密，那真的是共和国
的一个边缘，所以他没受像北京这种系统教育，他后面有一个文化构
成是家乡啊、传说啊、鬼故事啊，对正统文化的不恭啊，等等这些东
西。"② 在"地下写作"中，无论是穆旦的诗歌还是丰子恺的散文，都是
和"文革文学"不一样的文化构成，因此其写作在"文化大革命"背
景中具有了特别的意义。

相对于"中心"而言，"边缘"获得了与主流意识形态的距离，但
这种状态有自主选择和被动安排之分，所以，一些文学因素的产生并不
纯粹是必然的，而是充满了偶然性。这也说明了"知识结构"或者"文
化构成"对思想和写作的影响是有前提和因人而异的。在被动的大背景
中，对不同的道路的选择和与不同"知识结构"的接触，影响了当时和
后来的写作方式。知识结构的改变，在很大程度上源于阅读，阅读改变
了知识结构的同时也改变了写作者的精神史。在一些研究者看来，在
"十七年"的单一教育中学习马列、毛选，并不能解释在"文化大革命"
中苦苦缠绕于他们心中的巨大困惑，由此，"文化大革命"中的读书运
动呈现与"十七年"青年读物大相径庭的"系统化"和"异质化"特
点：前者是指一代人开始系统地学习马列著作以及与马克思主义的哲学
来源有关的黑格尔、康德等人的德国古典哲学著作，而后者则是指他们
千方百计地偷尝"禁果"，在现代西方所有的"修正主义"和"资本主

---

① 查建英：《八十年代：访谈录》，生活·读书·新知三联书店，2006，第22页。
② 查建英：《八十年代：访谈录》，生活·读书·新知三联书店，2006，第31、32页。

义”的文化中汲取精神营养。在“文化大革命”思想史上起了重大作用的“灰皮书”“黄皮书”就是在这样的文化背景下登场，并在一代人的思想历程中催化了精神核裂变的。这些阅读者通过阅读“灰皮书”“黄皮书”，在那些被批判的“叛徒”“修正主义作家”以及西方“垮掉的一代”和“愤怒的一代”身上找到了时代和自己的肖像。曾经封闭的思想空间由此打开。所以，从六十年代末到七十年代中期的“地下写作”，并不是一个纯粹的艺术问题，而是始终与世界观、价值观的变化相联系的，知识的重构也改变了写作者观察和思考历史与现实的方式。这种重构累积到一定程度，文化转型便得以发生。

正因有了与世界观、价值观相联系的不同的“知识结构”，单一政治结构和文化结构中才产生了一些异质因素。“蒙眬诗”从“地下”转为“地上”，成为“八十年代文学”中的“新诗潮”；阿城的《棋王》发表后不仅给很多作家和批评家带来了陌生感，也成了“寻根文学”的滥觞。在这个意义上，阿城把“八十年代文学”的一部分视为“七十年代”的“结果”：“不过确实在八十年代，我们可以看到不少人的七十年代的结果。比如说北岛、芒克，一九七八到一九八〇年的时候，他们有过一次地下刊物的表达机会，但变化并不是那时才产生的，而是在七十年代甚至六十年代末的白洋淀就产生了。”[1]北岛认同阿城的八十年代是“表现期”、七十年代是“潜伏期”的观点，他被分配到“北京六建”，大部分同学去插队，“每年冬天农闲期大家纷纷回到北京。那时北京可热闹了，除了打群架、‘拍婆子’（即在街上找女朋友）这种青春期的疯狂外，更深刻的潜流是各种不同文化沙龙的出现。交换书籍把这些沙龙串在一起，当时流行的词叫‘跑书’。而地

---

① 查建英：《八十年代：访谈录》，生活·读书·新知三联书店，2006，第 516 页。

下文学应运而生。我和几个中学同学形成自己的小沙龙"①。北岛阅读的"黄皮书"包括卡夫卡的《审判及其他》、萨特的《厌恶》和爱伦堡的《人·岁月·生活》等,其中《人·岁月·生活》读了很多遍,"它打开一扇通向世界的窗户,这个世界和我们当时的现实距离太远了。现在看来,爱伦堡的这套书并没那么好,但对于一个在暗中摸索的年轻人来说是多么激动人心,那是一种精神上的导游,给予我们梦想的能力"②。

但从大的文化背景看,阿城所说的这些作为个人的或者作为一个群体的文化构成,仍然只是"断裂"中的一部分"联系"。从整个文化结构来看,无疑是一种"断裂"的状态。所以,只有当历史转折为这种"断裂"中的"联系"提供呈现的可能时,那些与"知识结构"相关的写作才获得了"合法性",而作家不同"知识结构"的差异性也在八十年代逐渐包容的文化结构中表现出不同的创作路向。对另一些在八十年代开始写作的作家而言,他们复活了曾经被遮蔽或者被压抑的文化记忆。"文化大革命"的结束正是为文学带来转机的历史转折。

二

1978 年在文学的"过渡状态"是一个标志性的年代。刘心武写于 1977 年夏天的《班主任》在《人民文学》1977 年第 11 期上发表,其后,卢新华的《伤痕》发表于 1978 年 8 月的《文汇报》,这两部引发巨大争论的作品被批评界和文学史著作称为"新时期文学"的发轫

---

① 查建英:《八十年代:访谈录》,生活·读书·新知三联书店,2006,第 68 页。
② 查建英:《八十年代:访谈录》,生活·读书·新知三联书店,2006,第 69 页。

之作。但同时我们也注意到，1978 年 12 月 23 日，油印刊物《今天》创刊。

即便在四十多年后，我们可能还有这样的疑问，《今天》和集结于《今天》周围的诗人以及"朦胧诗"（或者"新诗潮"）为何未能在当时以及后来的文学史叙述中成为"新时期文学"最初的"主潮"？尽管《今天》在"新时期文学"产生中的意义已经被肯定，"伤痕文学"的评价也回落到正常状态。其中的重要原因，与其说是"新时期文学""主潮"的"排他性"，毋宁说《今天》和"朦胧诗"相对于历史转折时期文学的首要任务发生了错位，是一个"早产儿"。正如有论者指出的那样，"《今天》对'今天'是无力言说的，北岛等讲述的不是'今天'，而是从'过去'转换为'今天'的过程"①。最早出来肯定"朦胧诗"的李泽厚回忆说："我读到了油印的《今天》，很感动，因为其中有着强烈的自我意识。七十年代末、八十年代初，在西方十八、十九世纪的启蒙主义思潮著作开始大规模的译介和进入中国，文化艺术思潮也进入一个以反叛和个性解放为主题的创作高潮。朦胧诗是代表。"②北岛等诗人与西方启蒙主义思潮的关系，其实还可以追溯得更远些，但李泽厚准确揭示了《今天》的特质。

《今天》和"朦胧诗"中的"反叛""个性解放"的主题，显然与当时的氛围不和谐（作为油印又差不多是同人刊物的《今天》，其传播度也远不及《人民文学》和当时的主流媒体）。1979 年，周扬在中国文学艺术工作者第四次代表大会（以下简称"第四次文代会"）做

① 黄平：《"新时期文学"的发生》，载《文学史的多重面孔》，北京大学出版社，2009，第 49 页。
② 李泽厚：《我和八十年代》，载《我与八十年代》，生活·读书·新知三联书店，2011，第 52 页。

的报告《继往开来，繁荣社会主义新时期的文艺》中回顾了 1949 年至 1979 年三十年文学艺术的"艰难历程"后，总结了三个值得汲取的主要经验教训："归纳起来，主要是要正确处理三个关系问题，一个是文艺和政治的关系，其中包括党如何领导文艺工作的问题；一个是文艺和人民的关系问题，表现在艺术实践上，也就是文艺创作上的现实主义问题；一个是文艺上继承传统和革新的关系，也就是如何贯彻推陈出新、古为今用、洋为中用的方针的问题。这三个关系处理得正确与否，直接关系到社会主义文艺的成败兴衰。"①《今天》发表的《致读者》一篇中则没有"人民"和"关系"这样的概念，而是用了"个人"和"自由精神"这样的措辞，无疑与现实政治相悖，以致招来"朦胧诗"是"新时期的社会主义文艺发展中一股逆流"的斥责。

"伤痕文学"率先回应了历史转折时期的时代需求，它所引起的批评并不是它与现实政治发生了矛盾冲突，而恰恰是因为它承担了现实政治的任务。陈荒煤在小说《伤痕》争论初期就指出："《伤痕》这篇小说倒也触动了文艺创作中的伤痕！这就是林彪、'四人帮'长期实行法西斯文化专制主义，散布了种种极其荒唐的谬论，诸如'主题先行''三突出''路线出发'等等；设下了许多禁区，如反对什么

---

① 周扬：《继往开来，繁荣社会主义新时期的文艺》，《人民日报》1979 年 11 月 20 日。周扬报告对"新时期"初期文艺界的评价是："粉碎'四人帮'三年来，特别是最近一两年来，文艺界拨乱反正，批判了林彪、'四人帮'的'文艺黑线专政'论及其他种种谬论，党中央和毛泽东同志所制定的文艺方针重新得到正确的解释和认真的实行，我们的社会主义文艺开始复苏和前进。党的十一届三中全会的精神和关于真理标准问题的讨论，大大推动了文艺界的思想解放。"如果对照这样的论述，《今天》，尤其是"朦胧诗"所引发的争论和批评也就十分正常。

写'真实'论，禁止文艺反映生活的真实；反对什么'人性论'，禁止反映人与人之间的感情关系，爱情、友情，父子母女之情，兄弟姐妹之情；提倡什么'高于生活'，禁止写我们工作和生活中的缺点和错误，写了，就是暴露了社会主义的阴暗面；提倡写'高大全的英雄人物'，禁止表现英雄人物的成长过程，如此等等，完全否定、篡改文艺创作的特殊规律，从根本上反对马列主义的文艺科学和毛泽东文艺思想，以便为他们炮制阴谋文艺、制造反革命舆论开辟道路。"他说，"从这一点出发，我热情支持《伤痕》，也热情支持《伤痕》的讨论"[①]。类似的辩护强调了《伤痕》以及后来的"伤痕文学"所承担的"拨乱反正"的任务，"人性论"问题在围绕"伤痕文学"的论争以及"伤痕文学"的创作中并未展开。这是历史转型时期一个特有的现象，也是长期以来人们始终把"伤痕文学"视为"新时期文学"开端的一个原因。

在第四次文代会后的1980年，《人民日报》发表社论《文艺为人民服务，为社会主义服务》，用"二为"取代了"从属论"和"工具论"。这样一个根本性的变化，显然与"伤痕文学"等打破了"禁区"的创作实践有关。周扬在第四次文代会的报告中指出："许多长期以来文艺界不敢触及的问题，现在敢于突破，敢于议论，敢于探讨了，不仅打破了'四人帮'加在文艺工作者身上的重重枷锁，冲破了他们设置的种种禁区，而且冲破了中华人民共和国成立以来十七年中的不少清规戒律。"这是"官方"第一次提到了"新时期"对"十七年"的突破。"新时期"否定了"十七年文学"的"黑线专政"论，基本上也

---

① 陈荒煤：《〈伤痕〉也触动了文艺创作的伤痕！》，《文汇报》1978年9月19日。

肯定了"十七年"创作作为成绩的主流，与此同时也开始初步清理了"十七年文学"的"左"的错误。这样一种论述，也反映了文艺界领导者以及一批理论家、批评家在处理历史问题时的尴尬状态："文化大革命"否定了"十七年文学"，而否定"文化大革命"又必须肯定"十七年文学"；但是，"文革文学"又是"十七年文学"不断"左倾"的结果，因而对"文革文学"的否定和"拨乱反正"又不能简单地回到"十七年"。当时尚未对"五四"新文学传统做全面的回顾和清理，更多的注意力被集中在三十年代左翼文艺和"十七年文学"之上。在这样一个"过渡状态"，文学的思想文化资源和知识谱系仍然是局限的。

在重新讨论"过渡状态"中的"伤痕文学""反思文学"以及由历史转向现实的"改革文学"时，有一个值得关注的问题："主潮"中的一些作家的创作始于"文化大革命"，他们是如何从"文化大革命"过渡到"新时期"的[①]。我在《迟到的批判》中曾经梳理过一些作家在"文化大革命"时期的创作，其用意不在"揭短"，而是寻思"历史"如何蜕变为"今天"，因为"主潮"中的很多作家在"过渡状态"中完成了转型并成为八十年代文学的主力军。让我们寻思的另一个问题是，在"文化大革命"中有着相同背景和创作经历的一些作家为何分别归属了"伤痕文学""反思文学""改革文学""寻根文学"和"先锋文学"阵营。个中原因除了知识结构、个人特质外，显然与他们在新时期重新理解文学的本质、重新认识历史、重新处理文学与现实关系的方式有关。

---

① 王尧：《矛盾重重的"过渡状态"——关于新时期文学"源头"考察之一》，《当代作家评论》2000 年第 5 期。

从一种"政治"到另一种"政治"是"过渡状态"之一。"伤痕文学"最重要的作家之一刘心武在 1975 年出版了中篇小说《睁大你的眼睛》。这是"一本对少年儿童进行党的基本路线教育的文学读物",它反映了北京市一个街道在"批林批孔"运动中开展社会主义大院活动的故事:"在大院里,社会主义新生事物和资本主义腐朽势力展开着激烈的斗争。'孩子头'方旗依靠党的领导,带领全院儿童,机智地斗到了妄图复辟的资产阶级分子,挽救了被腐蚀拉拢的伙伴,表现出路线斗争和阶级斗争的觉悟。整个故事想告诉人们:必须睁大警惕的眼睛,加强对资产阶级的全面专政。"方旗有点儿类似于《班主任》中的谢惠敏,在《睁大你的眼睛》中刘心武肯定了谢惠敏式的青少年"孩子头"方旗,而在《班主任》中则否定了谢惠敏。由肯定到否定的过程,也正是作家精神蜕变转化的过程。

作为"改革文学"的代表作家,蒋子龙的"过渡状态"更为复杂。《机电局长的一天》[①] 可以视为"文化大革命"期间公开发表的、少数可读的作品之一。蒋子龙构思这篇小说时,"确实是满腔热情地想把霍大道塑造成一个坚持继续革命的老干部的英雄形象。因此突出他这样一种性格:'文化大革命'给他加了钢、淬了火,焕发了革命青春,继续革命的斗志旺盛,保持了战争年代的那么一股劲,那么一股拼命精神。过去对帝国主义、国民党反动派作战是'大刀',现在对资产阶级思想的侵袭作战、克服工业建设的种种困难,仍然是'大刀'。"应当说小说比较好地体现了这样的立意。尽管小说不时突出"文化大革命"对霍大道的教育,强调霍大道"继续革命"的精神,但还是比较成功

---

① 蒋子龙:《机电局长的一天》,《人民文学》1976 年第 1 期。

地塑造了工业战线上一个有干劲、有魄力、有经验的老干部形象。蒋子龙在八十年代塑造的"开拓者家族"的性格特征就是从霍大道这一人物开始形成的，但这篇小说在发表后不久便受到指责，被认为存在"严重的错误倾向"。《人民文学》1976年第4期发表了别人代写、署名"蒋子龙"的检讨文章《努力反映无产阶级同走资派的斗争》。而他在压力之下重写的《机电局长》①则完全违背了他的初衷。如果从这种"关联性"看，蒋子龙的《乔厂长上任记》否定的是《机电局长》，接续的是《机电局长的一天》。

无论是为"伤痕文学"辩护还是替"改革文学"呐喊，理论界、批评界都突出了这些思潮和创作是在"恢复现实主义传统"，《伤痕》和《班主任》被视为"现实主义复苏的源头"，而"反思文学"则是"现实主义的深化"。这样一种理论思路，突出了"革命现实主义"之于整个当代文学的重要性。冯牧在论述文学由1978年进入1979年后的经验时说，"一年来的经验告诉我们：为了新的跃进，我们在创作上必须继续学习运用革命现实主义这个锋利的斗争武器。我们坚持创作的真实性原则。我们把真实性看作文学作品的生命。缺乏真实性的文学只能是虚假的文学；这种虚假的文学已经使人民吃尽了苦头。为了保证我们的文学创作的真实性，为了恢复和发扬文学创作的现实主义传统，我们要付出极大的努力"；"我们要为恢复和发扬真正的革命现实主义而努力"②。《林彪同志委托江青同志召开的部队文艺工作座谈会纪要》中批判的"写真实"论、"现实主义的广阔道路"论、"现实主

---

① 蒋子龙：《机电局长》，《天津文艺》1976年第6期。
② 冯牧：《对文学创作的一个回顾和展望——兼谈革命作家的庄严职责》，《文艺报》1980年第1期。

义的深化"论、"中间人物"论等，都涉及对"现实主义"和"人性"这两个基本问题的认识。

王元化晚年回忆自己在"拨乱反正"时期的学术工作时说，那涉及两个大的问题，一是"写真实"的问题，二是人性问题[①]。这两个方面的工作在当时具有一定的普遍性。如果我们重新回到七十年代末八十年代初的"过渡状态"就会发现，"写真实"的问题是对"革命现实主义"的重新阐释，其中的一个关键点是"真实性"与"倾向性"的关系问题。而"人性问题"远比前者要复杂得多。这两个特点，预示了"现代主义"和"人道主义"终将成为更棘手的问题，其论争的结果影响了八十年代中期以后文学的发展。

三

从七十年代末到八十年代的文学"主潮"，我们通常用"伤痕文学""反思文学""改革文学""寻根文学"和"先锋文学"来概括和叙述。如果以1985年前后"小说革命"为界，"伤痕文学""反思文学"和"改革文学"正处于我所说的"过渡状态"。这种依据文学与政治关系的概括和叙述显然忽视、删除了其他部分；而另一个被模糊或淡化的事实是，从七十年代末到八十年代初的"过渡"中，已经产生了与八十年代中期"小说革命"脉络相连的新的文学因素，在"伤痕文学""反思文学"和"改革文学"之外呈现了另一条发展线索。

---

① 王元化：《我在不断地进行反思》，载《我与八十年代》，生活·读书·新知三联书店，2011，第12页。

换言之，文学思潮的变化在"过渡状态"下并非完全按照上述序列递进。

在讨论"新时期文学"的产生时，论者一直比较重视"伤痕文学"论争中从政治上否定和肯定"伤痕文学"的两方面观点，轻忽了在政治之外质疑"伤痕文学"的另一种声音。当"伤痕文学"对曾经的历史进行了否定和突破时，一些批评家、作家发现了"伤痕文学"（尽管"反思文学"深化了"伤痕文学"，"改革文学"也从历史转向现实，但这三种思潮背后的文学观和创作方法没有本质的差异）与被否定的历史存在某种同构和相似之处。因此，对"伤痕文学"的反省、质疑是突破现有的艺术规范的开始，文学内部的这种差异、错位，成为文学发展的内在动力，并且铺陈了八十年代以后文学发展的脉络。

《今天》对"伤痕文学"的质疑是另一种声音。刊于《今天》第1期的《评〈醒来吧，弟弟〉》提出的主要论点是，"'四人帮'只是从组织上垮台了，但在思想方法上仍顽固地起着毒化作用"，"只是把揭批'四人帮'的文化专制主义限于'控诉'，只是把过去的和残存的一切现实问题，简单地归结于'四人帮'，这是不够的。'四人帮'所以能危害后一代人许久，有着比他们自身的存在更深刻的社会根源"。值得注意的是，这样的批评（不是否定）针对的是"伤痕文学"，但无意中也指出了要否定"伤痕文学"背后的"思想方法"和"社会根源"。刊于《今天》第4期的《评〈伤痕〉的社会意义》，用"低劣"和"贫乏"评价《伤痕》未必公允，但作者在肯定作品的社会影响时，揭示了《伤痕》被意识形态建构的现象，"由于它的应时，也由于人民对社会悲剧作品迫切需要，在作品自身之外获得了某种成功"。这样一个透视问题的角度和方法，对我们理解"新时期文学"产生阶段的"经典"

何以被建构具有启发性。

在韩少功的记忆中，1984年"杭州会议"的主要话题是反省"伤痕文学"："'伤痕文学'的确起到了破冰的作用，但过于政治化和简单化，在创作思想和创作手法上甚至与'样板戏'同构，只是换了一个标签，所以与会者希望在美学上实现新的解放。"① 在这里，对"伤痕文学"的反省是作为"寻根文学"思潮产生的前提条件之一存在的。李庆西记叙"杭州会议"的主题是"新时期文学：回顾与预测"，与会者谈论较多的话题是如何突破原有的小说规范："所谓小说艺术规范，当然不仅仅是一个艺术问题最初的'伤痕文学'阶段，基本上沿袭20世纪五六十年代的套数，仍然未摆脱'反映论'和'典型论'的框架，要说规范首先是政治规范和伦理规范。进入80年代以后，题材和写法发生明显的变化，并由此带来了价值取向的转换。"② 对"伤痕文学"的质疑和反省，是文学回到"自身"的最初思索。而这正是"八十年代文学"发展的内在线索。但很长时间以来，文学史的叙述并未将"寻根文学"的产生和"伤痕文学"的突破联系起来。在我看来，从《今天》到"杭州会议"，质疑和反省的并不只是"伤痕文学"思潮，而是整个文学的语境与文学思想、观念及创作方法等。当"伤痕文学"取得突破以后，另外一种观念和逐渐形成的思潮又构成了对"伤痕文学""反思文学"和"改革文学"的突破，从而创造了1985年"小说革命"发生的条件。

更为重要的是，从《今天》的质疑到"寻根派"产生之前的反省，

---

① 韩少功：《历史中的识圆行方》，载《我与八十年代》，生活·读书·新知三联书店，2011，第208页。

② 李庆西：《寻根：回到事物本身》，《文学评论》1988年第4期。

"过渡状态"时期的文坛已经出现了"各式各样"的小说和其他文体，另一个"八十年代"在"过渡"时期的"主潮"之外开始滋生。汪曾祺在1980年发表了《受戒》，这可能是最早的"寻根文学"，但和"寻根派"不同的是，汪曾祺在"回到民族传统"的同时，还"回到现实主义"①。邓友梅1982年发表的《那五》，陆文夫1983年发表的《美食家》等作品，未必归为"寻根文学"，但在突出小说的世俗性和回到文化传统方面，与"寻根文学"有大致相同的路向。而较早对小说技巧、形式进行探索的作家王蒙，在七十年代末八十年代初创作了《春之声》《布礼》《杂色》《蝴蝶》等作品。王蒙小说的形式在当时已经具有了"先锋性"，而且改变了关于"革命"和"革命者"的叙事手法。但王蒙在谈到小说形式的演变问题时显得谨慎，小说形式的演变"我想最多是一个大致的趋向，具体到某个人某个作品，我倒觉得小说的形式和技巧本身未必有很多高低新旧之分"②。王蒙侧重的是"一切形式和技巧都应为我所用"，从而达到小说的最高境界 —— "无技巧"。在"一切"形式和技巧尚未具有"合法性"时，王蒙辩证的表述中已经透露出形式变革不可避免的信息。作为"反思文学"的重要作家，高晓声以"陈奂生系列"闻名，在此之外，他那些有着"现代派"气息的小说也为读者所注意③。在"各式各样"的小说中，1981年前后的谭甫成和石涛分别创作的小说《高原》和《河谷地》，也被视为"先锋文学"的"先行者"④。

---

① 汪曾祺:《回到现实主义，回到民族传统》，《新疆文学》1983年第2期。
② 王蒙:《致高行健》，《小说界》1982年第2期。
③ 叶兆言:《郴江幸自绕郴山》，《作家》2003年第2期。
④ 李陀:《另一个八十年代》，《读书》2006年第10期。

"三个崛起"对"八十年代文学"的重要性在于宣告了新的"美学原则"的诞生，使得开辟历史转折时期文学的新境界成为可能。就具体文论而言，谢冕《在新的崛起面前》不仅精辟阐释了新诗与传统、新诗与世界诗歌的联系，而且用包容和开放的态度对待"新的崛起"，重新确立了批评者的品格和襟怀，而他的文体也带有鲜明的、在批评界久违的个人修辞风格①。我不想详细引述孙绍振《新的美学原则在崛起》的具体观点，"新的美学原则"命名，几乎可以用来描述八十年代文学变革的大势，这是我们今天仍然无法告别的一个概念。和"朦胧诗"的作者有着大致相同经历的徐敬亚在《崛起的诗群》中，对"朦胧诗"的文本分析以及对诗歌"现代倾向"的学理把握都可圈可点。如果说《今天》中的"今天"不是指向具体可感的当下生活，那么，在"三个崛起"之后，"朦胧诗"的"美学原则"则落实到了具体可感的文学秩序之中。八十年代逐渐形成的"纯文学"思潮是在这里奠定其"美学原则"的。

　　和"三个崛起"异曲同工的"现代派"论争，是"过渡"时期的另一种状态。1981年高行健发表《现代小说技巧初探》，由此引发论争。在关于"现代派"的通信中，冯骥才从正面肯定了"现代派"的"革命"意义，毫不含糊地强调了形式变革的重要性。值得我们注意的是，在这封通信中冯骥才提出形式变化的根本"是对文学概念本质的新理解"，形式的价值"有其相对的独立性"。他进一步提出："文学艺术家们对形式最敏感不过。他们既是内容的创造者，也是形式的创造者，必然要对自己已经习惯了的形式进行程度不同的改

---

① 谢冕：《在新的崛起面前》，《光明日报》1980年5月7日。

造。"冯骥才突出了"新"对创作的重要："没有新东西刺激我，我就要枯竭。新生活，新思想，新艺术，都要！"①小说家在八十年代初的创新欲望和创新焦虑由此可见一斑。李陀则认为"现代小说"不等于"现代派"，强调借鉴西方现代派的技巧，创造出和西方现代派完全不同的现代小说，因而同时强调"自己的民族的文学传统"和"世界当代文学"对中国"现代小说"发展的重要。他在通信中坚持了他在1980年《文艺报》艺术创新问题座谈会上的观点，形式是创新的"焦点"："就艺术探索来说，寻找、发现、创造适合表现我们这个独特而伟大时代的特定内容的文学形式，是我们作家注意力的一个'焦点'。"②1988年《北京文学》发表了黄子平的《关于"伪现代派"及其批评》，由此引发一场讨论，可以视为1982年前后关于"现代派"论争的延续，而在八十年代末，文学已经发生了实质性的变化，无论是作家还是批评家对"现代派""现代主义"的知识累积也都比"过渡"阶段丰富和厚实许多。

尽管形式已经被赋予一定的独立性，形式创新也已经作为"焦点"问题被提出，但在八十年代初主张形式创新的这些"激进者"的论述中，其前提依然是强调一定的形式是为一定的内容服务的。即便如此妥协，主张形式创新的观点在当时仍然受到非议，1982年前后围绕"现代派"的论争便反映了形式"启蒙"的艰难。将内容与形式分开甚至对立，或者突出内容决定形式的观念是根深蒂固的，但这种观念限制了批评家对文学本质的新理解，也禁锢了创作者对形式的新探索，直到1985年"小说革命"发生，完成了从"写什么"到"怎么

---

① 冯骥才：《中国文学需要"现代派"》，《上海文学》1982年第8期。
② 李陀：《"现代小说"不等于"现代派"》，《上海文学》1982年第8期。

写"的转换，形式创新的意义才被充分认识。文学观念的妥协到了这个节点开始发生变化，现代主义在当代中国由此具有了"合法性"。因此，在艺术创新的大势下形式创新具有了革命性，这是后来的"先锋文学"以及其他具有形式创新的文本受到积极评价的一个原因。李劼在1987年写作的论文《试论文学形式的本体意味》中，用"写什么和怎么写"作为第一部分的标题，概括了这样一个变化，并在"新时期文学启动"的背景中突出了"怎么写"的意义："由于新时期文学启动于一个很低的坡道，人们不得不十分遗憾地正视这么一个难以改变的事实：作为对'五四'新文学传统的继承，新时期文学应有的现实主义、人道主义、理性主义并没有获得充分的体现。这一事实在人们的审美心理上又势必造成一种巨大的空缺，以至于在相当长的一段时间内，人物的典型性、性格的丰富性、故事的生动性、情节的起伏性连同文学作品对社会的认识作用、对民众的启蒙作用、对人生的审视作用，以及它有关人性的张扬、人情的抒发等等在相当一部分文学家心中依然占有十分重要的位置。这也就是说，人们一站到任何一部文学作品面前，首要的兴趣仍然倾注在该作品写什么上，而很少有人关注怎么写。因为按照一种长期形成的审美习惯，一部作品写什么总是第一位的，怎么写则是次要的。"在这样的背景下，先锋文学蔓延开来，"成为一场把怎么写的课题推向一个富有魅力的高度的文学运动"①。

在当代文学史的宏观框架中来讨论从七十年代末到八十年代初的"过渡"，再讨论"过渡"而来的"小说革命"，"八十年代文学"回到

---

① 李劼：《试论文学形式的本体意味》，《上海文学》1987年第3期。

"自身"的脉络便完整地呈现出来。而在形式的本体意义逐渐确定的过程中，文学的"本体论"也成为文学的基本理论。但是，如何回到文学"自身"则存在不同的通道。李庆西论"寻根文学"的价值掼转，是从原有的"政治、经济、道德、德与法"的范畴过渡到"自然、历史、文化与人"的范畴①，而"先锋文学"与此虽有交叉，但路径显然各异。韩少功在谈到被称为"寻根文学"宣言的《文学的根》这篇文章时说，"当时我的主要针对点：一个是'文化大革命'十年把文化传统完全断裂了；二是对西方文学的吸收几乎成了模仿和复制。我觉得这都是没有前途的，是伤害文学的"②。在今天看来，无论是对业已断裂的文化传统的继承，还是对西方文学的批判性接受，其实都是"八十年代文学"回应西方现代性的一种反应。

这些不仅构成了八十年代"纯文学"的基本内容，而且是二十一世纪以后反思"纯文学"和"重返八十年代"的基础。一段时间以来，"写什么"再次被强调，与"改革文学"一脉相承的现实主义写作，如"现实主义冲击波""底层写作"等，受到一些批评家的重视和较高评价。当年"寻根"与"先锋"序列的作家们，如莫言、贾平凹、韩少功、王安忆、格非、苏童等，也都开始"向伟大的传统致敬"——这样一种循环的起点便在七十年代末八十年代初的"过渡"阶段。

---

① 李庆西：《寻根：回到事物本身》，《文学评论》1988年第4期。
② 韩少功：《历史中的识圆行方》，载《我与八十年代》，生活·读书·新知三联书店，2011，第208页。

四

在叙述了种种"过渡状态"之后，我想讨论的问题是，诸种因素如何在矛盾运动中形成关系、此消彼长，而后构成"八十年代文学"的面貌。如果说"主潮"的概括和叙述未必能够反映"八十年代文学"的全部面貌，那么这样一个序列的形成显然是各种意识形态妥协的结果或者是知识谱系的影响。从研究者的意识形态和知识分子谱系出发，文学史的叙事自然不可避免地带有策略性的设计。叶维廉在1979年的论文中便说："某一个批评家或某一个阶级的批评家所删略的并非不足轻重；它之所以被删略，往往是因为当时的垄断意识形态把它排斥了；换言之，它被某一种特殊的历史解释摒诸门外。但另一个不同时期对历史的新解释则有可能使这些被删略的因素作为显性的范畴而重新出现。"[1] 因而，文学史远大于文学史叙事。

在"过渡状态"中，文学结构内部的观念、思潮、文本等呈现的差异性通常不是以对抗的形式存在的，这不仅反映在不同的观念、思潮以及不同的文本中，即便是相同的流派、群体或者个人的写作，差异性的存在滋生着文学写作的其他可能性。《今天》对"伤痕文学"的质疑、"寻根文学"与"先锋文学"的关系、"朦胧诗"与"现代派"对"现代主义"选择的差异等，都显示了非对抗性。另一些作家的创作如汪曾祺的小说则处于"中间地带"。历史的吊诡之处正如韩少功指出的，"寻根文学"与"先锋文学"并不是对立的两种思潮。只从形式的意义上来认识后来兴起的"先锋文学"是不够的，那些被我们肯定

---

① 叶维廉：《历史、传释与美学》，东大图书有限公司，1979，第255页。

的八十年代"先锋文学"对外在世界与自我世界及其关系的认识都有重大突破。因此,在形式、语言之外,"先锋文学"的精神性仍然值得我们再思考。与此同时,"寻根文学"的形式意义也需要重新认识。对"先锋文学"形式的肯定,是以"西方"和"现代派"为参照的,在这个参照系中,包括"寻根文学"在内,传承中国传统叙事资源的文学作品的形式意义没有得到足够的重视。即使马原、余华、苏童、叶兆言等先锋作家的文本其实也从来没有割断过与中国传统叙事资源的联系①。在文化断裂以后,八十年代那些回到传统文化和传统叙事资源的作品在形式和精神上同样具有"先锋性"。在八十年代中期以后,"寻根"中断了,"先锋"也转向了。对"寻根文学"而言,"中断"显示了传统叙事资源再生的困难;对"先锋文学"而言,它的转向"故事"或者"向后退"并不是"技术主义"的失败,而是在文本与世界之间遭遇了阻隔。

这样一种"过渡状态",有纠结,也有并行不悖。但这种非对抗不等于相互之间没有碰撞和矛盾,其结果是作家的沉浮和文学思潮的此消彼长,或者是在积累和消耗之后发生的"中心"与"边缘"位移。当历史转折之后,那些与转折共生的文学思潮往往只带有过渡性的意义,而缺少真正的文学经典的品格。而文学史的新阶段常常又是如此产生的。文学创作如果没有吻合历史转折时期的政治诉求,可能就没有文学新阶段的开始,但能够在文学史上留下并让我们讨论的文本,往往又是超越了历史转折时期局限的作品。研究者的价值判断必须而且不可避免,但结果是不可避免地删除或者遮蔽了在他的视野和价值

---

① 郭冰茹:《传统叙事资源的压抑、激活与再造》,《文艺研究》2011年第4期。

判断之外的作家、文本和思潮，从"伤痕文学"到"先锋文学"的叙述便是如此。显然，文学的"过渡状态"和此后的文学进程比文学史叙事中的对象要复杂、芜杂、广阔和深远。这是我们今天面对"过渡状态"时的尴尬，单一的文化和美学假定，只能顾此失彼或者非此即彼。如何形成文学史研究的共同基础并最终导向文学规律的建立，是一个有问无答的难题。

一个可以得出的结论是，"过渡"时期的状态通常与文化结构的单一和包容有关，文学由"十七年"到"文化大革命"的"过渡状态"是文化单一的结果，由"文化大革命"到"新时期"的"过渡状态"则是文化逐渐多元使然。在重新处理了文艺与政治的关系后，当代文学制度在现实社会需要的范围内鼓励文学的自我解放。这是一段时间内文学与体制能够和谐共处的一个原因。如果没有体制的推动，"新时期文学"的发生就缺少历史的动力。当历史转折提供了文学创作新的可能性时，历史转折时期多种力量并存的格局也牵扯和控制文学的演变，这是"过渡"时期文学发展的一个重大特征，因而文学与外部的冲突便时常发生。

陈荒煤曾经谈到他对这些问题的认识："三中全会的公报明确指出，凡是不利于生产力发展的一切领导方式、思想方式、活动方式，都应该废除。我看，这一条同样适用于精神生产。一切不利于文艺创作的领导方式、思想方式、活动方式也应该坚决废除！凡是不利于文艺成长的领导方式、思想方式、活动方式也应该坚决废除。"他认为，1949年至1979年三十年文艺"一个最重要的经验，就是在无产阶级专政的条件下，国家有庞大的行政机构，有各种文学艺术的群众团体，在各级党委、文化部门、文艺团体内的党组织，究竟怎样领导文艺工作，才能促进社会主义文学艺术事业的迅速发展，促进各种艺术创作的繁荣，促进文艺理论工作的活跃，促进一支无产阶级的文艺队伍的正常发展和壮大，探索社会主义文艺的发展规律。而加强党对文艺工作的领导，关键在于按照客观规律办事，尊重文艺的特殊规律，坚决贯彻党的'百花齐放，百家争鸣'的政策。"①贺敬之在《对当前文艺工作的几点看法》中对行进中的文学创作和文学思潮则有不同的解释。比如说，对第四次文代会之前的创作评价问题，贺敬之认为"第四次文代会召开以前，文艺界和整个思想界一样，要解决的主要是肃清林彪、'四人帮'流毒，拨乱反正，打破两个'凡是'观点的禁锢，强调解放思想，发扬艺术民主，这是主要的任务。但这并不是说，在这个时期完全没有出现一点另外的错误思想"②。因此，当新生的"意义架构"超出了某种限度，冲突也就不可避免。因此，打破"禁区"实际面临"大禁区"和"小禁区"。这是最为突出的"过

---

① 陈荒煤：《关于总结三十年文艺问题》，《文艺研究》1979 年第 3 期。

② 如何看待这些问题，贺敬之认为也存在两种态度："但是，在当时，一方面有些同志不肯承认有这些缺点，仿佛稍微一提这方面的缺点，就会妨碍解放思想，就会打击总体的积极性似的。另一方面，有些同志又夸大这方面问题的严重性，把它当作主要应该反对的'右'的表现，而对于解放思想，打破禁区，发扬艺术民主，克服文艺领导工作上的简单粗暴，就不再认为是只有问题，甚至采取了反感态度。"贺敬之同时还提到对 1980 年剧本创作座谈会的两种不同看法："有一些同志曲解会议精神，认为这就是纠四次文代会的偏。还曲解'注意社会效果'的正确含义，用它做简单粗暴地对待文艺作品的借口。另外，又有一些同志，从另一方面曲解会议精神，把对几个作品的正确批判说成是什么'变相打棍子'，是什么'变相禁戏'，甚至从根本上否定'社会效果'这个正确提法。特别是在中央提出改革领导制度、发扬社会主义民主、反对官僚主义，报刊上提出加强和改善党对文艺的领导之后，在这些同志那里，又对中央精神做了有意无意的曲解，发表了某些削弱党的领导、模糊社会主义文艺方向的言论。有的作者拒绝正确的批评意见，同时也出现了某些倾向不好的宗派。最近中央提出要注意这方面的问题，有的同志就是不赞成，甚至反唇相讥，说剧本创作座谈会是一九八〇年刮起的什么'冷风'，甚至说是第四次文代会的一个'倒退'。"参见《当前思想战线的若干问题》，《文艺研究》1981 年第 2 期。

渡状态"之一。从这一思路出发，我们就会明了一些批判现象发生的原因。

如果回到文学现场，我首先注意到的是，否定"文化大革命"的思想背景与立场存在差异：马克思主义的，非马克思主义的；无产阶级的，资产阶级的；左翼的，右翼的；官方的，民间的；高层的，底层的。这种差异不仅影响了关于历史的反思和叙述，也是九十年代以后知识分子分化的一个因素。在人道主义和异化问题的论争中，马克思主义者内部也存在差别。王元化是周扬《关于马克思主义的几个理论问题的探讨》一文的执笔者之一，在 2008 年的谈话中如是评价这篇"文章的要害"："是对人道主义有明确的肯定，对马克思主义经典著作中关于'异化'问题的表述有充分正确的阐述，实质上是承认和肯定共同人性。"① "这场以'人道主义'为旗帜的讨论既是面向过去、总结'文化大革命'教训的，也是对改革的呼应。因为当前正在进行的改革已经引起价值观念的变化。在这种情况下，提出人的价值和社会主义人道主义的问题，是有现实意义的，是和改革的步伐合拍的。"② 而胡乔木显然不赞成这样的论述和观点。政治结构内的这种冲突必然投射到文学思潮的演进中。

文学制度中的冲突，有时也与某种理论和观点的积重难返和知识背景的滞后有关，这在"现代派""现代主义"的论争中反映出来。很长时期内"现代主义"是在政治层面上加以界定和认识的。我曾经考

---

① 王元化：《我在不断地进行反思》，载《我与八十年代》，生活·读书·新知三联书店，2011，第 15 页。

② 王元化：《我在不断地进行反思》，载《我与八十年代》，生活·读书·新知三联书店，2011，第 66 页。

辨从 1965 年到 1979 年《辞海》中关于"现代主义"的定义，发现经过了 14 年时间跨度后，编写者对"现代主义"的定义大同小异。"文艺条目（1976）"的释文是："帝国主义时期资产阶级文学艺术各种颓废主义、形式主义的流派与倾向（立方主义、未来主义、达达主义、超现实主义、抽象主义等）的总称。其哲学基础是极端反动的唯我论，其特点是：歪曲现实，破坏文艺固有的形式，否定艺术创作的基本规律，宣扬世界主义和各种反动思想。"这个条目的内容与"文艺条目（1965）"大致相同，增加了"其哲学基础是极端反动的唯我论"一句，关于特点的表述略有改动。"文艺条目（1979/修订稿）"用"十九世纪下半叶"代替"帝国主义时期"，对"现代主义"特点的表述，以"现实主义"作为参照，改为"其特点是违反传统的现实主义方法，标新立异，宣扬革新，但总不免流于破坏文艺固有的形式，否定艺术创作的基本规律"。"文艺条目（1979）"之"现代主义"的解释依然沿袭着上述两个版本的局限，未做大的改动，只是删除了"哲学基础"一语。这样的修改在整体上反映了七十年代末中国学界对"现代主义"的认识水平。当文学思想和批评观念转换时，一批在七十年代末八十年代初曾经引领风气的领导型批评家开始落伍。"反映论"和"典型论"不足以解释所有的文学现象，也不能规范所有的文学创作，如果只从"反映论""典型论"出发，和已经变化了的文学观念和文学创作的冲突也就不可避免了，现实主义创作依然重要，但已经不是唯一。既有的思想力量和理论思维，使许多理论家、批评家对"现代主义""现代派"保持了高度的警惕，从而把"现代主义"排斥在外。在经历了"过渡"时期以后，文学的主义之争得以落幕。

当代文学从一开始便是在制度规定下产生和发展的，所以作为一种具有鲜明国家意志的文学，体制的影响是深刻的。但这一情形在历史转折时期出现了变化。一方面，如我们前面所述，在当代文学制度重建的过程中，领导者、组织者以及一段时期引导文艺思潮发展的理论家做了适应时代的调整，从而使文学制度本身具有了某种程度的包容性。在"过渡"时期，体制本身的变革适度改变了"意义架构"与"权力架构"的关系。另一方面，自发的文学因素在增长。一些论争或者某种主流性的结论并不能影响实际中的写作，这是创作独立于理论与批评，作家独立于理论家与批评家的地方。

偏差、修正与调整的"循环往复"

———— ◎ ————

一

　　讨论文学制度形成中的一些基本问题和特征，是考察中国当代文学史的有效方法。在八十年代以前，文学体制和文学生产不仅形成了紧密的关系，而且呈现了可以称之为"制度性"的特征及规律。在当代文学制度内部，秩序的建立不是以统一的方式进行的，而是在矛盾冲突中形成交替生成、发展的状态。一方面是政策、理论原则的确立，一方面是与此相关的纠正和调整；一方面是对纠正和调整的颠覆与控制，一方面是对颠覆和控制的重建与变革。这样一种"循环往复"的状态，是当代文学制度从五十年代到八十年代的基本特征，当代文学史中的非正常状态由此而生。"循环往复"的过程，累积了冲突的能量，文学体制在历史转折时期，也就出现了变革的契机和终结"循环往复"历史的可能。八十年代文学制度的重建以及文学回到自身的实现，虽然未能消除部分的循环现象，但在根本上改变了文学体制与文学生产的关系，从而终结了大范围循环的历史。——这是我在本文中要重点考察的内容。

在研究"20世纪50年代至70年代"文学时，洪子诚认为不能以"一般性的判断"，"代替对其中存在的一些复杂情况的考察"①。关于这个时期文学报刊"有限"的"复杂性"形成的原因，他认为"一个原因是一种文学规范，或者说确立文学规范的理论原则、政策规定，仍然存在着阐释上差异的可能性。就是说理论或原则上虽然提出来了，文艺纲领等虽然也确立了名单，但在阐释上、实施上仍然会出现许多差异。同时我们也看到，马克思主义的文学理论以及毛泽东的文艺思想、文艺主张本身，内部也包含着许多矛盾性"。"第二个原因，当代对文学的管理、控制，有一种过程式的循环状态。"②洪子诚借用了汤森、沃马克《中国政治》中"动员"和"巩固"的概念，分析了交替出现的群众运动式的"动员"和"制度化"的"巩固"同样是"当代文学的一种主要展开方式"。洪子诚深刻地指出："'运动'的开展和对'运动'所作的整理、修正，交替进行。这就使得50至70年代中国的政治生活，包括文艺生活，出现紧张和松弛交替震荡的状况。有时候紧张，有时候松弛。在'动员'阶段，会提出一些严格的标准，采取激进的姿态，破坏或动摇原有的'制度'。在'巩固'的阶段，会采取一些比较温和的措施，进行整理、退缩。在比较'松弛'，或者我们现在常用的词'宽松'的情况下，有限度地让不同的意见表达，就有较多的可能性，特别是决策者有意识地允许某些不同意见的表达时

---

① 洪子诚：《问题与方法——中国当代文学史研究讲稿》，生活·读书·新知三联书店，2002，第210页。

② 洪子诚：《问题与方法——中国当代文学史研究讲稿》，生活·读书·新知三联书店，2002，第210页。

间。"① 这里讨论的是"体制"自身的"复杂性"给文学思想或文学创作带来的"有限"的"复杂性"。

如果我们在这个基础上继续思考，随之而来的问题还有：理论或原则的"差异性"在"松弛"状态下，有没有可能通过整理、修正，形成积极的因素，从而形成在后来我们认为是"正确"的政策？作家、批评家有限的"自由表达"，甚至包括文艺领导者自身的"自由表达"，能否纳入"政策"与"理论原则"之中？"正确"的"政策"或"理论原则"在"十七年"中也不缺乏，为什么通常迅速被"体制"放弃或者作为"革命"的对象遭到批判，而视为"文艺黑线"？在"偏差"与"修正"之间有无两者妥协的产物？这些"复杂性"的问题又给文学创作带来了怎样的影响？这些问题自然不能在一篇文章中解决，但需要我们在考察当代文学制度时加以探讨。

在讨论其中一些问题之前，我想简单梳理二十世纪五六十年代一些重要的"政策"和"理论原则"的文本以及与此相关的报告、批示、社论、纪要等。如果从偏差与纠正、控制与变革这样的关系出发，大概可以分为两个序列。一个序列是历次文艺运动的领导批示、讲话、批判文章和社论等，这方面我们熟悉的文献有《应当重视电影〈武训传〉的讨论》《反人民、反历史的思想和反现实主义的艺术》《关于"红楼梦研究"问题的一封信》《我们必须战斗》《关于〈胡风反革命集团的材料〉的序言和按语》《文艺战线上的一场大辩论》《关于文学艺术的两个批示》和《林彪同志委托江青同志召开的部队文艺工作座谈会纪要》等。这个序列的文献，对当代文学制度或者当代文学史研

---

① 洪子诚：《问题与方法——中国当代文学史研究讲稿》，生活·读书·新知三联书店，2002，第210、211页。

究者来说并不陌生。另一个序列，是和上述文献构成修正、调整和变革关系的批示、讲话、报告、社论等。这一序列的文献，我们比较熟悉的有《百花齐放，百家争鸣》《同音乐工作者的谈话》《在文艺工作座谈会和故事片创作会议上的讲话》《为最广大的人民群众服务》《关于当前文学艺术工作若干问题的意见（草案）》《在中国文学艺术工作者第四次代表大会上的祝词》和《文艺为人民服务、为社会主义服务》等，而很少被我们征引和讨论的文献则有《一九五○年全国文化艺术工作报告与一九五一年计划要点》《中国作家协会一九五六年到一九六七年的工作纲要》（简称《工作纲要》）和《中央关于加强文艺战线的指示》等。

我所列的这两个序列的文献并不完全对立或者对应，彼此甚至存在不同程度的相互影响，但是它们大致构成了相互修正或纠正的关系，而前者则在当代文学制度中居于主要位置，并且形成了对后者修正或纠正行为的控制与颠覆。我想选择其中的几种文献进行对照分析。

二

在讨论中国当代文学的产生时，第一次文代会和周扬做的报告《新的人民的文艺》通常作为一个关键点和重要文本，因为它明确了解放区文艺作为当代文学的直接背景，并且确定了"为工农兵服务"的方向。如果从当代文学制度的形成来看，在"扩大的解放区"意识中，《在延安文艺座谈会上的讲话》成为当代文学的指导思想，延安解放区文学既是文学经验也是一种管理方式和组织形式，但这并不充分的经验和管理方式并不能构成当代文学制度的全部，新的现实将提出另外的问题并充实当代文学制度。

我选择周扬1951年4月在政务院第81次会议上的报告《一九五〇年全国文化艺术工作报告与一九五一年计划要点》，是因为这是第一次文代会后，政府对文化事业的正式总结，而且又是在论争电影《武训传》后不久。报告不仅评估了中华人民共和国成立后一年多来文艺的实践情况，而且在对问题的分析中提出了"加强思想领导"和"健全行政组织"两个方面的意见，是对建立文学体制的初步思考。

周扬在报告1950年全国文化艺术工作情况时，"电影事业"被作为"第一个重点"，"这是因为电影是最有力的艺术形式"。报告对电影事业的基本评价是："国营厂的故事片和纪录片一般都能忠实地反映中国人民，特别是工农兵的生活与斗争，其中一部分在思想上和艺术上已达到一定的水平。""在同时期，私营制片厂共摄制故事片三十四部，大部分也能保有进步的思想内容和严肃的创作态度。"[①] 报告特别提到"进步片"的观众"由少数而转为多数"。"一九五〇年底，进步片观众已占观众总数的百分之六十五至百分之七十。在电影市场上，英美帝国主义国家的有害影片已基本肃清。即以美国影片势力最大的上海而言，一年来美国片已为广大观众所唾弃，而以人民民主斗争为主题的国产影片则受到极大欢迎；这是电影市场的空前变化，是文化战线上的一个巨大胜利。"周扬的这一报告是在论争电影《武训传》之后，从中可以进一步认识这部电影遭受批判的原因："对私营电影制片业，我们虽在经济方面给予了不同程度的扶助，但对其制片

---

① 周扬：《周扬文集》（第二卷），人民文学出版社，1985，第38、39页。

的思想领导却是不够的。例如昆仑公司的《武训传》，就是一部对历史人物与历史传统做了不正确表现的，在思想上错误的影片。因此加强对全国电影制片的思想领导已成为整个文化艺术工作中一项极端重要的任务。"①

这里实际上引申出了两个基本问题：体制管理和思想领导。在周扬的报告中，"私营"企业的状况并不令人满意。不仅电影如此，其他艺术形式同样存在一些严重的问题。比如旧年画和文艺书籍的出版："上海某些私营出版业，仍在翻印旧内容的画片与连环图画。旧年画与旧连环图画，在今天尚拥有广大的市场。加强与改进新连环图画与新年画的出版工作，是美术宣传方面的最重要的任务。……在文艺书籍的出版工作中，存在着无计划无领导的自流状态。在全国的私营出版业中间，认真负责者固然不少，然而也有不认真不负责的出版商，单纯以营利为目的，粗制滥造的风气相当严重。"②这是在"社会主义改造"完成之前文艺体制的"国营"与"私营"状况（报告还提到了"鼓励私人资本投资"电影院），在所有制改造完成之后，文艺体制逐渐"一体化"，私营制片业和私营出版业不复存在，这是"当代文学制度"得以形成的"经济基础"。

报告得出的结论是，"加强对全国文化艺术工作的思想领导，调整与健全政府文化行政组织"。如何加强思想领导，显然比改造体制要复杂和艰难得多。报告有一部分是谈戏曲改革的，但涉及的问题则是全局性的，包含了领导什么、如何领导等诸多内容，在一定程度上呈现了文艺体制或者文学制度的基本方面。报告肯定了戏曲界"初步获

---

① 周扬：《周扬文集》（第二卷），人民文学出版社，1985，第39页。
② 周扬：《周扬文集》（第二卷），人民文学出版社，1985，第40页。

得了文艺为人民服务的观点”，“但各地的戏曲改革工作中，也曾发生过一些偏差和缺点。这表现在两个方面：一方面对于旧戏曲缺乏一定的审查标准与积极的改进方案，而单纯地采取禁演的办法，以致禁戏过多，在有些地区中在一个时期里，造成艺人们的生活困难，同时也引起了群众的不满；另一方面有的地方则又对旧戏曲采取放任自流的态度，没有积极地加以领导。此外，在戏曲的修改与创作方面，虽然有了若干成就，但也有不少作品是反历史主义的、公式主义的，这些作品不是按照历史唯物主义的观点来反映历史真实，而是将历史人物‘现代化’，将历史事迹与现代人民革命斗争的事迹做不适当的比拟”。这些问题的发现及分析无疑是准确和到位的，因而能够修正其中的偏差：“中央文化部在一九五〇年十一月下旬召开的全国戏曲工作会议，明确规定了以历史观点和爱国观点作为审查剧目的标准，旧有戏曲中一切有重要毒害的内容，及表演形式上一切野蛮、恐怖、残酷、猥亵、奴化的成分，必须坚决加以改革；存在于编改剧本工作中的某些反历史主义的、公式主义的倾向，必须加以纠正。”[1] 我们可以看到，在文艺形成的过程中，肯定与纠正便是一个问题的两面，当“纠正”无法进行或受到限制时，偏差和缺点便不断扩大。

如何看待周扬报告中提出的这些问题以及问题产生的原因，主管文艺的部门和领导同报告中的认识并不完全一致，最大的分歧在于主管文艺的部门把问题的产生归结于未建立党对文艺工作的“有效领导”，而这一点在当代文学制度建立和发展过程中一直是最关键的问题。1951 年 11 月 23 日《中共中央宣传部关于文艺干部整风学习的报

---

[1]　周扬：《周扬文集》（第二卷），人民文学出版社，1985，第 43 页。

告》特别强调了"文艺工作的领导方面"的问题:"文艺工作在近两年来是有成绩的(电影和群众文艺活动的成绩较为显著),但同时也有许多缺点,特别是在文艺工作的领导方面,存在有一种忽视思想、脱离政治、脱离群众、迁就资产阶级小资产阶级的倾向,使文艺战线发生混乱,在党的文艺干部中也发展着某些无组织无纪律的现象,急需加以纠正和整顿。为此,我们决定在文艺干部中进行一次整风学习,借以澄清文艺界的各种错误思想,认真建立党对文艺工作的有效的领导。"① 为整风学习,中宣部召集"党的主要文艺干部"十余人举行了文艺工作会议,参加者有胡乔木、周扬、丁玲、赵树理、李伯钊、陈沂、艾青、何其芳、周文、吕骥、江青、阳翰笙、袁牧之、陈波儿、张庚、严文井、林默涵等,会议"取得了一致意见'。关于文艺工作领导方面的错误,报告所列主要表现为:迁就资产阶级小资产阶级,放弃思想斗争和思想改造工作,缺少对思想工作的严肃性;脱离政治,脱离群众;严重的自由主义,缺乏批评与自我批评,缺乏学习。中宣部报告除了批评党内,还认为"在党外,文联及其所属各个办会都陷于瘫痪状态"②。如果联系到后来的历次文艺运动和斗争,对文艺界问题的批评似乎都集中在这样几个方面,只是问题的程度和范围不等。

会议认为周扬应对以上现象负主要责任,而周扬本人也做了详细的自我批评。如何改善文艺工作,报告列出了会议决定的主要办法:纠正文艺脱离党的领导的状态,对文艺工作的重要情况和问题经常向

---

① 中共中央文献研究室:《建国以来重要文献选编》(第二册),中央文献出版社,1992,第462页。

② 中共中央文献研究室:《建国以来重要文献选编》(第二册),中央文献出版社,1992,第465页。

中央报告和请示；彻底整顿文联各个协会的工作，使其成为组织作家参加实际斗争、学习、改造和开展自我批评的中心；改善对电影工作的领导，草拟一个中央关于加强电影工作的决定草案；整顿文艺刊物，使之成为严肃的、战斗的武器；对文艺界的资产阶级小资产阶级思想开展有系统的斗争。^①这些改善文艺工作的办法，确立了文学体制运行的主要环节。

在这个意义上，中宣部报告对周扬的批评以及提出的主要办法，并不是对周扬报告的否定，而是进一步的补充。周扬在政务院的报告和中宣部呈送中央的报告，两者之间的差异在于，前者未上升到"党对文艺工作的有效的领导"这一高度，而是在一般意义上提出思想领导和在行政层面讨论改进的问题。因而，后者是对前者的补充和巩固，由此突出了"党对文艺的领导"这一核心问题。在这之后发生的 1954年"《红楼梦研究》批判运动"和 1955 年"胡风反革命集团"案，可以视为"对文艺界的资产阶级小资产阶级思想开展有系统的斗争"。

三

1956 年在中国当代文学史上是一个具有标志性意义的年份。如果以时间为序，1956 年 3 月中国作家协会第二次理事会会议（扩大）通过的《工作纲要》，或许是文学界最早对"形势"做出反应的一份重要文件。在文学体制与文学的关系中，这份《工作纲要》几乎是二十

---

① 中共中央文献研究室：《建国以来重要文献选编》（第二册），中央文献出版社，1992，第 465、466 页。

世纪五六十年代少见的一个"异数"。但在文学史研究中，这份《工作纲要》极少被征引，从而疏漏了对文学史一些重要环节的考察。

中国作家协会于1956年2月25日至3月6日召开了第二次理事会会议（扩大），会议以讨论发展文学创作问题为中心，同时就目前文学工作中的两个重要问题，即培养青年作家和发展兄弟民族文学的问题进行了讨论，并且通过了中国作家协会《工作纲要》。中共中央在给中国作家协会党组《关于作协第二次理事会会议（扩大）和全国青年创作者会议的报告》的批示中说："中央认为作家协会党组《关于作协第二次理事会会议（扩大）和全国青年创作者会议的报告》中所提出的有关发展文学创作的各项意见是正确的，特将此报告发给各地参考。"《工作纲要》规划了1956年至1967年的文学工作，这可能也是迄今为止中国作家协会制定的时间跨度最长、内容最为完备的一份工作纲要。它包括七个大的方面：关于发展文学创作；关于开展文学理论研究和文学批评工作；关于培养青年作家的工作；关于发展各兄弟民族的文学；关于国际文学交流的工作；关于编辑、出版工作；关于加强作家协会工作。我们不必详细解读每一个方面，但对其中的一些基本问题或关键问题可以进行提纲挈领的梳理。

《工作纲要》认为，"全国社会主义建设和社会主义改造的高潮，正在推动文化高潮的到来"，制定这一纲要是"为了适应人民群众对文学艺术的日益增长的需要"，以此作为工作依据和奋斗目标。为此，《工作纲要》提出的指导性原则是，"我国作家和广大文学工作者必须团结起来，努力发展创作，提高文学创作的思想艺术水平；继续与资产阶级思想，与脱离社会主义现实主义的倾向进行斗争；争取在今后几年内几倍地扩大我国作家队伍，创作大量的无愧于我们的人民和时代的作品，用社会主义精神教育人民，帮助促进我国社会主义事业的完全胜利"①。值得注意的是，这段文字的表述没有给"作家和广大文学工作者"的身份定性，错误的思想和倾向限制为"资产阶级思想"和"脱离社会主义现实主义"，文学与现实的关系是教育人民和帮助社会主义事业的完全胜利。饶有意味的是，《工作纲要》并未对1956年之前的文学工作进行历史性的总结，因而也未涉及以往的历次文艺运动。现在我们无法猜测《工作纲要》的起草者如此处理的原因，可以明确的是，它是以正面论述来规划各项文学工作的。这样一种行文的风格在五十年代独具意义。如果联系到1954年"《红楼梦》研究批判运动"、1955年"胡风反革命集团"案，可以发现《工作纲要》对此前的历史其实做了适度的"切割"。中国作家协会作为最重要的文学组织，其《工作纲要》已无"激进"的姿态，而是表现了尊重文学艺术创作规律的基本态度。

我想，这样的解读并不过度。进一步细读《工作纲要》，我们会发现，在涉及文学制度与文学创作的三个关键问题上，其表述更为自由与宽松。一是在号召作家创作反映我国革命历史和当前重大斗争的作品的同时，强调"促进多种多样的文学体裁和文学样式的发展，提倡创作风格的多样性"，并且提出"注意发展喜剧及各种讽刺作品"。1956年以后小品文和历史小说的一度繁荣，显然与这样的提法有关。二是关于马克思主义理论的学习，用了依据作家"本人的自愿"这样的措辞："帮助作家提高马克思列宁主义的理论修养，采取各种形式把作家组织到马克思列宁主义的学习中来，争取在五年内使现有作家普遍地学完马克思列宁主义的基础知识。"学习的内容还包括党和国家的重大

---

① 中国作家协会：《中国作家协会第二次理事会会议（扩大）报告、发言集》，人民文学出版社，1956，第98页。

政策以及马克思列宁主义的文艺理论。三是文学批评，"对文艺上各种资产阶级唯心主义思想及违反现实主义的倾向进行斗争，同时提倡自由辩论的方式和同志式的原则性的批评，反对文艺批评中的简单的武断的作风"。这些提法，在一定程度上吸取了1949年以后文艺实践的经验教训。1962年的《关于当前文学艺术工作若干问题的意见（草案）》，即我们通常所说的"文艺八条"，可以说是这些基本观点的发展。

如何对待中外文学传统，如何进行文化批判，也是当代文学发展中的问题之一。《工作纲要》对待"五四"以来的新文学以及"世界文学"亦采取了比较包容和开放的做法。《工作纲要》要求"组织力量系统地研究鲁迅的著作和'五四'以来的其他重要作家的作品，研究和总结我国当代作家的创作经验，要求做到研究我国历代的重要作家和作品"。《工作纲要》提出"了解和研究世界文学发展的情况"、"世界文学"包括苏联、各人民民主国家、欧美各主要国家以及印度、日本等国的文学。《工作纲要》还规划在1967年之前，将世界古典作家和当代优秀作家的代表作全部译成中文出版，有特殊重要性的作家，翻译出版其全集，并出版国内外研究专家撰写的研究这些作品的专门著作[1]。与此相关的是文科教材的编著工作。

这份在今天看来多少超越了历史局限的《工作纲要》，显然是另一种政治和文化政策的反映。在《工作纲要》通过之前，1956年1月14日，周恩来做了《关于知识分子问题的报告》；1956年4月中共中央政治局扩大会议决定将"百花齐放，百家争鸣"作为科学文化工作的方针，5月2日毛泽东在最高国务会议上宣布了这一方针；1956

---

[1] 关于中国古典文学、现代文学以及外国文学的出版情况，可参阅郑效洵《最初十年间的人民文学出版社》。

年 5 月 26 日，时任中共中央政治局候补委员、中宣部部长陆定一代表中央在中南海怀仁堂向科学界和文艺界做了题为"百花齐放，百家争鸣"的报告。1979 年 9 月 9 日《人民日报》发表《同音乐工作者的谈话》。1956 年 8 月 24 日，毛泽东同中国音乐家协会的负责同志进行了谈话，谈话提出"文化上对外国的东西一概排斥，或者全盘吸收，都是错误的"，"应该学习外国的长处，来整理中国的，创造出中国自己的、有独特民族风格的东西"[①]。是年 9 月，中国共产党第八次全国代表大会召开。1956 年在政治与文化上的新路径及其中断深刻影响了当代中国的发展，而文学制度的变化则是其中的一个部分。

我们现在还无法逐一考核《工作纲要》的落实情况，但可以肯定的是，1956 年至"文化大革命"前的部分文学工作是按照这一《工作纲要》实施的。如果仅就《工作纲要》的规划而言，它是在文学与政治的关系相对正常的状态下，文学体制的一次良性运作。尽管对历史的假设已经毫无意义，但我们仍然愿意提出一个假设性的问题：如果在 1956 年至 1967 年的十二年间，《工作纲要》得以实施，中国当代文学的这段历史会是怎样的面貌，又怎样影响后来的文学史进程？今天我们对"十七年文学"复杂性的认识，对"十七年"时期一些文学思潮、理论观点和作品的肯定性评价，很大程度上是对这一《工作纲要》的确认。尽管我们在文学史论述中很少提及这一文献，但阅读之后，不能不确认《工作纲要》之于当代文学制度的重要性。

如果和 1956 年之前的各种社论、报告及文件相比，《工作纲要》显然对当代文学制度中的某些偏差有了重要的修正或者纠正。如果置于中国当代文学史的大背景中，我觉得《工作纲要》的意义大于此，

---

① 毛泽东：《同音乐工作者的谈话》，《人民日报》1979 年 9 月 9 日。

它是当代文学制度形成过程中第一次形成体系性的指导意见，是一次积极的、正面的立论，而非"破字当头，立在其中"。虽然它尚未使用"社会主义文学"这样的概念，但基本勾勒了建设"社会主义文学"的方案，也形成了当代文学制度的基本框架并设置了运作方式。可以这样说，这一夭折了的《工作纲要》中的一些基本方面后来仍然延续在八十年代以来的文学制度之中。在这个意义上，它不仅是一次重新整理和修正，而且是一次关于当代文学制度的整体设计。

四

对《工作纲要》最直接的冲击是"反右"斗争和"大跃进"。以周扬的名义发表的《文艺战线上的一场大辩论》，用"阶级斗争""路线之争"来评判文艺界的形势和作家的思想问题。这是文艺界领导者和管理者思想方式的一个重大转变，党领导文艺的方式因此发生了偏差。这篇文章开篇便明言："在全国反击资产阶级右派的斗争中，文艺界揭露和批判了……反党集团及其他右派分子，并且取得了很大的胜利。这是文艺战线上的一场大是大非之争，社会主义文艺路线和反社会主义文艺路线之争。这场斗争，是当前我国无产阶级和资产阶级、社会主义道路和资本主义道路的斗争在文艺领域内的反映。"① 这样一种

---

① 1957年6月至9月，中国作家协会陆续举行了27次党组扩大会议。据1957年发表时的注解，本文是周扬"1957年9月16日后写成"。毛泽东在给林默涵的信中说："此文写得很好。我做了几处小的修改，请看是否可以？如果最近一期文艺报尚未付印，最好将此文在文艺报和人民日报同时发表。"本文未收入《周扬文集》。原载《文艺报》1958年第5期、《人民日报》1958年2月28日。

评判问题的思想方式和修辞风格，在"文化大革命"时期进一步膨胀和变形。这样一种体制性的大批判，是对之前文艺界历次运动的"巩固"，也压缩了曾经有过的修正和调整偏差的空间，并且否定了修正和调整的合法性。而在"大跃进"中制订的众多创作计划，则背离了曾经提倡要尊重的文学艺术规律。

这样一种"巩固"和进一步的"左倾"，在1960年7月召开的中国文学艺术工作者第三次代表大会上画了一个句号。在谈到第三次文代会的特点时，黎之说，"全国第一次文代会是被称为大会师、团结、胜利的大会。这是名副其实的"，"第二次文代会主题是繁荣文艺创作，反对粗暴批评"，第三次文代会"情况比前两次大会复杂得多，政治形势的变化令人难测"。在诸多复杂的问题中，文艺与政治的关系、知识分子的身份性质等决定了党领导文艺的方式。正是因为调整了知识分子政策，试图重新处理文艺与政治的关系，才有了1962年4月颁发的《关于当前文学艺术工作若干问题的意见（草案）》以及"电影二十三条"等新的文艺政策。

《关于当前文学艺术工作若干问题的意见（草案）》由周扬主持、林默涵负责起草，后由陆定一主持修改，将"文艺十条"改为"文艺八条"，主要内容包括进一步贯彻执行"百花齐放，百家争鸣"的方针，努力提高创作质量，批判地继承民族遗产和吸收外国文化，正确地开展文艺批评，改进领导方法和领导作风等八个方面。1962年4月30日，中共中央批转全国有关单位贯彻执行。

在当代文学史研究中，《关于当前文学艺术工作若干问题的意见（草案）》被赋予积极的意义，这无疑是这一草案的主要作用。但我们同时还看到，《关于当前文学艺术工作若干问题的意见（草案）》其实是一个妥协的产物。薄一波在《若干重大决议与事件的回顾》中，用了很大的篇幅谈从"文艺十条"到"文艺八条"的修改、删订，在对照中指出了"文艺八条"的局限性与不妥之处。这种妥协是将"偏差"转变得合理、充分，在此前提下进一步修正和补充并提出正确的"政策"和"理论原则"，它不可能也无法在否定中完成"纠偏"的任务。所以，我们看到，"文艺八条"在回顾中华人民共和国成立十二年来的文学艺术工作时，始终讲两个方面。在谈到成就和缺点时，首先肯定的是，"文学艺术工作取得了巨大的成就。党在文学艺术工作中的领导更加巩固地确立起来了，有了一套比较完整的发展我国社会主义文学艺术事业的方针和政策"，然后提及某些部门、单位和领导执行方针、政策时的偏差、缺点和错误，因而无法反思文学制度中的根本性问题。

这样一种局限当然是历史和时势造成的，但它从一个方面说明了偏差与修正、巩固和调整的循环往复形成的原因。在一个已经基本确立的文学制度的大框架中，修正、调整等只能是一种局部的行为，可以在短时间内产生积极的影响，但不能从根本上扭转文艺思潮的"左倾"，所以，对错误的纠正往往不彻底，随后而来的是再次反复。包括周扬、邵荃麟、林默涵、张光年等在内的文艺工作领导者，他们个人也处于政治和艺术的分裂状态，表达怎样的理论观点、主持制定什么样的文艺政策，常常受制于现实条件。其他作家，面对体制内的冲突也无所适从，并在创作中反映出两种话语体系的冲突。这同样是一个值得再研究的问题。

根据黎之的回忆，1964年1月3日，刘少奇、邓小平召集中央和北京部分文艺领导和个别著名人士开会，贯彻毛泽东1963年12月的批示。邓小平提出"统一认识，拟定规划，组织队伍"的十二字方针，并责成中央宣传部起草文艺指示，准备召开一次文艺会议。周扬代中央起草的文件初定名为《中共中央关于加强文艺战线的指示》，后因形势变化，此事未完成（收录在黎之《文坛风云录》中的这一文件为第三稿）①。在未成为正式文件的《中共中央关于加强文艺战线的指示》中，我们同样可以看到，前面所说的这种妥协和试图在妥协中保护积极因素、促进文艺发展的努力。

在《林彪同志委托江青同志召开的部队文艺工作座谈会纪要》形成和公开之后，通过妥协来修正和遏制文艺思潮"左倾"的可能也丧失殆尽，当代文学制度陷入了另一场所谓的"革命"。这份《林彪同志委托江青同志召开的部队文艺工作座谈会纪要》成为各种错误政策和理论的"集大成者"。

五

在"文化大革命"后期，党的文艺政策有所调整。1975年7月毛泽东调看了影片《创业》后批示："此片无大错，建议通过发行。不要求全责备，而且罪名有十条之多，太过分了，不利调整党的文艺政策。"② 这一批示提到了"调整党的文艺政策"。1975年前后，除《解放军文艺》《朝霞》外，当代文学制度中曾经的重要刊物，如《诗刊》《人民文学》等，以及一些省级刊物陆续复刊。这一调整只是微调，甚至不能称为修正，因而不可能从根本上触及六十年代便已"左倾"的文艺政策，这些政策在"文化大革命"时期走向极端。尽管中国作家

---

① 黎之：《文坛风云录》，河南人民出版社，1998。
② 毛泽东：《关于电影〈创业〉的批示（1975年7月25日）》，《人民日报》1976年11月5日。

协会已经停止活动，所谓"文艺黑线"的代表人物周扬等也被打倒，原有的当代文学体制似乎瓦解，但是，由二十世纪五六十年代发展而来的管理和控制文艺的方式仍然在延续着。当有限的"调整"可能纠正既往的做法时，这些调整便称为"'右倾'翻案风"。

"新时期文学"，在七十年代末八十年代初，其实是"半旧半新"的文学。所谓"半旧"，是指"新时期文学"是以"拨乱反正"开始的，"反正"即回到"十七年文学"的"主流"上去（周扬在第四次文代会报告中确认"十七年文学"的主流是好的），也就是"十七年"时期正确的文艺路线、方针和政策。在今天的语境中，我们讨论"十七年文学"的"正"，其实就是重新梳理那些修正"左倾"文艺思潮的政策或理论原则，以及被"左倾"文艺思潮抑制的政策或理论原则。在七十年代末八十年代初完成这样一个拨乱反正的过程，借助的是历史的重大转折，而"正确"的政治在这一过程中起到了决定性作用。所以，"新时期"之初重建当代文学制度实际上是恢复被"文化大革命"破坏了的原有体制。

我个人是喜欢用"复杂性"这一概念的，在考察中国当代文学史时也常常探讨"复杂性"因素存在的状态。但使用"复杂性"这一概念，其实并不是为某个方面做出合理性的辩护，而是为了呈现历史发展的真实状态。缩小或夸大"复杂性"都可能突出研究者"修正"背后的意识形态因素。至少在我看来，关于"十七年文学"和"文革文学"的研究，都存在着缩小或夸大"复杂性"的现象。其中，最为突出的问题是，通过对这个时期积极、正面因素的挖掘和整理，进而对这个时期的文学做出整体性的肯定。我并不否认，而且积极承认"复杂性"中的积极、正面因素，但同时觉得，这种承认和肯定可能会导致对历史的片面理解和评价。即便我们能够从"十七年文学"和"文革文学"中发现影响"八十年代文学"的积极因素，但这并不是让"八十年代"等同于前面两个阶段，比较公允的看法或许存在于"全盘肯定"与"全盘否定"之间。

无疑，只有"半旧"的"新时期"并不能称为"新时期"，另一半则是需要超越历史经验并在新的语境下创新文学的观念、理论原则以及规范文艺的方针、政策。重新处理"文艺与政治的关系"，重申"双百"方针，并最终确定"二为"方向，在根本上为重建当代文学制度创造了条件。从1979年邓小平在第四次文代会上的祝词，到1980年7月26日《人民日报》发表《文艺为人民服务，为社会主义服务》的社论，正式提出用"文艺为人民服务，为社会主义服务"的口号代替原来的"文艺从属于政治"或"文艺为政治服务"的口号，党的文艺政策的重大调整才得以完成。

体制的强大力量延续到了"八十年代"。在历史转折时期，无论是面对曾经的历史，还是当下的现实，文学借助体制的力量获得新的可能。这是"新时期文学"发生的一大特点。当体制对自身重新整理、修正和变革以后，回到"自身"的文学与体制的关系也就逐渐松散。这是历史变革的必然结果。中国作家协会第四次会员代表大会，可能是体制作用发挥到极致的最后一次。在这个过程中，或许也有反复，比如对《苦恋》的批判等，但大规模的因"动员"而生的"群众运动"不复存在。通过动员、组织的创作活动，在"中国潮"报告文学征文之后，基本拉下了帷幕。我们可以看到，文学体制仍然在发挥重要作用。文学评奖，比如"茅盾文学奖""鲁迅文学奖""五个一工程奖"等，仍然可以倡导一种主旋律，但这样的倡导已经不再规定和限制作家"写什么"和"怎么写"，前两个奖项的包容性逐渐增强，对文学多样性的选择也在增多。换言之，文艺政策的引导和保障作用依然存在，但与作家的创作并不构成直接的关系。

　　这是八十年代以来，文学制度与文学生产关系的一个根本性的变化。曾经循环往复、持续很长时间的当代文学史，在纠正、修正和变革之后，终于出现了一种相对稳定的常态方式。在这个意义上，八十年代以来的文学，既是一个"新时期"的开始，也是一种历史的终结。

"重返八十年代"与当代文学史论述

———— ◎ ————

如果把"重返八十年代"视为近几年来的一个文化事件也许不会有什么争议。在知识界少有较大规模"集体行为"的情势下，2006年查建英的《八十年代：访谈录》、甘阳主编的新版《八十年代文化意识》的出版，给原本进行中的"重返八十年代"工作推波助澜，一时呼声鹊起、应者云集，蔚为思潮，但又很快趋于平静，此情形和九十年代以后的一些讨论、思潮和事件一样。这个时代已经很少那种相对耐心持久、饱满结实的思想收获期。当"重返八十年代"的浪潮逐渐回落时，在学理和问题的层面上讨论"八十年代"以及"重返八十年代"也许更有意义。

一

在有了"思想解放运动""新启蒙""文化热""方法论热"和"小说革命"以后，"八十年代"成为二十世纪重要的历史时期之一。因此，无论是八十年代行进中的及时评论，抑或八十年代之后的不断阐释（种种阐释不能都视为"重返"），关于八十年代的论述始终是当代文学界一个持续的话题。在八十年代，文学、哲学、美学以及史学发挥了"先锋"的作用，这也是当时的一大特色。九十年代以后，经济学、政治学、社会学等都已经迅速发展，但有明确"重返八十年代"意识的，还是以人文学者居多，其中，文学研究界的"重返"已有不少系统的成果问世①。我们还注意到，在九十年代末期，不少八十年代文学创作的中坚力量开始"重返八十年代"。1999 年末，韩少功的一篇访谈录《反思八十年代》触及的一些话题也是近两年来文学研究界"重返八十年代"讨论的关键问题②，不少作家都在不同程度上对八十年代的文学创作有所反思。相对于许多学科在"重返"中的缺席，文学界的写作者和研究者表现得更为活跃，"重返八十年代文学"事实上是"重返八十年代"这个事件中的主要部分。"重返八十年代"这一巨大的任务显然不是文学界能够独立完成的，但文学的敏锐，恰恰又是其他学科无法替代的。

　　"八十年代"之所以成为我们思想生活和学术研究中的一个问题，并不只是因为它在当代文学史论述中成为一个"断代"，不只是因为在"八十年代"发生过程中我们对"八十年代"的解释已存在分歧，甚至也不只是因为新的知识谱系为我们阐释"八十年代"提供了新的可能，

---

① 如程光炜的系列论文以及他和李杨在《当代作家评论》上主持的"重返八十年代"专栏等。程光炜的系列论文犹有价值。有些论文，虽未明确说是"重返八十年代"，但对"八十年代文学""九十年代文学"的演变等论述深刻、透辟，如南帆的《四重奏：文学、革命、知识分子与大众》，蔡翔的《何谓"纯文学"》《专业主义和新意识形态》等。

② 韩少功在这篇访谈录中对八十年代启蒙中思维的简单化等问题多有反思，在这前后，韩少功的一些思想随笔以及他与笔者的对话录中，对八十年代的诸多重要问题都有新的见解。

重要的是"八十年代"所包含的问题与之前的历史和之后的现实相关联，这些问题产生在二十世纪八十年代，却有"前世"和"今生"。在来龙去脉中"重返八十年代"，既是一个研究方法问题，在某种意义上也是一种"世界观"的确立。如果"重返八十年代"只是"反思"和"再解读""八十年代文学"本身，那么这样的重返不仅局促而且缺少洞察历史变革的支点和宏阔视野。因此，我以为需要尝试在中国当代文学史的论述中"重返八十年代"。

和"八十年代"相关联的一个概念是"新时期"。有争议的"新时期"曾被分割成"八十年代"和"九十年代"两部分，也有以"后新时期"终结"新时期"的命名。我想，我们可以暂时搁置这些概念的争议，就表述的内容来说，"八十年代"作为"新时期"的一部分应当是没有疑问的。与"新时期"紧密关联的则是"文化大革命"，当我们讨论"八十年代文学"时，势必牵涉"新时期文学"与"文革文学"的关系问题，也无疑会连带"十七年文学"。这一关联性的研究，也正是当代文学史论述中的一个薄弱环节。叙述和揭示这两者之间的关系，是讨论"八十年代文学"的一个前提，也就是说，我们首先要关注"八十年代文学"是如何发生的。九十年代以后文学写作的变化以及文学批评的分歧，其实仍然没能避开与"新时期"及"文化大革命"相关联的若干重要问题，二十一世纪关于"纯文学"的争论，既是重返"八十年代文学"，也是回到"文化大革命"结束后文学的基本问题上。

我们通常是在否定的意义上阐释"新时期"与"文化大革命"的关系的。在八十年代以后的文学批评和文学史论述中，"文化大革命"始终是一个显现的或者潜在的参照系，因有"拨乱反正"，也是这一时期在文学上之所以被称为"新时期"的根据。于是，"八十年代"作为文学史的"断代"意义也即彰显出来。这样的论述经由对"文革文学"的否定，在相当程度上将一些贯穿在"十七年文学""文革文学"和"新时期文学"中的基本问题搁置起来，在我看来这是当代文学史论述中的一种"断裂"。在二十世纪中国文学研究中，关于"现代文学"与"当代文学"的关联研究，关于"十七年文学"与"文革文学"的关联研究，包括"新时期文学"与"五四文学"、"十七年文学"与"延安解放区文学"的关联研究，都有鲜明的意识而且富有成果。但是关于"文化大革命"和"新时期"的关联却始终没有深入研究，因此，我曾提出一个问题：文学是如何从"文化大革命"过渡到"新时期"的。另外一种方式，是从"文化大革命"时期的社会思潮和文学思潮中挖掘积极的因素来论述"新时期"到来的必然性以及历史断裂中的进步力量。比如，对"极左"思潮的抵制和反抗，包括"朦胧诗"在内的"地下文学"或者"潜在写作"等都在文学史的论述中获得了积极的评价，这些论述虽然未必都着眼于我所说的关联研究，但多少弥补了当代文学史论述中的"断裂"。

因此，在我们的视野和叙述中，"八十年代文学"的"新"和此前的文学表现出截然相反的路径，用南帆的话说就是："人道主义、主体、自我、内心生活是文学理论撤出激进主义革命话语的通道。"①这条通道如果用简单的概念来加以描述，那就是"纯文学"，而"纯文学"集纳了"八十年代文学"的最基本方面。在今天的种种当代文学史中，关于"八十年代文学"的论述虽然不尽相同，但从"纯文学"的概念出发选择和评价"八十年代文学"是相同的尺度。因此，对"纯文学"的反

① 南帆：《四重奏：文学、革命、知识分子与大众》，《文学评论》2003 年第 2 期。

思，实际上是对"八十年代文学"及前后相关问题的反思①。围绕"纯文学"，我们可以牵扯出更多相关、类似的概念：人性、个人主义、形式、新启蒙、现代派、先锋、寻根、知识分子、精英等。在这样的通道之中，无论是创作还是批评，有许多我们过去耳熟能详并且是我们思想生活、审美活动中的概念和词语被搁置甚至被遗忘了：革命、阶级、世界观、社会主义文化、工农兵创作、样板戏、史诗等。这样的状况，事实上也包含了一种二元对立的结构——激进主义革命话语与"纯文学"。

二

在今天的语境和知识谱系中，我们已经发现当年以及在后来一段时期里人们对"八十年代文学"的处理过于简单了。"纯文学"的历史不仅不是"八十年代文学"的全部，"纯文学"自身的复杂性也非文学史论述中的那样单纯。同样不可忽略的问题是，从八十年代中后期开始，我们已经无法对"八十年代文学"做贯穿到底的概括，而我们曾经认为已经解决了的问题或者因为纯文学的胜利而被搁置的一些问题，在"中国特色社会主义""市场""全球化"的背景下又重新抬头。发展的路径不同，但问题的基本面仍然在那里：政治、革命、社会主义文化、文学体制、阶级和阶层、世界观、宏大叙事、工农兵写作、知识分子与大众等，又以旧貌新颜和我们相遇。毫无疑问，八十年代

① 关于"纯文学"的讨论，可以视为"重返八十年代"，而且是一次深度重返。李陀在《漫说"纯文学"》以及蔡翔在《何谓"纯文学"》中已有相当精彩的论述，我这里不再赘言。

延续在九十年代和二十一世纪之中，但这只能是笼统的说法。即使"八十年代文学"是共同的记忆，但不可否认，每个人的记忆是有差异的，与其说我们仍然生活在八十年代，毋宁说我们生活在关于八十年代的纪实与虚构之中。当我们和那些死而复生的问题再次相遇时，我们不能不承认，八十年代和我们的想象并不一致。

巨大的落差产生在九十年代的变化之中。张旭东为《幻想的秩序》所做的自序《重返80年代》一文，有比较多的篇幅是在谈"八十年代"与"九十年代"之关系，而"'80年代'这个'未完成的现代性规则'已成为'后新时期'都市风景中无家可归的游魂"。因此他有一个"信念"，"90年代学术思想不但是80年代'文化讨论'的发展，更包含着一个文化思想史上的未完成时代的自我救赎"。这个理想的状态是："如果80年代西学讨论为某种隐晦的'当代中国文化意识'提供了一个话语空间，那么90年代中国文化批评的题中之义就是：通过对西方理论和意识形态话语的细致分析去破除思想氛围的幻想性和神话色彩，从而为当代中国问题的历史性出场及其理论分析提供批判意识和知识准备。"[①] 用这样的视角看，张旭东揭示了八十年代到九十年代的演变轨迹："对新的思想空间的渴望是如此强烈，以至于人们下意识地赋予了那些新颖的符号、叙事、话语和意识形态表达以一种感官的丰富性和刺激性。换句话说，'文化大革命'后中国的社会欲望在寻找其象征的表达时发现了'西方理论'，而这种'欲望化的象征'的物质

---

① 在张旭东看来，"支持这种由西（学）返中（国问题）的理论探索路径和文化普世主义态度的是一种开放进取的精神，是敢于超出'自我同一性'樊笼，在'他者'中最大限度地'失掉自我'，以便最大限度地收获更为丰富的自我规定的勇气和信心。"参见《批评的踪迹：文化理论与文化批评：1985 ~ 2002》，生活·读书·新知三联书店，2003，第105-106页。

规定性和意识形态内容都要求将其自身以'审美'方式重新创造出来。然而80年代文化热和西学热所带有的强烈的审美冲动和哲学色彩无法掩盖这样一个事实:'文化大革命'后中国思想生活追求的世俗化、非政治化、反理想主义、反英雄主义的现代性文化。这种世俗化过程及其文化形态在如今的'小康社会'或'社会主义市场经济'中获得了更贴切的表现。但在历史展开之前,其抽象性和朦胧性却找到其美学的本体论的形式。在这个意义上,80年代变成了90年代的感伤主义序幕,正如文化热暴露出一个反乌托邦时代本身的乌托邦冲动,标志着一个世俗化过程的神学阶段。"以"援西入中"的方法论来阐释八十年代到九十年代的变化,这是一个重要的角度,确实也与我们在八十年代关于现代化的想象方式和内容比较吻合。如果承认到目前为止我们自己的文艺理论和批评武器大致来自西方的话,那么,我们也可以用这段文字来解释九十年代以来的文学何以会有这样的面貌:世俗化、非政治化、反理想主义、反英雄主义、反宏大叙事等。

但是从八十年代中后期经九十年代再到二十一世纪,在知识分子与历史和现实所构成的复杂场景中,文学写作的复杂性已非一种理论和方法可以阐释。"纯文学"在后来的发展无论是自身还是它的语境都发生了重大变化,我们已经失去了从严格角度来论述文学发展路线的可能。以写作实践而言,在表现出世俗化、非政治化、反理想主义、反英雄主义等现代性文化特征的同时,精神性、理想主义、英雄主义和宏大叙事仍然作为八十年代的一个传统延续下来,而处于"中间"状态的以及反映了后现代文化特征的创作也呈现了另外的面貌,从八十年代过来的莫言、王安忆、韩少功、贾平凹、张承志、张炜等一批作家的创作都出现了一些异样的质素。对这些作家的评论已经不能按照八十年代的"纯文学"的尺度来衡量,如果这样,一种批评的困窘就出现了：九十年代以来我们对这些作家的批评常常停留在八十年代的理解之中，而这些理解现在看来只能是我们观察和评价"八十年代文学"的一种框架。

文学在九十年代的变化其来有自。似乎在"新写实"的命名之后，我们就再也不可能统一地论述"八十年代文学"了，这种状况其实在以"伤痕文学""反思文学""改革文学""寻根文学""先锋文学""新写实主义"来叙述从七十年代末到八十年代的文学时业已存在。在这样一个以时间为线索的现代性叙述中，"八十年代文学"的丰富性和复杂性事实上已经被简单处理了。比如说，在这样的叙述中，汪曾祺的小说常常必须"单列"；高晓声"陈奂生系列"之外的小说就不被重视；如果只把韩少功、王安忆、贾平凹的小说归属到"寻根文学"，他们的非"寻根"创作也常常被忽略，等等。许多作家被剪裁了，许多在思潮之外的创作被批评界忽视了。在这样的序列中，"寻根文学"与"先锋文学"也被视为对立的思潮，这两种思潮在回应西方现代性时的复杂关系被简单化理解了。

回溯"八十年代文学"写作的路径，可以发现文学"方法论"的同一性和差异性始终是并存的。"援西入中"可以说是八十年代作家的一个共同选择，具体到"先锋文学"和"寻根文学"思潮，其实不仅是"先锋文学"，"寻根文学"也与"现代主义"有密切的关系，以文学史论述的"典型"的"寻根"作家韩少功的《爸爸爸》来说，我们不能否定这个小说是"现代派"。在既往的论述中，常常为了突出思潮的特征而舍弃了作家和文本的其他要义。"先锋文学"的往后退其实也是"方法论"的调整，而更多的包括"寻根"作家的创作早已开始了"方法论"的调整。这个调整，便是作家对中国传统叙事资源的重视。从创造性上认识本土资源的意义，在被我们贴上鲜明标签的作家如莫言、韩少功、贾平凹、格非、林白等人那里，都有"革命"性的论述，特别是他们的一些作品给我们前后判若两人的印象，如《檀香刑》《生死疲劳》《马桥词典》《暗示》《秦腔》《人面桃花》《妇女闲聊录》等。

这似乎表明，"纯文学"的边界其实在八十年代就远比我们现在的文学史论述广阔，而九十年代以后"纯文学"边缘化的遭遇出乎我们的想象和预料，由此造成的落差让我们手脚忙乱失去了定律。"纯文学"在九十年代以后的遭遇并未给其本身带来多少致命伤，而且并未使其在八十年代的基础上往后倒退，相反，它呈现了汉语写作新的可能性，它只是在整个社会结构中的位置发生了变化，它的价值并未被边缘化。在这个变化中，"纯文学"的部分"虚假影响"开始消失（我认为我们应当承认，文学在八十年代的影响有些是虚假的），同时作家和批评家也还没有能够找到和现实相对应的方式。在文学的"乱花"之中，"纯文学"之外的创作也挤压"纯文学"，文坛因此纷扰。当我们以"纯文学"的标准对待其他创作时，其态度颇有点儿像新文学时期对待"通俗文学"一样。所以，我们在坚持"纯文学"的基本价值并且"与时俱进"时，可能需要以"大文学史"观来看待文学的格局。

三

如果顺着前面张旭东描述的那个轨迹，我们可以认为，九十年代以后的"世俗化"过程是八十年代现代化想象展开后的必然。这已是我们今天不得不承认的一条历史轨迹。当然，在知识界同样有人对八十年代的理解着重在理想主义而不是社会欲望方面，因此在不得不承认这个现实时，又将如何对待"市场""世俗化""大众"等问题作为考验知识分子品格的关键。当年，知识分子对计划经济的挣脱、对市场经济的向往，是与"新启蒙"和"纯文学"的核心价值相吻合的，通常把市场视为自我实现的"归宿"。那时人们对市场经济的想象和向往忽略了市场经济作为一种体制带来的负面影响。消费主义等新意识形态不仅世俗地解释了知识分子倡导和坚守的那些精神准则，而且彻底冲击了知识分子在八十年代现代化想象中确立的身份和话语权以及知识分子话语曾经具有的普遍意义。九十年代人文精神的提出和讨论就是在这一直接背景下产生的。

在这样一个大的变化下，知识分子"批判的话语文化"遭到挑战，知识分子处理现实问题的能力也遭到挑战，部分知识分子甚至改弦更张，而"纯文学"的处境和演变、作家的困惑与选择也只是这个大格局中的一种。这一状况是否只是因为"市场"和"新意识形态"的冲击？是否只是因为有了"市场"和"新意识形态"，我们才会发出"知识分子都跑到哪里去了"的感叹？我想，这是我们以"八十年代文学"为中心在整体上论述当代文学史时必须考虑到的问题。

在我们曾经有过的思想共同体中，"新启蒙"和"纯文学"很大程度上是针对"文化大革命"而产生的，这是八十年代许多思想和设计的基本背景，也是知识界和文学界的共识。"新启蒙"的夭折以及"纯文学"在九十年代以后的危机，在许多论者那里归咎于知识分子和文学处理现实问题的能力。在我看来，这并不是问题的全部。因为，当代中国历史中的问题显然不是归咎于"文化大革命"能够简单表述清楚的，当我们把"新启蒙"或者"纯文学"的出发点局限在反思"文化大革命"及其相关方面时，尽管这个出发点是必要且合理的，但已经出现了疏忽当代历史复杂性的危险，出现了疏忽社会主义文化复杂性的危险。疏忽了这些复杂性，"批判的话语文化"无疑在形成之时就有诸多先天不足。

我们应当记得，"新启蒙"和"纯文学"即便在八十年代也曾和现实构成过紧张的关系。蔡翔直截了当地说出了另外一个"八十年代"："20世纪80年代并不仅仅是一个浪漫的、充满激情的时代，相反，思想斗争乃至政治斗争仍然存在。"[①] 在这个紧张的关系中，当年"纯文学"的倡导者和实践者，现在也坦陈"去政治化"背后的策略考虑，一些研究者把这种策略看成以一种"政治化"的方式"去政治化"。如张旭东所言："具有讽刺意味的是，只有当新的知识生产和消费方式使'西方理论'变成经院哲学的今天，它往日的社会政治含义和企图才变得昭然若揭。""如果说物质资本的积累不可避免地导致阶级分化，那么符号资本的积累也必然在符号和话语空间的内部为自己做出日益明确的意识形态和政治立场的说明。"我们现在或许能够看出当年"纯文学""去政治化"的片面，而且可以从种种文本中分析出"政治"的意义，但我们显然不能忽略在当时"去政治化"的必要。这样的价值判断是不能模糊的。如果当时没有回到文学自身这样的期许，文学是不可能从阴影中走出的。这正是文学与当时语境的复杂关系之一。就文学而言，这里涉及政治与审美、个人与社会、内容与形式等诸多关系，而最为核心的问题，我以为是对文学的社会主义文化背景的认识。文学作为社会主义文化想象和实践的一部分，对"十七年文学""文革文学""新时期文学"等许多根本性问题的认识都与社会主义文化的演进密切相关。当我们不断把"现代性"这个概念引入文学史研究时，如何定义中国文学的现代性，特别是如何定义社会主义的现代性是至关

---

① 蔡翔：《专业主义和新意识形态——对当代文学的另一种思考角度》，《当代作家评论》2004年第2期。

重要的。尚塔尔·墨菲在《政治的回归》中说:"关于社会主义理想,问题似乎就在于与现代性的规划密切相关的进步这个观念上。在这一方面,到目前为止一直关注文化问题的后现代讨论已经开始转向政治。"他因此认为:"现代性必须在政治的层面上加以界定,因为正是在这里,社会关系才得以形成并被象征性地安置。"①

　　显然,当我们在文学史论述中考察文学的文化语境时,已经无法将"八十年代文学"的背景孤立起来,它与之前、之后的关联,正是"经典社会主义体制"形成和变革的全过程。我这里借用了雅诺什·科尔奈的概念,他对苏联和东欧"社会主义体制"的论述,特别是对"政治改革"的论述,对理解中国的社会主义文化颇有启示②。在当代文学史的论述中,如果我们把"八十年代文学"置于社会主义体制的形成与变革之中加以考察,可能会使文学当代历史的复杂关系有更多的揭示,而这些,正是我们的文学史所缺少的。

---

① 尚塔尔·墨菲:《政治的回归》,江苏人民出版社,2005,第10、12页。
② 雅诺什·科尔奈认为:"传统的官方意识形态中的某些观念在改革阶段还是被完整地保存着,其他思想领域则经历了反复无常的修正。变化主要发生在对私有财产和市场功能的看法上。""经典社会主义体制试图树立起一种英雄式的牺牲精神。但在进行时,意识形态已将英雄观念替换成了享乐主义观念。执行纪律的观念开始淡化,转而提倡要为人民提供物质刺激。""与经典意识形态相比,改革时期的官方意识形态是一座一致性要差得多的精神大厦,它包含许多内在的矛盾性。"参见雅诺什·科尔奈:《社会主义体制:共产主义政治经济学》,中央编译出版社,2007。

关于"九十年代文学"的再认识

———— ◎ ————

　　无论是作为"八十年代文学""断裂"的结果，还是视为通往"新世纪文学"的"过渡"，在这样的框架中重读"九十年代文学"已经困境在先。将 1979 年以后的当代文学划分为"八十年代""九十年代"和"新世纪"三个时间段已经约定俗成。"八十年代文学"以其历史转折时期的"革命性"留下太多深刻的记忆，而在意犹未尽的感觉中文学随着文化转型进入九十年代，且很快逼近"世纪末"，"新世纪文学"由于它的"当下性"也成为研究者近距离观察的中心。"九十年代文学"因此被挤压在这两者之间，这种论述模式的偏颇显而易见。如果不能有效清理"九十年代文学"，关于"八十年代文学"的"经典化"难以完成，而"新世纪文学"和"九十年代文学"有着更多的相似性，在某种意义上说，对"九十年代文学"的研究是解读"新世纪文学"的前提。因此，本文试图在三个阶段的"关联"中，突出"九十年代文学"的文学史价值。这样的再认识，意图不在于建立一个系统的文学史秩序，而在于除去遮蔽中裸露"九十年代文学"的问题，并做出一种个人的阐释。

一

作为问题和方法的"八十年代"是我们讨论"九十年代文学"与思想文化的前提。

很多论者都是在"终结"或者"断裂"的意义上认识"九十年代文学"与"八十年代文学"关系的,尽管两者之间的"联系"也受到关注,但在实际的论述中被置于次要的位置。1989年2月"中国现代艺术展"和是年3月海子的自杀,被一些研究者视为具有象征性的事件,认为这两件事标志着八十年代文化的终结。但关于历史的论述显然不能简化为几种事件的组合。我们可以找到"断裂"的根据,也可以确认"联系"的理由。我关心的问题是,在承认"八十年代"与"九十年代"的差异时,两个年代过渡阶段的文学与思想文化,是否如此泾渭分明?换言之,"八十年代"是否已经蕴藏或者显露了"九十年代"的问题?这些问题是已解的还是未解的?

关于"八十年代文学"的论述,特别突出了它的"整体性",文学思潮被描述为"伤痕""反思""改革""先锋""寻根"和"新写实"等。这样一种清晰的概括虽然从一个侧面呈现了所谓主潮的演进,但同时遮蔽了不应当被忽视的创作,这样一种以时间为序的线性叙述,也忽视了在共时态结构中讨论作品的可能。这种叙述的偏颇是显而易见的。不能被概括到这些思潮中的作家及作品甚多,莫言尴尬地处于"寻根"与"先锋"之间,汪曾祺的小说也和这个序列错位,冯骥才、邓友梅、陆文夫的小说,张炜的《古船》、李锐的《厚土》等都不能入列。王安忆因为1985年的《小鲍庄》而被归为"寻根文学家",但她在1986年便写作了《荒山之恋》《小城之恋》,1987年写作了《锦绣谷之恋》。命名于八十年代中期的"先锋文学",其实也是一个逐渐完成的过程，1985 年前后有马原、残雪、刘索拉和徐星，而在 1987 年之后，余华、格非、苏童、孙甘露等则是另一种面貌。这种论述无视和删除了"八十年代文学"的"分裂"与"差异"，也阻断了一些文学思潮的发展过程。这样一种叙述的偏差，表面看来是"纯文学"观念的偏颇，其实正说明了"八十年代文学场"的"幻想"中存在不同的路径。所以，我们今天有必要再次展开被批评家和文学史家缩略了的"八十年代文学"。

"八十年代文学"的重要，与我们曾经的思想与艺术的扭曲和贫困有关。"八十年代文学"的转型，最重要的是重新处理了文学与政治的关系，文学回到自身的历程由此开始。这在二十世纪中国文学史上的意义是非凡的。过于强大的政治影响，使中国作家与学者对政治之于文学的负面影响成为一种超负荷的记忆。文学与政治关系的处理，让文学恢复常态，但这个处理并没有完全解决彼此间的关系问题。二十一世纪以后，关于"纯文学"的反思、文学"再政治化"的提出以及"文学性"的争论等，都是八十年代问题的延续、拓展和深化。

人、人性、人道主义的问题是"八十年代文学"与思想文化的基本问题之一。但这些问题不仅在八十年代经历了反复，九十年代又被重新理解。这种反复和重新理解同样存在于二十一世纪的思想界。当这些关键词被置于不同的语境和知识谱系之中时，论者也做出了不同的、各有侧重的解释。倘若在新文化运动的历史中考察这种变化，我们会发现这其实只是思想史的一种"循环"。瞿秋白在《"五四"和新的文化革命》中说："无产阶级决不放弃'五四'的宝贵的遗产。'五四'的遗产是什么？是对于封建残余的极端的仇恨，是对于帝国主义的反抗，是主张科学和民权。虽然所有这些抵抗的革命的倾向，都还是模糊的和笼统的，都包含着资产阶级的个人主义、一切种种资产阶级性的自由主义和人道主义；但是，这种反抗精神已经是现在一般资产阶级和小资产阶级的知识分子所不能够有的了。而无产阶级，却不放弃这种遗产，因为无产阶级是唯一的彻底反抗封建残余和帝国主义的阶级，只有它能够反对着资产阶级，批判一切个人主义、人道主义和自由主义等内在的腐化意识，而继承那种极端的深刻的对于封建残余的痛恨——用自己的斗争，领导起几百万群众，来肃清这种龌龊到万分的中国式的中世纪的茅坑。"① 联系到八十年代关于人道主义的争论和九十年代以后那些从社会主义文化实践历史出发对人、人性、阶级性的再解读，我们就看到了这种历史循环的深刻性。

九十年代困扰知识分子的另一个问题是"启蒙"角色的丧失，而这个身份的变化在八十年代知识分子的历史主体位置确立时已悄悄产生。这不仅反映在刘索拉、徐星等人的小说中，王朔和王小波笔下的知识分子更是"反讽"的对象。"新写实小说"大概除了方方的《祖父在父亲心中》外，知识分子的叙事同样成为"一地鸡毛"。我在这里并不是表述对这些创作的价值判断，而是突出九十年代一些问题的来龙去脉。

事实上，八十年代的"整体性"已经有很大的"缝隙"，这显示了八十年代的复杂性。八十年代之所以是"新时期"的开始，而非"完成"，另一个重要原因是，虽然主流文化与文学的关系有过反复和折腾，但在反思"文化大革命"和实现"四个现代化"方面基本保持一致，而已经出现的通俗文化也不足以和精英文化抗衡，主流文化对通俗文化也保持了某种程度的抑制。而九十年代的文化转型则改变

---

① 瞿秋白：《"五四"和新的文化革命》，载《瞿秋白文集·文学编》（第三卷），人民文学出版社，1989，第28页。

了八十年代相对单一的文化结构，熟悉和陌生的问题接踵而至，风起云涌。

二

也许现在还找不到比"边缘化"更准确的措辞来描述"九十年代文学"的位置。在无可奈何地承认文学位置的"边缘化"后，很多批评家特别补充强调了文学"价值"不能"边缘化"，这既是坚信文学的意义世界对人的精神生活和社会发展的重要性，同时也表达了对意义世界不断丧失的忧患。

但是，当我们在使用"边缘化"这样的措辞时，随之而来的问题是，"中心"是什么？是"经济建设"，还是"主流文化"抑或"大众文化"？显然，我们不能给予清晰的答案。九十年代的意识形态在某种意义上是模糊的，主流意识形态和消费主义意识形态都没能在价值体系方面形成新的统一论述。尽管有各种各样的设计方案，但文化方向感的缺失、与生活的脱节是从九十年代延续至今的问题。

九十年代文化结构的变化（多元、多样抑或无序），为人的发展和文学的发展创造了更多的可能性。当时间和空间敞开之后，文学从相对单一的文化体系中解放出来，而与新的可能性相伴的是困顿的处境与写作的难度。知识分子欢迎"社会主义市场经济"的到来，并期待新的思想解放运动，在邓小平发表"南方谈话"以后，知识分子一时摆脱了八十年代末九十年代初的低迷和灰暗。市场经济在瓦解旧的意识形态的同时有可能敞开思想自由、精神独立的空间，成为一种新的"想象"。知识分子在计划经济体制中生活得太久，也遭遇了太多束缚，在不长的时间里度过了"市场经济什么都好"的"幼稚时期"。生活在左右人，文化价值和伦理道德在物质、利益、欲望、狂欢以及后来被称为消费主义意识形态的挤压中逐渐瓦解和沉沦，八十年代的文学经验不足以应对变化了的九十年代。转型时期的文化问题并非一一对应到文学，作为精英文化的文学置身在不同的文化冲突中所面临的基本问题是，文学与主流文化或者主流意识形态的关系有了怎样的新变化，文学与大众文化或者消费主义意识形态处于怎样的状态（紧张还是妥协），主流文化与大众文化的微妙关系又对文学产生了怎样的影响。因为有八十年代的经验，文学与主流意识形态的关系似乎相对稳定，而与消费主义意识形态的关系则成了最为突出的问题。——从这看似相反的两个方面处理文学与主流文化、大众文化的关系，是论述"九十年代文学"与思想文化时常用的分析模式。但实际的状况是，以精神的独立性和审美理想主义为核心的文学与其他文化的关系并非如此简单，所以在结构的关联性中讨论相关问题是我们今天再认识"九十年代文学"与思想文化的"方法论"。

德国汉学家顾彬在《二十世纪中国文学史》中对相关问题的论述或许比国内学者的观点更有参考意义。顾彬身处发达的资本主义社会，对市场、权力和消费主义应当有更直接的经验，文化与意识形态的差异或许也使他对"九十年代文学"有更多的偏见；比这一身份想象更重要的是，顾彬所持的文学史评价标准，与八十年代的"纯文学"观念和文学在九十年代坚守的基本信念颇为一致："我本人的评价主要依据语言驾驭力、形式塑造力和个体精神的穿透力这三种习惯标准。在这方面我的榜样始终是鲁迅，他在我眼中是 20 世纪无人可及也无法逾越的作家。"他从这一标准出发，批评了中国学界一种研究范式的转换："权威的失落也波及了文学研究领域。有一种自 90 年代时髦起来的做法现在更演变成了普遍行为，即压低那些在国内乃至国际上公认的现代中国文学代表作家，同时抬高过去那些不太重要或干脆属于通俗文学的人物，从现代中国文学之父鲁迅（1881—1936）到当代武侠小说代表作家金庸（1924 年生）的范式转换在这里具有典型意味。"①如果撇开中国文学雅俗演变的历史，以及当下在处理"五四"以后"新文学"与"旧文学"关系上的学术困境，而不紧盯着顾彬的偏颇之处，我们便能明了他特别把通俗文学作家列为被拔高对象时所持的对大众文化的批判态度。

顾彬在"纯文学"与政治意识形态、"纯文学"与消费主义意识形态两种关系中，叙述和判断了"九十年代文学"："市场经济和消费越来越多地决定了生活和人的思想。知识分子以及作家失去了作为警惕者和呼唤者的社会地位。他被排挤到了边缘，在过去的理想丧失之后，一时还找不到新的非物质性的替代品。我怎样在市场经济中苟活下来，对他来说成了一个存在问题，这是他在计划经济中所不曾面临的。这个转向在许多方面是根本性的。它使得艺术脱离了原先作为党的传送带的任务，从而为艺术家头一回敞开了一种真正作为个人性立场的可能性，而不用理会人们是否赞成这种立场。现在文人通常不再是国家干部 —— 其国家意识将作家创作活动规定为'为工农兵服务'。由此，至少在文学中，那种明显的'对中国的执迷'现象也告一段落，潜伏于其后的、通过写作行动将中国带上光辉道路的传教式态度，不论在作家还是在读者那里都得不到赞同了。"顾彬还认为，除了围绕诗人海子的"崇拜"是一个例外，九十年代以宗教为修饰的语言销声匿迹

---

① 顾彬：《二十世纪中国文学史》，华东师范大学出版社，2008，第 1 页。

了，对一种打上了"信仰"印记的作家活动的排斥与对历史的拒绝相伴而来。"国家只是在进行相应财政资助（工资、奖金）时，才会向作家索要带约束力的政治价值，否则都是市场说了算，市场成为成功或失败的唯一标准。不向消费屈服的纯文学，只能满足于微不足道的销量和仅仅残存于——财政上还得由作家们负担的——专业性读者中。"[1] 我们注意到，顾彬的这些叙述和判断与国内持"纯文学"观念和大众文化批判的学者、批评家的看法几乎没有大的区别，他描述的现象、揭示的问题也大致成立，尽管个别事实不够准确，个别判断也过于极端。现在的问题不是顾彬的偏见，而是九十年代的文学与文学生活显然比顾彬和持相同认识的国内同人所叙述和判断的要复杂和微妙得多。

文学和主流文化以及主流意识形态的关系，在八十年代通过重新处理文学与政治的关系已经得到调整，在一定程度上，文学的转向已经基本完成，而市场经济的运作又进一步松动了主流意识形态对文学的控制，这是一个"根本性"的变化。但是，文学和主流文化的转向在"松动"之中又出现了新的"动向"。经过八十年代重建的当代文学制度，在九十年代容纳了经济的因素和大众文化的成分，二十一世纪以来，这种容纳的特点更为明显。如果从主要方面看，王元化在《文化结构的三个层次》中揭示的体制弊端已经有了重大变革："我们需要进行改革的体制主要是新中国成立初期在一边倒的思想指导下，照抄过来的苏联模式。""苏联模式的弊端是什么？第一，是以行政命令进行文化领导的体制。在专业结构上设置行政管理机构。这使得专业人

---

[1]　顾彬：《二十世纪中国文学史》，华东师范大学出版社，2008，第345页。

员无法按专业需要和专业特点进行工作，而必须受命于并非从事专业工作的行政命令的领导，从而产生外行领导内行、瞎指挥种种扯皮现象。"第二，不适应甚至违反文化发展规律。""第三，高度集中，形成垄断。"[1] 这是从"经典社会主义"到"中国特色社会主义"的一个深刻变化。所以，一方面，主流文化对主旋律的倡导从未间断，而且文学制度也提供了相应的保证，"五个一工程"的实施便是一种明证；但另一方面，主流文化对文学独立性的选择也保留了体制所能容忍的自由与弹性。这种训诫与自由的双重存在，是九十年代文学制度的主要特征。"茅盾文学奖""鲁迅文学奖"的评审，深刻反映了文学与主流文化、作家与文学制度的复杂关系。作家在保持自己的创作独立性的同时，也选择通过文学制度来确认自己位置的方式。

市场与消费、大众文化与消费主义意识形态，在九十年代成为"精英文化"和文学的强大对手。九十年代中国的后现代主义理论家，在援引西方后现代主义理论时试图对中国的本土问题做出解读，赋予文学的无深度、碎片化、片面化以合法性，积极肯定了后现代主义的解构"中心"，这一转向生活的哲学和相关的文学批评不能说没有积极意义。但是在既没有深刻的历史反思，又未建立起"中心"的九十年代，后现代主义的建设性也就受到怀疑和批判。虽然在九十年代文学中出现了一些被后现代主义理论家称为"变体"的后现代主义元素，但没有形成持久的文学思潮，也缺少具有代表性的文学文本。知识界对大众文化研究的变化，也正说明了大众文化之于九十年代的复杂性以及阐释者背后的意识形态分歧。

---

[1] 王元化：《文化结构的三个层次》，载《王元化集》（卷七），湖北教育出版社，2007，第 327、328 页。

除了部分自由写作者外，九十年代的中国作家的主体部分多为专业作家，或者是其他社会职业者。也就是说，利益的诱惑远大于生存的危机。就专业作家而言，生存的危机被夸大了。九十年代以后，专业作家制度并未废除，但在实际运作中，对专业作家岗位的设置控制得相对严格。一些业余作者或者自由写作者，也试图努力通过创作的实绩成为专业作家或签约作家，这些与其说是对体制的认同，毋宁说是克服生存危机的选择。除了文学期刊的分化以外，一些作家或者选择下海经商，或者从事文化产业，这些在当年引起非议的现象，在今天看来，并非文学的危机，而是作家自己的价值观和生活方式的变化，就文学史而言，是可以忽略不计的，它成为观照作家生活态度和生存方式变化的一个参照。一些作家在经商之后放弃了文学，一些作家也写出了值得关注的作品。如果参照西方，或中国香港、中国台湾，几乎没有专业作家制。一个作家是否有其他社会职业，或者是什么样的职业，并不决定他的精神品质和文学成就。其中的关键，仍然是看他有怎样的文学信仰、文学观念和最终究竟写出了什么样的作品。

　　在最初读到美国学者罗伯特·达恩顿的著作《启蒙运动的生意》时，我颇为震惊。在这部关于《百科全书》出版史研究的著作中，作者说："启蒙运动存在于别处。它首先存在于哲学家的沉思中，其次则存在于出版商的投机中——他们为超越了法国法律边界的思想市场投资。"[1] "哲学家""生意""投机"和"投资"一起成为叙述"启蒙运动"的关键词，这对我们重新认识文学与市场、大众、消费的关系或许有

---

[1]　罗伯特·达恩顿：《启蒙运动的生意》，叶桐、顾杭译，生活·读书·新知三联书店，2005，第 3 页。

所帮助。我这里说的不是市场、大众、消费对文学精神的改造、侵蚀以及作家对市场、大众、消费的屈服，而是文学的生产和传播，已经无法与市场、大众、消费以及大众传媒毫无关系。最近十年来，有不少重要作品是经由出版商和"第二渠道"出版和发行的，这反过来证明了我们在九十年代对市场的过度紧张。主流文化与大众文化、主流意识形态与消费主义意识形态的关系，许多论者发现了某种"合谋"的现象，这种现象不是虚构的。这反映了在主流文化的策略调整和无奈，而这对精英文化和文学来说，其实是陷入了更大的困境之中，主流文化对大众文化和娱乐至上倾向的宽容，包括对"革命叙事"的消费，都显示了产生思想的机制尚未建立这一困境。

这些现象的产生，或许如马克思、恩格斯揭示的那样，是"物质根源"使然。针对德国约翰·施密特《唯一者及其所有物》的观点和方法，马克思、恩格斯在《德意志意识形态》中说："对我们这位圣者来说，共产主义简直是不能理解的，因为共产主义既不拿利己主义来反对自我牺牲，也不拿自我牺牲来反对利己主义，理论上既不是从那情感的形式，也不是从那夸张的思想形式去领会这个对立，而是在于揭示这个对立的物质根源，随着这种物质根源的消失，这种对立自然而然也就消灭。共产主义者根本不进行任何道德说教，施蒂纳却大量地进行道德说教。共产主义者不想人们提出道德上的要求，例如你们应该彼此互爱呀，不要做利己主义者呀，等等；相反，他们清楚地知道，无论利己主义者还是自我牺牲，都是一定条件下个人自我实现的一种必要形式。"①

---

① 马克思、恩格斯：《马克思恩格斯选集》（第三卷），人民出版社，1972，第275页。

当我们把转型时期的文化结构分为主流文化、精英文化和大众文化三种时，实际上在承认文化多元（多样抑或无序）的同时，也面对了价值取向不同的文化之间的冲突。如果在"精英文化"的层面上看待文学与其他文化形态的关系，文学与"政治"的对话并未停止，与"市场"的对话同样艰难困苦。我愿意在积极意义上看待文化转型给"九十年代文学"带来的影响，中国文学由此获得了更为广泛而深厚的文化背景。如果没有这样一种复杂、冲突、妥协的文化背景，文学也就失去了发展的时间、空间和动力。剩下来的问题是，中国作家在这个背景下处于一个什么样的位置和高度。

三

九十年代的变化首先是对个人生活的改变，而非首先抽象出文学的问题。失去左右生活的能力以及生存的焦虑，几乎是一个社会性的问题。米兰·昆德拉要求每一部小说回答的"人的存在究竟是什么，其意义何在"这一问题，在一定程度上变成了日常生活中的问题。对"生活的本质"的不同理解，是九十年代的"世界观"和"方法论"发生变化的开始。这一变化在八十年代中后期已初露端倪。八十年代"商品经济"浪潮对人的价值观、生存方式的冲击，只是作为世俗运动的现代化，以及由"有计划的商品经济"到"社会主义市场经济"犹豫、徘徊、过渡的最初反应。此时的文学和文学知识分子虽然已经有过多次挫折的经历和经验，但仍然有现代化的"想象"和"纯文学"观念的维持，知识分子业已存在的分歧在大的政治语境中并非主要问题，也非已经变化了的社会大众关注的焦点。生活的不确定感和灰色地带从八十年代中期以后便滋生和蔓延开来。

知识分子在九十年代以后的落差是巨大的，几乎是从现代化设计的参与者和大众精神生活导师的位置上跌落下来，而包括一部分文学读者在内的大众，则越来越沉入世俗化的生活中。这是七十年代末以来知识分子第一次与社会脱节。关于文学"边缘化"的叙述便是对这种现象的沮丧表述。但正是这样的位移或脱节，文学以何种方式来重新思考人类的生存处境和精神处境（这种处境越来越多的是困境）才成为一个问题。而作家自身的精神与审美能力是否能够传达文学对种种处境尤其是精神困境的关切，则是形影相随的问题。

因此，文学的"边缘化"或许可以表述为"文学不再属于它的世界"。正如米兰·昆德拉在谈到小说的相关问题时所说的："这不是说，在'不再属于它的世界'中，小说要消失？要让欧洲坠入'对存在的遗忘'？只剩下写作癖无尽的空话，只剩下小说历史终结之后的小说？我不知道。我只相信自己知道小说已无法与我们的时代精神和平相处：假如它还想去发现尚未发现的，假如作为小说，它还想'进步'，那它只能逆着世界的进步而上。"[1] 当这个问题展开时，文学不仅面对的是当下的问题，还不可避免地要对业已形成的文学知识、尚未深入反思的历史、变化之中的知识分子与大众的关系等做出新解。在这个意义上，八十年代的局限不言自明。

九十年代的思想景观在孟繁华、林大中主编的《九十年代文存（1990～2000）》中充分展现。如同编者在"前言"中解释的那样，所选的文章多与文学界相关，"其原因在于一方面是文学与时代的关系

---

[1]　米兰·昆德拉：《小说的艺术》，董强译，上海文艺出版社，2004，第25页。

敏锐而过于密切，它的问题是十分明显的，但它同时也以感性的方式感知并提出了时代最需要回应的问题；一方面是 90 年代以来，文学界的许多学者转向了思想文化领域，这些学者是带着文学家的敏锐和感情方式在思想文化领域开展学术活动的。与 90 年代相关的大论争，几乎都有他们的声音。所以这些论争部分地显示了 90 年代知识界取得的思想成就。"因此，在思想的层面上，说文学和知识分子在九十年代文化转型中"缺席"或者"失声"是有失公允的。

在这里，我无法对九十年代文学的思想史意义做出进一步的分析，但一个事实是，从八十年代过来的那批作家，对文学的坚守仍然是一贯的，而且以强烈的姿态形成了与现实的紧张关系。韩少功《夜行者梦语——韩少功随笔》、张承志《荒芜英雄路——张承志随笔》、张炜《忧愤的归途》等这些结集于 1995 年之前的散文随笔，相当程度地反映了一批作家对现实的"抵抗"和克服危机的努力。张炜对文字的敬畏和对知识分子本源精神的寻找持续至今，并以多卷本的《你在高原》显示了他的文学信念；同样，张炜的道德理想主义以及与"反现代化"思潮相吻合的观点也带来了争议。批评界对韩少功在九十年代以后的思想转向有仁智之见。韩少功对技术、解构主义和后现代主义、资本、经济功利主义下人的异化等，都有深刻而独到的见解，因而被视为九十年代以来深具思想者素质的作家之一。李锐则是另一位话题广泛的尖锐批评者，他以近百年来中国传统文化无效、新文化又失之偏颇的历史论述概括出"双向的煎熬"这一命题，以此呈现当代知识分子与中国的困境。在这些相对激烈的作家中，张承志的一些作品则是用极端的方式、强烈的政治意识和神秘的宗教情怀书写而成的。即使被批评界视为"相对主义"的作家，作为八十年代中坚人物的王蒙，他的其他著述中的复杂性远比引起争论的《躲避崇高》要丰富得多。

文化的制度性、论述者的知识背景和思想资源等因素，同时决定了不可避免的分歧。1993年的"人文精神"讨论成为九十年代一个标志性的"思想事件"，文学界、知识界和思想界的分歧大致由此开始。思想文化的论争取代了政治批评，但论争背后的意识形态因素也逐渐强化，在从九十年代到二十一世纪的进程中，论争和分歧没有被处理成单一的意识形态问题，壁垒森严，从而失去了相互对话和包容的机会。对"他者"的批判、怀疑，始终强于对自己的质疑与批判，甚至缺少自我批判与质疑，可以说是知识界的一个特征。我无力对此做出更广泛和更深入的分析。如果局限在文学界，我以为史铁生在九十年代的思想方式是值得我们重视的。史铁生的静穆、神性、通透和诗性一直被视为文坛稀缺的品格，而他几乎没有宣谕，而是静思。我们很少看到史铁生与现实的直接而紧张的冲突，但他将现实处境转化为对人类生存困境的思考，由此岸渡及彼岸。史铁生曾经感慨地说到他对"立场"的拒绝："因为立场问题，在'文化大革命'中，受罪太多了，首先你什么立场，你有了你的立场，再设计你的观点。这太可笑了，我有了我的观点，我已经有了我的立场，我不是用立场来决定观点的，而是有观点顺带着有了立场。你一强调立场那就是党同伐异。"① 如果以史铁生这样的方法观察九十年代，这个年代留下的立场、姿态远远多于思想观点。

在做这样的观察和反省时，我颇为踌躇。一方面，我们对文学界的"思想状况"可能有诸多的不满；另一方面，如果我们只是从作家与现实的关系以及他们的论述来考察其思想容量的大小，进而论定其

---

① 史铁生：《"有了一种精神应对困难时，你就复活了"》，载《在汉语中出生入死：关于汉语写作的高端访谈》，春风文艺出版社，2005，第157页。

文学的价值，是否会看轻文学把握世界的特性？也许，在思想史的意义上中国作家缺少自己的"世界观"和"方法论"，但作家的心灵世界已经在各种冲突和选择中被打磨了，这将对他们的创作产生深刻的影响。像鲁迅这样，能够在杂文和小说中产生深刻思想的作家可遇不可求。但是，即便如鲁迅也曾经有过思想的曲折。王元化在1988年的《谈鲁迅思想的曲折历程》中有过这样的分析："从《二心集》开始，鲁迅虔诚地接受了被他认作党的理论家如瞿秋白等的影响。这一时期，他的不少文字带有特定意义上的遵命文学色彩。例如，他对'第三种人'的批判，对文艺自由的论争，对阶级性的分析以及对大众语和汉字拉丁化的意见等等，都留下了这样的痕迹。""在这几年中，纵使从鲁迅身上也可以看出当时的某些思想倾向的影响。早年，他经常提到的人性、人道、人的觉醒……在他的文字中消失了。直到他逝世前，才开始超脱左的思潮，显示了不同于《二心集》以来的那种局限性，表现了精神上新的升华。"①

从乐观处看，"不管怎么样，从这种处境的变更中除了能看到个人化的加强外，还能赢得一种积极的基本趋势：知识分子被迫对自身和他的同类进行反思，质疑固有的立场，并且去创造一种新的精神基础。从根本上属于他的质询任务的有'五四'的遗产、中国传统的角色和经常遭到忽视的普通人的现实。"②质疑的对象尚有左翼文学、社会主义现实主义和"文化大革命"以及西方现代性。因此九十

---

① 王元化：《谈鲁迅思想的曲折历程》，载《王元化集》（卷七），湖北教育出版社，2007，第19页。

② 王元化：《谈鲁迅思想的曲折历程》，载《王元化集》（卷七），湖北教育出版社，2007，第20页。

年代并不是一个问题消失的年代，而是一个缺少思想和累积思想的年代。

四

在九十年代文化与文学呈现多元和分裂的状态时，全球化的趋势带出了中国文化自身的身份认同问题。全球经济一体化带来了文化的扩张与压缩，"九十年代文学"自觉或不自觉地卷入其中。"八十年代文学"回应的西方现代性问题，到了九十年代以后更广泛和深入地展开了。

和八十年代不同，现实主义和现代主义的紧张关系已经不复存在，而中国文学传统的当代性问题又凸显出来。一方面，回到传统仍然是困难的，八十年代的"文化热"并未形成一种"新文化"的经验似乎也说明了这一点；九十年代末的"断裂"事件也未形成"断裂者"期待的新传统，又表明了"断裂"的虚妄。正如张旭东所言："当代中国文化一个最大的问题就是无法回到传统，因为在当代和传统之间隔着一个巨大的现代，隔着一个巨大的近代，隔着一个巨大的西方。所以，回到传统的路径我想只能是进入西方，进入西方的近代和现代，突破神话这个屏障把它从内部进行分解，把西方的近代和现代历史化，看到他们的危机，看到他们的问题，看到他们自己应对和解决这种危机和问题的方式和方法，以这种方式回到自己的历史性，回到自己的传统，不然的话我们永远也回不到传统。"①

---

① 张旭东：《全球化时代的文化认同》，北京大学出版社，2005，第380页。

另一方面，回到以现代主义为精神和形式资源的"先锋文学"同样是件困难的事。格非认为"先锋文学"可能会卷土重来，但不是简单的回归："我觉得先锋文学有可能会卷土重来。不过不是我们，而是别的什么人。即使先锋文学再回来的时候，不可能是原样的回来，实际上先锋文学是个假概念，它代表着什么？谁也说不清楚。那么我们就说现代主义小说，现代主义小说在西方有许多各种各样的极端。现在有很多趋势，把现代主义改头换面重新纳入创造性的劳动中去，然后发现、发明或者采用一种新的想象力，一种新的文体，如果把这个称为'先锋文学'的话，我认为它一定会回来的，而且会在一个更高的层次上回来。我不赞成简单的回归，因为所谓的先锋文学，造成了读者和作家的疏离。在目前这样的消费社会，你出现一个标新立异的作品，同样可以把它标价卖出去。现代艺术一旦风格化，就容易被模仿，小说也一样。先锋艺术、先锋文学失去震惊效果是因为它本身变得甜美了，变得商品化了，被流行收纳了，所以它对社会不再具有批判性。""我认为新的先锋文学出现，一定会有一个更大的创新。必须具有更大的整合能力，在我们的时代，它更需要精通历史，要老老实实地去了解我们的历史。简单的回归是回不来的。因此，重要的问题还是对历史和文化的整合。"①

　　但这些困难并不妨碍考察文学与中国文学传统和西方现代性的对话关系，"先锋文学"（主要是"先锋文学"）的"转向"或者"终结"，也是九十年代的一个重要话题，其中蕴藉着当代文学双向对话的痕迹。相对而言，"寻根文学"似乎已在八十年代被"终结"，其所谓

---

① 　格非：《何谓先锋文学》，《青年文学》2006 年第 21 期。

"复古"倾向和对"传统文化"的"回归"常常被不少论者诟病。无论是当时的评论，还是后来的文学史叙述，"寻根文学"常常被置于和"先锋文学"相对立的位置上。作为回应西方现代性的不同方式，"寻根文学"确实有偏向"传统"的一面，这种文化的转向，在叙事和美学趣味上，可能更多地偏向中国的叙事传统，而不是经典现实主义传统。我想讨论的重点，自然不是消除"先锋"和"寻根"的界限，莫言的《红高粱》似乎就介于两者之间；需要厘清的问题是，在和"寻根文学"的比较中，我们是否能够发现"先锋文学"与中国叙事传统的关系。如果我们得到的是肯定的回答，那么，需要进一步讨论的是，"九十年代文学"（包括"先锋派"）究竟和文化传统尤其是小说的叙事传统构成了怎样的关系。这是一个在八十年代因"寻根文学"而起，很快又中断，到了九十年代又复现的问题。

长期倾心关注"先锋文学"的陈晓明对九十年代后"先锋派"的评估是："八十年代后期，先锋派的形式主义实验给文学创造了新的艺术经验，但先锋派的实验突然而短暂，在九十年代随后几年，先锋派迅速放低了形式主义实验，除了格非和北村在九十年代初还保持叙述结构和语言方面的探索，先锋派在形式方面已经难以有令人震惊的效果。一方面，先锋派的艺术经验不再显得那么奇异，另一方面艺术的生存策略使得先锋们倾向于向传统现实主义靠拢。故事和人物又重新在先锋文学中复活。"① 这差不多也是很多研究"先锋派"的批评家们的共识。"形式的疲惫"，除了艺术经验奇异感的钝化以及生存策略的调整外，也与小说家自身的创造力有关。九十年代为先锋作家的转向或终结所唱的挽歌，在某种意义上是论者和读者对先锋派创造力"幻想"

---

① 陈晓明：《自在的九十年代：历史终结之后的虚空》，《山花》2000 年第 1 期。

的失落。先锋文学对在形式和精神上打破训诫与桎梏所做的探索确实显示了一种新的美学品格和可能性。而这样一种创造活动，对于更看重"间接经验"的先锋文学家来说，很大程度上取决于心灵的创造力。如苏童所言："对一个作家来讲，不存在生活匮乏的问题，作家是一种心灵的创造，他遇到的问题，准确地说是想象力的匮乏、创造力的匮乏。"① 至于按照现实主义的理解，生活（丰富的或匮乏的）如何影响创造力与想象力则是另一个问题。

尽管"先锋派"的精神意义也受到重视，但形式的革命性处于更突出的位置：先锋派所做的那些对于人类生活境遇的怪异、复杂性和宿命论式的表现，在很大程度上得力于形式方面的探索，那些超乎寻常的对人类生活境遇的表现，其实是艺术形式的副产品。一旦先锋派放低了对形式主义的探索，依靠一些陈旧的故事和平淡无奇的叙事，先锋派的表现力无所作为。由关注故事的形式到重返故事之中，由新奇怪异的叙事回复到平淡无奇的叙事，这样一种转向被视为"向后转"。换言之，"先锋文学"由原先的反传统变为逐渐靠拢传统（包括经典现实主义传统）。在通常的分析中，"先锋文学"的革命性是与"反传统"联系在一起的（虽然是一个语焉不详的"传统"），如果就"先锋文学"与经典现实主义和社会主义、现实主义的对话关系而言，"先锋文学"确实是"反传统"的；但是，在仔细考察以后，我们可能会发现，和西方的小说传统尤其是现代派小说相对的中国叙事传统，其实存在于八十年代的"先锋文学"中，并经九十年代延续到二十一世纪。

马原是八十年代毫无争议的"先锋派"，但马原对自己小说的解读饶有意味。马原以书法为例论中西的差异，他认为以理性主义作为

---

① 林舟：《永远的寻找——苏童访谈录》，《花城》1996 年第 1 期。

思想基础的西方人无法理解书法里的"气"，他们只能从线条的变化中感受到一种形式的美感，其中的差异就在于"我们汉人自己有一个不能用线性逻辑去表述的境界"。而马原觉得自己的小说有这样的中国艺术的背景："很多人以为我的小说是西方的，实际上是不对的。因为他们总想要一个所以然，但我也不知道，究其然非常吃力。我只知道，故事以这样的方式出来以后它们之间最妙。它们之间有了某种情节与意味，但是我自己没有能力把它们用一根线联系起来。实际上，这根'线'是中国的艺术背景，你有中国的艺术背景之后，自然觉得这是妙构，这些彼此不相干的断片单元究竟如何发生作用。"[1] 马原并不否认西方小说对他的影响，但他在中国艺术的背景中解释了他的"叙述圈套"。

从八十年代末开始，"先锋文学"便逐渐呈现了中国叙事传统的因素，苏童写于1989年的《妻妾成群》或许具有某种"标志性"意义，而他在九十年代写作的《红粉》《米》等都在不断强化他在艺术上兼容中国小说叙事传统的倾向。同样被称为"先锋文学家"的叶兆言，其"夜泊秦淮"系列的文化面貌和美学特征，也都确认了中国叙事传统的意义。八十年代"寻根文学"的一些主将，韩少功的《马桥词典》除了形式的创新外，他对"方言"的再造和叙事，延续和深化的是他在八十年代对"小传统"的认识；贾平凹颇受争议的《废都》突出了当代小说与明清小说的关系；王安忆的《长恨歌》也被一些论者读出了张爱玲的影响；等等。如果与从八十年代到九十年代的"新写实小说"相比较，我们会发现，同样是写"世俗生活"，但

---

① 　马原：《小说的本质是方法论》，载《在汉语中出生入死：关于汉语写作的高端访谈》，春风文艺出版社，2005，第312页。

二者差异很大，其中的关键就在于世俗小说中有无"诗"的意识。

格非曾经谈到他在九十年代的变化："在20世纪80年代的时候，我接触到比较多的现代派作品，就把它作为一个较为固定的资源来使用。可是到了20世纪90年代，我扩大了阅读面，重新研究中国古典小说，研究西方现代主义小说、浪漫主义小说，甚至古典主义的小说，一直到中世纪以前的史诗等这样的作品，我觉得所有这些东西都应该成为我们的遗产。而现代主义应当放到文学史中去，它只是重要的环节。我并不觉得现代主义过时了，应该把它的许多重要的东西都利用起来。我自己也说不清是怎样的一种变化，可能需要一种整合，把各种各样的，包括现实主义的、意识流的、荒诞派的，或者魔幻现实主义的，我觉得都可以使用。"[1] 而在这种整合中，中国传统叙事资源的意义再次被强调，这在莫言、王安忆、李锐、格非、阿来等小说家的文论中都有相当程度的反映。正是基于九十年代的这一变化，当代作家才有了以相对成熟的方式回应西方现代性问题的可能。这一变化，无疑让"先锋文学"失去了八十年代的"原样"。当我们面对韩少功的《暗示》、格非的《人面桃花》、莫言的《檀香刑》《生死疲劳》和王安忆的《天香》等小说时，才有可能讨论"新时期"以来小说的发展轨迹。

这当然是一个自"新文学"以来便困扰中国作家的问题。从晚清到"五四"，小说分为古典小说和现代小说，而现代小说则大致确定为西方小说的横移。在四十年代关于"文艺大众化""民族形式"的讨论中，"旧文学"的意义获得正面肯定。虽然这种肯定受到特定政治文化的影响，但现代小说与传统的关系问题也凸显出来。以群在《略论

---

① 格非：《何谓先锋文学》，《青年文学》2006年第21期。

接受文学遗产问题》中这样写道："'五四'以来的新文学运动，虽然受了外国文学的影响，并且初期的新文学创作还部分地犯了模拟西洋文学的毛病，但是经过了十几年的努力和奋斗，却逐渐地克服了这些弱点，改正了这些弊端，而建立起了中国新文学的独立风格，而开始'走向创造之路'。"以群甚至认为新文学"大体上，在初期的创作中，所保留着的中国旧文学的痕迹反比所承受的外国影响更显著"。他还认为："因此，新文学运动一方面固然是一个文学的革命运动，另一方面也是衔接着中国文学历史，承继着中国文学传统的有机的发展。"①"新文学"中"外国文学"和"中国旧文学"的影响孰轻孰重，自然可以商榷，但这两种影响无疑同时存在。从现代到当代，小说对中国叙事传统的确认和改写，"在所谓'现代性'话语的背景之中，这一过程的重要性往往被众多文学史的研究者所忽略"。②

　　创作或研究中取向的偏颇，并不存在"合法"与否的问题。不必说研究者的知识谱系、理论方法和文学研究模式等影响和规定其解释文学现象、论述文学史的方向，作家对文学资源选择有着更大的自由，没有取舍、没有偏颇可能就没有文学的特质。但是，当我们既有一个久远而深邃的历史背影，又有一个广泛而多变的文化结构时，整合历史和文化，从而获得自由与高度，则是文学无法回避的问题。

　　在如此论述"九十年代文学"时，我没有过多地选择作品进行文本分析。事实上，《在细雨中呼喊》《叔叔的故事》《长恨歌》《废都》《白鹿原》《酒国》《丰乳肥臀》《九月寓言》《尘埃落定》《马桥词

---

① 以群：《略论接受文学遗产问题》，载《以群文艺论文集》，上海文艺出版社，1983，第44页。
② 格非：《朝向陌生之地》，《青年文学》2005年第1期。

典》《旧址》《一个人的战争》《私人生活》《务虚笔记》和《日光流年》等，都是对"八十年代文学"经验的超越，从不同的路径上显示了个人、现实、历史等在九十年代的文学形式与意义。"八十年代文学"的经验，在很大程度上压抑了"九十年代文学"中一些重要文本的意义；文学史的叙述也常常因为突出了"八十年代文学"的意义而遮蔽了"九十年代文学"的重要性，在九十年代出现的一些作家作品笼罩在八十年代辉煌的影子之下。作为对这种现象的反驳，充分阐释九十年代的代表性文本也就显得必要，但是这种阐释不是对某种文学观念的验证，而应当在"九十年代文学"与"八十年代文学"的关联中，对这些作品做历史化的处理。这是有待深入的工作。

改革开放四十年文学的历史与常识

─────◎─────

　　将"改革开放四十年文学"作为一个时间段加以论述，其实并不是重新设置一个新的文学史论述框架，或者将1978年以来的"四十年"作为文学史的段落。我们都意识到改革开放对中国当代文学产生了重大的历史影响，而当代文学在这近四十年来又以文学的方式参与了改革开放。当代文学史研究和当代文学批评一直在"改革开放"的语境中进行，深刻地打上了"改革开放"的烙印。当我们在重新叙述和评价近四十年的文学时，所有的叙述和评价不仅表达了研究者对"改革开放四十年文学"的理解，同时也显示了研究者对"改革开放四十年"的认识。在很大程度上，如何认识"改革开放"对文学基本问题的影响，成为我们论述近四十年文学的关键。

一

　　如果我们回溯以同样的方式讨论"当代文学六十年""改革开放三十年文学"时的研究，不难发现彼时的共识远远大于当下的分歧，这意味着无论是改革开放还是改革开放中的文学都仍然处于变动不居的状态。但在动态发展中也形成了相对稳定的历史阐释段落，比如关于"八十年代文学"已经初步完成了作家作品的历史化处理，与此相关的一些问题如观念、思潮、现象的阐释也逐渐呈现了共识之外的分歧。当下的分歧又在很大程度上使部分研究者对已经形成共识的历史（如"文革文学""八十年代文学"）做了不同于既往的论述，这样的现象在"十七年文学""文革文学"研究中尤为明显。不断重返"八十年代文学"，不断再阐释"十七年文学"，其实也是寻求不同的关于当代文学的历史与逻辑的叙述框架。

我们现在遇到的难题是，近四十年来文学和政治文化的共识与分歧重叠在一起，即便是"纯学术"问题，其背后"非学术"因素的影响始终存在。文化现实也是历史与现实问题的叠加，当下讨论四十年文学所涉及的问题实际上已经超出了四十年文学本身，而如何认识四十年文学又不可避免地要借此询问文学未来的路向和可能。如此，讨论四十年文学既要置于"改革开放"之中，又要超越"改革开放"，回到文学的基本问题。因此，如何讨论改革开放四十年文学，同样存在问题与方法的选择。

我一直主张当代文学的"关联性"研究，在讨论近四十年来的文学时，"关联性"研究尤为重要。只有将近四十年文学置于百年中国"新文学"的发展脉络中，我们才能知道这个时间段的文学否定了什么、确立了什么，改革了什么、开放了什么，困境是什么、可能是什么，才能把握近四十年文学的来龙去脉。

二

八十年代的文学启蒙思潮虽然和思想解放运动有差异，但"八十年代文学"参与了思想解放运动，也是思想解放运动的产物。我们无法设想，如果没有思想解放，当代文学曾经的禁区如何被打破，盲区如何被洞察。回避否定"文化大革命"是新时期文学发生的前提，就无法讨论"改革开放四十年文学"。这是我以为不能无视的历史和需要重申的常识。

我们现在可以把那段风云激荡的历史做一个简单的概括：重新处理文学与政治的关系，从"文艺为政治服务"的从属论、"文艺是阶级斗争的工具"的工具论中解放出来；中央提出了"文艺为人民服务，为社会主义服务"的"二为"方向，重申了"百花齐放，百家争鸣"的"双百"方针。——这是新时期文学发生的最关键条件，也是近四十年文学得以稳定发展的根本原因。如果我们把"改革开放四十年文学"作为一个整体加以研究，我以为这是"改革开放"对当代文学最重要的影响。由此文学的发展空间和文学自身才有了重大变化和不同于既往的气象。

我自然也不认为"改革开放"会使既往文学制度、文学观念和文学作品形成彻底的"断裂"；相反，近四十年文学与历史仍然保持着这样或那样的"联系"。这种"断裂"中的"联系"或"联系"中的"断裂"，我在拙作《论中国当代文学史的"过渡状态"》中曾试图做出解释。这里需要提及与"改革开放"相关联的另一个概念——"拨乱反正"。反思"文化大革命"是"拨乱"，那么"反正"的"正"在哪里？这就是"五四"新文学（启蒙文学）和二十世纪五六十年代在"双百"方针指引下确立的文学制度中的合理因素和体现了社会主义文化想象的优秀作品。这是"改革开放四十年文学"在"断裂"中的"积极"联系；另外，既往的部分消极因素也或多或少地存在于近四十年文学中，八十年代对一些论争的处理仍然存在着非文学、非学术的方式。这种消极的联系也是我们需要正视的问题，近四十年文学中的一些现象和困境与这些消极因素的重生有关。

无论如何，近四十年文学是新生的文学。文学的政治文化重建了，文学制度重建了，文学观念更新了，新的文学经验产生了，文学的文化身份逐渐明确了，中国文学与世界的对话之门打开了，等等。在这样的历史转折中，近四十年文学才能和改革开放联系在一起。政治文化空间的重构，给近四十年文学带来了一系列堪称"革命性"的变化。如果说这是近四十年文学的"总体性"也未尝不可。在这样的历史进程中，"八十年代文学"的重要意义也凸显出来。我和众多研究者一样，以为"八十年代"是改革开放四十年文学最为关键的一个历史段落，如果没有八十年代的历史性变化，便无从讨论改革开放四十年文学。但我也认为，八十年代是"未完成"的年代，它没有形成思想再生长的机制，也没有形成新的新文化运动。文学进入九十年代以后，许多问题便产生了。

三

我们可以看到，一些重要的关键词在近四十年此起彼伏：主体论、本体论、革命、启蒙、人性、人道主义、自由、个体、反思、先锋、寻根、形式、纯文学、现实主义、现代主义、后现代主义、现代性、后现代性、传统、西方、性别、市场、阶级、人民、大众、全球化、世界文学等。我提到的这些关键词，并不是一个严格的序列，有许多关键词彼此矛盾，甚至在一定程度上对立。而这样一个现象表明，近四十年文学的内部其实充满了矛盾和张力。

其实，无论是"五四"启蒙文学还是"十七年文学"都充满了内在矛盾。一些西方学者看到了"八十年代文学"如何与"五四"相统一的关键所在，在谈到李泽厚和刘再复的文学观念和批评主张时，有学者这样分析："李和刘所设想的主体被理解和阐述为一种个体，因而在根本上与毛泽东的解个体化的群众不相一致。李和刘都提出，美学经验可以将个体从政治异化中拯救出来。尽管五四时期启蒙和美学现代性相互抵触，但是这两种传统现在却在辨别共同的敌人，亦即在这一观念上统一起来：文学不过是对社会阶级间发生的诸种冲突的再现。"[1] 我们暂不对这一说法中的偏颇之处加以分析，但此说对理解问题的思路具有启发性。

九十年代以后，文学的语境再次发生变化，市场和全球化的呈现扰乱了文学的方寸，"人文精神大讨论"的无果而终，表明了八十年代关于文学主潮的叙述已经不能移植和扩展到九十年代以后的文学。这不是"八十年代文学"经验的失效，也不是"八十年代文学"形成的常识已经失效，而是文学遭遇了我们预期之外的问题。随着"纯文学"的反思，文学的本质主义受到质疑；而在二十一世纪之后，随着文化身份意识的增强，曾经在八十年代、九十年代对文学创作和研究产生重要影响的西方理论也开始在建立中国特色话语体系的呼声中被

---

① 迈克尔·格洛登、马丁·克雷斯沃恩、伊莫瑞·济曼：《霍普金斯文学理论和批评指南》（第2版），外语教学与研究出版社，2011，第319页。

指摘，尽管西方理论的影响仍然持续。文学创作对本土叙事资源的重视，逐渐强化了形式的另一种意识形态性。而新的"革命叙事"则调和了曾经对立的种种因素。显然，在"总体性"之外，其他问题纷至沓来。

"新左派"文化批评家的出现，是九十年代末以来文学的又一重要现象。我无法对这一现象做出更准确和深入的分析，但我觉得这样的评述有助于我们观察和思考这一现象："他们同继续固守支配着80年代的批评关切的问题——美学理想和启蒙价值观念——的'自由主义'批评家们相互抵触。在90年代显露头角的新左派摒弃了对社会和文化议题的普适的、抽象的——或者说超历史的——研究的信奉，转而强调一种非本质主义的立场，认为应该聚焦于跨文化关系的权力网络。因而，它既与'自由主义'批评家们不同，也与毛泽东的批评理论有别。与其说这一新的批评思潮仅仅聚焦于中国社会之内的社会层级化，不如说它更多地关注全球化时代的跨国文化关系。不过，尽管它不无新意，但这一批评立场也仅仅是在整个20世纪支配中国文学理论和批评的那种文学的社会性和自治性之间对立的一种晚近表达罢了。"[1]

如此说来，改革开放四十年文学也在循环这百年来中国文学的基本问题。

---

① 迈克尔·格洛登、马丁·克雷斯沃恩、伊莫瑞·济曼《霍普金斯文学理论和批评指南》（第2版），外语教学与研究出版社，2011，第320-321页。

四

我们通常注意到了八十年代"朦胧诗""寻根文学""先锋文学"等对文学文体的影响，所谓文学形式的问题在这些文学思潮渐次展开后得以呈现。如果就此而言，这只是八十年代的一部分，文学批评的文体也在"小说革命"前后发生转型。拓宽视域观察，从"八十年代"到现在，文学批评以及与文学相关的报告、社论、领导人讲话等文体形式都发生了变化，这些变化还反映在那些并非及时性评论的文学史研究著作中。于是，我们需要关注的一个重要问题是：除了文学审美形式之外，文学研究的表达形式（文体）从八十年代以来也发生了深刻的变化。八十年代以来学术的文体形式是如何转型和重建的，应该是值得我们关注的问题。

几年前，我读到一本在思想史层面上讨论"文"与"道"关系的著作《汉语思想的文体形式》，这是一本被忽视的书。作者刘宁先生认为："长期以来，思想史所关注的思想史料，都没有'文体个性'，而文体学的讨论，又往往忽视说理议论的思想表达文体。中国思想史和文体传统的丰富内涵，也因此受到障蔽。"刘宁对中国古代表达思想的文体传统进行了梳理，在他看来，古人极为关注"文""道"关系，中国思想在"文"的丰富传统中展开，而"文"亦需结合思想的曲折才能深刻理解其内涵。他的基本判断是："一个思想家，在不同的文体中所表达的思考，会有值得关注的差异；而同一个思想潮流中，不同的思想家往往有不同的文体偏好，由此折射其思考路径的分殊。从大的范围来讲，各种文体在历史上的兴衰起落，也常常与思想潮流的演变相伴随。"①

---

① 刘宁：《汉语思想的文体形式》，华东师范大学出版社，2012，第1—2页。

如果在大的背景上看，近四十年的改革开放也解放了文学研究的文体。当思想表达的文体越来越具有"个人性"时（更多批评家的文体具有识别度），"大批判"文体衰落，偶有浮起也随即被学人吐弃，"社论"文体同样也在文学批评中式微。这当然也与学术体制重建、批评家知识结构调整有紧密的关系，文学批评或文学研究的思想、学术资源越来越丰厚，个人表达的多种可能性也就随之增大。如果做比较，八十年代的文学批评更多的是文章式的，九十年代以后则以学术论著为主。这正是当代学术制度重建后的结果，越来越多的文学研究者在学术体制训练后将文学批评作为一种知识生产的方式，由近代学术体制确立的、以论文和著作为核心的学术文体形式在九十年代以后得以恢复和巩固。如果做粗略的划分，近四十年的文学批评从文体形式上讲，大致可以分为西式论著和中式文章，部分文学批评介乎两者之间。——如果我们把文学批评也视为近四十年文学的组成部分，这同样是一个需要讨论的话题。

五

我们今天所讨论的改革开放四十年文学以两种方式存在着，一种是"原生态"的文学史，一种是以方法、规则和偏好等加以选择和叙述的文学史（文学史著作、理论和文学批评）。后者所呈现的文学史是被简化了的文学史，是以"确定性"的论述来叙述"非确定性"的历史状态。我们一方面承认文学史著作或者文学批评对作家作品的历史化（经典化）处理，另一方面不得不承认这种"历史化"只是初步的、阶段性的。文学史著作和文学批评是我们今天观察和思考近四十年文学的一个参照，而不是进入"原生态"文学史的通道。

我曾经将当代文学史著作的结构简化为"文学制度"与"作家作品"的相加，两者之间的关系是作品作为一个"事件"与其他事件的联系。如理查德·马克塞所言，"在当代实践中，这显然是最复杂、最容易产生分歧的问题之一"。我想不是"如果简单化"，而是事实上文学研究者关于历史说明的组织原则不外乎下列诸原则中的一种："（1）编年史的原则：对作品、作者或流派按照简单的年代顺序排列。（2）有机组合的原则：把每一个文本统一到某种支配性的价值观、标准、传统及单位观念，或者统一于通过历时性研究方法实现的类比中。（3）辩证的原则：引入另一个必要的层面，作品在这个层面上联系到某种或多种构成因果的因素，如具有决定作用的经济、社会、政治、语言或心理的结构。（4）叙事的原则：构建连贯一致的故事，（即R.S.克莱恩所说的'任何个体或群体的人以因果方式所连接的一系列独特事件的连续性，在一段时间内正好与构成变化的连续统一体的成分相关'）；在作者与其素材、形式和目的之间不断变化的关系中，这种构建特别包含着'情节'和代理人的选择和发现。"① 显然，我们目前的文学史是以前三条"组织原则"对历史加以"说明"的，第四种即叙事性的文学史尚未发育成熟。

当我对照这几条原则对文学史著作进行简单的归类时，不是讨论文学史写作问题，而是说在这些原则下，近四十年文学的复杂景观并

---

① 理查德·马克塞：《霍普金斯文学理论和批评指南·序言》，载迈克尔·格洛登、马丁·克雷斯沃恩、伊莫瑞·济曼：《霍普金斯文学理论和批评指南》（第2版），外语教学与研究出版社，2011，第8页。

没有完全进入文学史著作中，文学史写作的选择权力也在很大程度上因为删除或者忽视了诸多问题让我们对近四十年文学的理解有了偏颇甚至盲视。更为重要的是，我引入这个话题试图说明，作家与社会的关系，已经不只是与社会政治、经济的关系，也不只是与历史、现实、虚拟世界的关系，还与作为知识生产和话语权力的文学史写作与文学批评有着主动或被动的关系。

随着对八十年代作家作品的历史化处理，尽管只是初步的，但它对作家的影响是不能忽视的。这不仅指文学史既是文学批评的参照，也是很多作家希望获得永恒价值的终结目标（入史的梦想或理想），而且作为知识生产的文学史写作和文学批评直接影响作家在当下的位置，这个位置事关他们作品的读者、发行数量、评奖、意义阐释，以及能否进入研究者的视野而被纳入知识生产之口。如果把这种学术体制内的知识生产置于大背景中，我们就会看到作家在社会结构中的关系在九十年代以后远比八十年代更为复杂。这是九十年代以后，特别是在新媒体发达之后，作家与社会关系之间的一个重大变化。当文学越来越小众、越来越专业化后，作家与知识生产的关系更为密切。

我曾经在重读陆文夫时谈到他写于 1994 年的《文学史也者》，陆文夫在九十年代初期便意识到他的同行中有这样的"苗头"。陆文夫用嘲弄的口吻说："近闻吾辈之中，有人论及，他在未来的文学史上将如何如何。"他觉得文学史是管死人而不是管活人的，并调侃道："活着的人想在文学史里为自己修一座陵墓，就像那些怕火葬的老头老太，生前为自己准备了寿衣寿材，结果还是被子孙们送进火葬场去。""人们常说千秋功过要留于后世评说。这话听起来好像很谦虚，其实已经是气宇不凡了。后世之人居然还能抽出时间来评说你的功过，说明你的功与过都是十分伟大的了，要不然的话，谁还肯把那些就是金钱的时间花在你的身上呢？"这当然是调侃的话，但在调侃中显示了一个作家非功利的心态。在这篇文章中，陆文夫有两段话值得我们思考："我不了解死后进了文学史是何种滋味，总觉得那文学史是个无情的东西，把你揉搓了一顿之后又把你无情地抛弃。一般地讲，文学史对去世不久的文学家都比较客气，说得好的地方也许比较多一点，这里面有许多政治的、现实的、感情的因素在里面。时间一长，许多非文学的因素消失了，那也就会说长道短，出言不逊了。时间再一长，连说长道短也慢慢地少了，这并不说明已经千秋论定，而是因为文学史太挤了，不得不请你让出一点地位。时间再长一些，你就没有了，需要进来的人多着呢！当然，有些人是永远挤不掉的，那也是寥寥无几。看起来，那些老是惦记着要进文学史的人，都不大可能属于那寥寥无几中的几位。""其实，文学史是一门学问，是文学的派生，文学不是靠文学史而传播、而生存的。有些在文学史中占有很大篇幅的人，却只有学者知道，读者却不甚了了。有些在文学史中不甚了了的人，他的作品却在读者中十分流行，而且有很强的生命力。作家被人记住不是靠文学史，而是靠作品。"

坦率地说，在越来越多的作家为获奖写作、为文学史写作的时候，我想提出：在处理与政治的关系时，需要非功利的写作；在处理与市场的关系时，需要非功利的写作；在处理与文学史或有或无的关系时，需要非功利的写作。文学研究者同样需要非功利的写作。

六

如果以八十年代为参照，可以说我们现在的文学研究处于危机状态。这与无序的文化现实有密切的关系。作品认同的分歧只是表面现象，背后的差异是无法模糊的价值观、意识形态、文化关怀和始终存在的文学本体论问题。理查德·马克塞在《霍普金斯文学理论和批评指南》序言中使用了"持续危机"的概念，我以为当下的文学批评也处于"持续危机"之中。但正如理查德·马克塞所说，像以前的批评一样，现代批评似乎也是在持续危机（真正的或人为的）的范围中繁荣的。

当我们回溯改革开放四十年文学历程，或许有助于我们消除或缩小批评中的分歧。在这个意义上，如何论述改革开放四十年文学，又成为一个文化问题。我在这里所说的文化问题，重点不是指我们意识到的批评的话语范围已经成为超出文学的交叉学科，以及批评的研究对象已经涉及所有形式的文化生产，而是重申这样一种观点：文化问题注意对争论的矫正，包括对排斥和包容的程度、统治和忍受的程度以及在社会领域里共谋和抵制的程度等进行矫正①。

事实上，我们现在的困境还处于只有分歧没有争论的状态，或者说是没有实质性争论的状态。"当代文学批评的共识与分歧"是我为 2017 年 6 月召开的一次会议拟定的一个主题。我和《南方文坛》主编张燕玲商量，可否就"共识与分歧"这一话题召开由两代批评

---

① 理查德·马克塞：《霍普金斯文学理论和批评指南·序言》，载迈克尔·格洛登、马丁·克雷斯沃恩、伊莫瑞·济曼：《霍普金斯文学理论和批评指南》（第 2 版），外语教学与研究出版社，2011，第 8 页。

家参与的会议，张燕玲主编非常赞成，并很快得到中国作家协会理论批评委员会、扬子江评论杂志社的响应。"当代文学批评的共识与分歧"研讨会在苏州大学召开。这一以青年批评家为主的会议，讨论热烈。不久前在南京的青年批评家论坛上，这一话题再次得到深入讨论，有青年批评家甚至提出了现在是一个共识破裂的文学时代。

2012年，我写过一篇学术随笔《回到文学的常识》。在这篇文章中，我提到，从八十年代到现在，我们在"拨乱反正"和"与时俱进"中形成了许多新的认识和经验，因此也产生了许多新的常识。比如说，文学与政治的关系，文学与人民的关系，文学与现实的关系，文学与传统的关系，文学与西方的关系，等等，都形成了近四十年文学研究的基本理论。我认为，这些常识还是要坚持的。当然这还不够，所以还要发现和定义新的常识。这么多年来，我们所做的文学研究工作，其实只是在坚守常识。这不是贬低我们所做的批评或研究工作的崇高、创造和意义。上一代学者在打破禁区中回到文学的常识；在这个基础上，我们这一代坚守常识，也去发现和定义新的常识。年轻一代也许不能完全体会回到常识和坚守常识的艰难与意义，但我相信青年批评家比我们更有锐气去发现新的常识，而不是去遮蔽已经呈现的常识。常识不是训诫，八十年代以后恢复的常识、产生的常识是打破训诫之后形成的。

我还是想起理查德·马克塞说的那句话："简单说来，尽管文学批评具有内在的争论特征，但在互相冲突的理论家中间，其分歧并不像看上去那么严重，他们都面临着元批评的任务。"他所说的"元批评的任务"是："从纷乱争论中凸显的主要批评问题的区分；主要研究的问题（不管它是'作品'、文本还是语境，也不论它是创作的前提还是后来构成的后果）的境遇；耐心辨别引发了什么样的批评语言或专门词汇。"①

　　现在看来，我们走过了四十年，但还没有完成"元批评的任务"。

① 理查德·马克塞：《霍普金斯文学理论和批评指南·序言》，载迈克尔·格洛登、马丁·克雷斯沃恩、伊莫瑞·济曼：《霍普金斯文学理论和批评指南》（第2版），外语教学与研究出版社，2011，第6页。

当代文学与优秀传统文化关系的考察

———— ◎ ————

中国当代文学是社会主义文化的想象与实践，也是对中国优秀传统文化的传承与创造性转换。考察中国当代文学与优秀传统文化的关系，不妨说，中国当代文学的历史是在文化认同基础上不断建立"文化自信"的历史。党的十八大以来，习近平总书记不断强调"文化自信"，深刻指出"增强文化自觉和文化自信，是坚定道路自信、理论自信、制度自信的题中应有之义"[1]。在谈到中国优秀传统文化时，习近平总书记揭示了当代中国的发展与历史传承、文化传统的关系："我国今天的国家治理体系，是在我国历史传承、文化传统、经济社会发展的基础上长期发展、渐进改进、内生性演化的结果。"[2]讨论中国当代文学的"文化自信"问题，很大程度上是在历史关联中，认识当代文学与优秀传统文化的关系，即讨论当代文学如何传承和创造性转换优

---

① 习近平：《在文艺工作座谈会上的讲话》，《人民日报》2015 年 10 月 15 日。
② 习近平：《习近平在省部级主要领导干部学习贯彻十八届三中全会精神全面深化改革专题研讨班开班式上发表重要讲话》，《人民日报》2014 年 2 月 18 日。

秀传统文化的问题。如果说1949年全国第一次文代会是"新的人民的文艺"的开始，那么1979年第四次文代会则开启了社会主义新时期文艺。在这一脉络中，回顾当代文学对优秀传统文化的认知、吸收与转化、创造的历史与现实，将有利于我们认识中国当代文学的本来、外来和未来等诸多关键问题，从而在与"本来"和"外来"的对话中创造中国文学的"未来"。

一

中国当代文学的发生、发展和转型始终面临两个"传统"："五四"之前的"旧传统"和"五四"之后的"新传统"。周扬在1982年谈到"两个传统"之于当代文学的重要性时，指出"传统问题是个非常重要的问题"，"首先是民族传统，主要是汉民族传统，还有少数民族传统"。他还说："要讲两个传统，两千多年的民族文化传统和'五四'以来新文化的传统。这两个传统都要继承，我们首先要继承的是'五四'以来的传统。"① 在继承传统的问题上，未必需要分出"首先"和"其次"，但在中国文学的发展脉络中，明确当代文学要继承"两个传统"、重视"新文化传统"的意义是必要的。正是"五四"新文化运动的发生，为马克思主义在中国的传播开辟了道路。如此，亦能在中国文学和文化发展的整体进程中讨论中国当代文学与"优秀传统文化"以及其中的"文学遗产"的关系。

----

① 周扬：《关于新"文艺十条"的谈话》，载顾骧《晚年周扬》，文汇出版社，2003，第178页。

如何处理当代文学与"传统"的关系，涉及当代对"传统"的理解和价值判断。对"传统""传统文化"的概念加以界定，呈现我们对"传统""传统文化"的理解，这是讨论中国当代文学与优秀传统文化关系的前提之一。关于"传统""传统文化"的表述，有"文化传统""传统文化""民族传统""民族文化传统"和"文化遗产"等。当"五四"以后的"新文化"被确立为"新传统"时，之前的"传统"便被称为"旧传统"，相应也就出现了"新文学"和"旧文学"的概念。而"优秀传统文化"通常指古代的传统文化，如果不做时间的区分，"新文化传统"也可以纳入"优秀传统文化"中。在这一系列概念中，核心概念是"文化传统"与"传统文化"，两者往往被交叉使用。辨析这两个核心概念的异同，是为了呈现中国当代文学与优秀传统文化的关系，即中国当代文学在什么层面上传承和创新"传统文化"。

　　庞朴认为："一个民族的传统无疑与其文化密不可分。离开了文化，无从寻觅和捉摸什么传统；没有了传统，也不成其为民族的文化。于是在许多著作中、文章中、报告中乃至政策性的文件中，常常看到'文化传统''传统文化'的字样。""至少从字面上看来，文化传统与传统文化并不一样；如果进而追究内容，则差别之大，几乎可以跟蜜蜂和蜂蜜的差别媲美。"庞朴进一步指出两者的差异："传统文化的全称大概是传统的文化（traditional culture），落脚在文化，对应于当代文化和外来文化而谓。其内容当为历代存在过的种种物质的、制度的和精神的文化实体和文化意识。例如说民族服饰、生活习俗、古典诗文、忠孝观念之类；也就是通常所谓的文化遗产。""文化传统的全称大概是文化的传统（cultural tradition），落脚在传统。文化传统与传统文化不同，它不具有形的实体，不可抚摸，仿佛无所在；但它却无所不在，既在一切传统文化之中，也在一切现实文化之中，而且还在你我的灵魂之中。如愿套用一下古老的说法，可以说，文化传统是形而上的道，传统文化是形而下的器；道在器中，器不离道。""文化传统是不死的民族魂。它产生于民族的历代生活，成长于民族的重复实践，形成民族的集体意识和集体无意识。简单说来，文化传统就是民族精神。"①

我们仍然约定俗成地使用"传统文化"的表述，但我认同庞朴对这两者的解释。简言之，"传统文化"是作为载体的"器"，"文化传统"是作为精神或价值的"道"。这两者既相互区别又相互联系，即道在器中，器不离道。在讨论当代文学与传统的复杂关系时，区分出"道"与"器"，可以在精神（或价值）和形态两个层面或者兼顾两个层面进行有效的梳理。就文学而言，从《诗经》《楚辞》到明清小说的历史在遭遇"新文学"以后成为"文学遗产"，"新文学"又在实践中形成了"新传统"，这是"形而下"的"器"；存在于"器"中的"形而上"的"道"，在"重复实践"中形成一种民族精神或共同价值取向，绵延在世代交替和日新月异的生活中，又在当代的不断实践中赋予民族精神以新的内涵并创造出新的文化形式。

在这个意义上，"优秀传统文化"一直以不同的方式延续着，与当代文学有着天然的联系。但当代文学在新的时空中需要以文化自觉对"传统文化""文学遗产"做出价值判断和选择，在传承和创新中建立起"文化自信"。传承是一种文化认同，是一种文化区别于其他文化的保证，但如果没有创新，就没有文学和文化的发展。当代文学的"文化自信"既来自文化认同，也反映在"道"与"器"两个方面的文化

---

① 庞朴：《文化传统与传统文化》，《科学中国人》2003 年第 4 期。

创新上。在这个过程中，文化传统中的世界观、价值观、人生观和审美观等，如何在当代文学中传承和重建是首要问题。

"新文学"是对"旧文学"的一次重建，而当代文学又是对"新文学"的重建，这两次重建首先反映在精神、价值的重建上，其次才是文学具体形态的演变。由于新的共同体与前、现代族群经验及其"内在世界"的延续性并未完全中断，"新文学"与"旧文学"、当代文学与"新文学""旧文学"之间也就呈现既"断裂"又"联系"的状态。比如，在讨论"新文化""新文学"与"旧文化""旧文学"的关系时，我们通常认为两者之间是一种"断裂"的关系，而另一种意见则认为"新文化""新文学"中有"旧文化""旧文学"的元素，"新文学"不仅接受了外来的影响，也接续了"文学遗产"，从《诗经》到明清小说都对"新文学"产生了深刻影响。其实，"断裂"和"联系"并非绝对的。在重建价值方面，"新文化""新文学"无疑"断裂"了"旧文化""旧文学"，由此区分出"新文学"与"旧文学"，而在语言、文体、叙事形式、审美趣味等方面则又"联系"了"文学遗产"，"新文学"中有似曾相识的"旧文学"。在一定时期内，当代文学往往被认为对"旧传统"采取了"革命"的方式，有时甚至是极端的方式，但这种"革命"同样反映在对"文化传统"的价值重建上，重建有时是"断裂"的，有时是"联系"的。这是我们在本文中要重点讨论的问题之一。

"旧传统"之所以变得复杂，当然与"新传统"有关。无疑，就文学而言，"新文化传统"（"新传统"）是对"古代文化传统"（"旧传统"）的一次"断裂"。如前所述，"新文学"在价值观、文学观以及文体上和"旧文学"有着太多的甚至是根本性的差异，正是由于这种"断裂"式的文化转型催生和发展了"现代文学"。但这种"断裂"是

"联系"中的"断裂"，也就是"新文化"仍然和"旧文化"中的"优秀传统文化"有着这样那样的联系。所以，当代文学在发生和发展中，也就面对了相对凝固的古代的"传统文化"、"新文化"中的"传统文化"和包含了"传统文化"但更多体现了新的价值取向的"新文化传统"。当中国当代文学发生初期从"旧形式"的改造入手衔接"文学遗产"时，它实际上面对了"旧传统"和被"五四"重新解释了的"旧传统"。

这样既"断裂"又"联系"的状况，实际上反映了中国文学现代性观念的矛盾。一方面，中国的现代化需要改造、革新中国文化的传统，有时甚至是反传统；而另一方面，作为一个现代民族国家，它的文化主体性又需要建立在自身的传统之上，因而又始终存在文化认同的问题。就文学而言，如果将民族语言视为"民族形式"的一部分，那么用汉语写作，就不可能离开自己的传统，即便只是继承和改造"旧形式"。当我们把作为社会主义文化想象与实践的当代文学视为一个独立的文学史段落，一方面重视当代文学对优秀传统文化的传承，另一方面突出当代文学在优秀传统文化的内在演进脉络中批判继承传统文化，以文学的方式参与"中国特色社会主义文化"建设的特征。

二

在中国当代文学产生阶段，"旧形式"作为"文学遗产"的组成部分被纳入"新的人民的文艺"中。周扬在第一次文代会上的报告《新的人民的文艺》谈到解放区文艺的内容之"新"后，强调了语言的

"大众化"是"新的创造"，而"与民间的文艺传统保持了密切的血肉关系"，则是解放区文艺的另一个"重要特点"。周扬既谈到"民间形式"，也谈及"一切旧形式"："过去我们把封建阶级的文艺看成旧形式，是对的，但把资产阶级的文艺看成新形式了，却错了。""对于人民的文艺来说，封建文艺的形式也好，资产阶级的形式也好，都是旧形式。对于两者我们都不能拒绝利用，但都要加以改造。在民族的、科学的、大众的基础上，将它们改造成为为人民服务的文艺，这就是我们对一切旧形式的根本态度。对民间形式也是如此。"[①] 这是当代文学产生时期，在文学制度层面确定"旧形式"的意义。

当代文学在很大程度上是在反思"新文学"对待"旧传统""旧文学"的基础上形成了对"优秀传统文化"的认识的，也在这样的反思中确立了当代文学传承"新文学"和"新传统"的原则、方法和重点。三四十年代，左翼理论家、批评家是在发现和肯定"旧文学"对"新文学"的意义时，重新认识"传统文化"的，由此，也就确认了"传统文化"在"新文化"中的延续和演变。在"新文学"的进程中以及在当代文学产生之初，左翼理论家、批评家都曾反思"新文化"对待"旧文化"的激进主义态度，并且梳理和揭示"新文学"中的"旧文学"的影响，从而以继承"民族遗产"为基础发展当代文学。1950年周扬在《怎样批判旧文学——在燕京大学的讲演》中，谈到对"旧文化""旧文学"采取什么态度时，回顾了左翼在此问题上的变化，他承认在"旧文化"问题上，"我们发生过偏向"，"在今天，我们应该非常重视这个问题，怎样继承民族遗产，是有极其重大的意义的"。周扬指

---

① 周扬：《周扬文集》（第一卷），人民文学出版社，1984，第158-159页。

出："新文化和'五四'分不开，从'五四'起，才有新文学。""五四运动表面上受了很多外来影响，实质上却有它深厚的民族基础。不要认为吸收外来文化就没有民族基础了。正是因为中国民族有这种需要，所以才有了五四运动。有人说'五四'新文化与旧的民族文化没有关系，这是错误的。'五四'仅仅反对了旧文化中的落后部分、封建部分，同时却继承了人民的或接近人民的一部分。"①

因此，以"新的人民的文艺"为方向的中国当代文学，和被重新解释的"五四"新文学一样，是要继承"旧传统"中"人民的或接近人民的一部分"。在此后相当长的一段时间，由延安解放区文艺开始的以"人民性"来解释"文学遗产"、以"人民性"来重建"民族性"的思路和方法，成为当代文学阐释和吸收"优秀传统文化"和"文学遗产"的基本思路和方法。五六十年代的文学创作，在讲述"革命历史"和"社会主义建设"的故事时，以"人民性"关联当代文学与"文学遗产"，并重建文学的价值观和审美观。这样的思路和方法深刻影响了五六十年代的文学创作和文学研究。

在这样的背景中，对"民间形式"或者"民间的文艺传统"的特别重视，成为当代文学与传统文化中的一个重要部分，既延续了

---

① 周扬反思了"五四"的"缺点"和"偏向"："当时有一部分过'左'的人，说西洋一切都好，对整个中国旧文化采取一种完全否定的态度，认为所有的旧的只能进博物馆。这种倾向后来也被左翼文学继承下来。左翼批判了五四运动的不彻底，批判了胡适等人的资产阶级思想。但是否定一切旧文化的偏向却没有克服。""抗战起来了，民族形式比较得到重视，但那也只认为是一种权宜之计，完全认不清采取民族形式是新文学发展的必然规律，仅只为宣传方面，拿来轻轻利用一下就得了。"因而，周扬得出的结论是："新文化是旧文化的进一步的发展，新的和旧的是相互衔接的，而不是相互隔绝的。"周扬的结论，依据的是毛泽东《新民主主义论》的论述："中国现时的新文化也是从古代的旧文化发展而来，因此，我们必须尊重自己的历史，决不能隔断历史。"

三四十年代文艺"大众化""民族形式"讨论中的一些特点和延安解放区文艺的实践经验，又与"新的人民的文艺"相吻合。当代文学在产生初期对"小传统"的重视，也和"大传统"更容易与"封建社会"相联系这样的认识有关。五六十年代对民歌和戏曲的重视就反映了这样的思路和价值判断。茅盾曾说："提起我国文学、艺术的民族形式，人们首先要想到戏曲、音乐、舞蹈、美术和建筑，因为在这些艺术的形式部分，民族风格是显而易见的。"[①] 因而，戏曲的改革、新民歌的创作和工农兵作者的出现等被视为重要的成就。在"文学遗产"的整理方面，"民间的文艺传统"如民间曲艺、民间故事、民间歌谣、民间音乐和民间舞蹈等都受到重视。

强调"文学遗产"中的"现实主义传统"是当代文学在五六十年代打通与"大传统"联系的关键。强调中国文学发展历程中的"现实主义传统"，既是对传统的解释，又体现了当时文化现实的诉求。1957年茅盾发表文章认为："表现在《诗经》《楚辞》中的现实主义传统，为后来的各个朝代的大家所继承，汉乐府、唐诗、宋元戏曲、明清小说等都是'现实主义传统'的发展；五四新文化运动是要继承和发展中国文学的现实主义传统，但在政治思想上比过去的中国现实主义传统前进一大步，因为它明确提出了反帝、反封建的革命的思想内容。"[②] 茅盾这样的论述也见于冯雪峰等一批理论家和批评家的文论中，这样的思路在八十年代"小说革命"之后有了调整、拓展和变化，即不只是从现实主义角度解释"文学遗产"，也不以现实主义对立于现代主义。

---

① 茅盾：《漫谈文学的民族形式》，载《茅盾文艺评论集》，文化艺术出版社，1981，第375页。

② 茅盾：《一幅简图——中国文学的过去、现在和远景》，载《茅盾文艺评论集》，文化艺术出版社，1981，第263～269页。

在中国当代文学的发展过程中，文学制度也在"政策"层面确立了当代文学创作、研究与"优秀传统文化"和"文学遗产"的关系。1956年3月中国作家协会第二次理事会会议（扩大）通过的《中国作家协会一九五六到一九六七年的工作纲要》明确了研究中国历代作家和译介中国文学优秀作品的工作计划，其一是"组织力量系统地研究鲁迅的著作和'五四'以来的其他重要作家的作品，研究和总结我国当代作家的创作经验，要求做到研究我国历代的重要作家和作品"，其二是"有计划地介绍中国的优秀作品到世界各国。每年制定一次向外介绍的作品选目，组织外文翻译力量将中国优秀作品译成外文"[①]。1962年4月，中共中央批转由文化部党组、全国文联党组提出的《关于当前文学艺术若干问题的意见（草案）》，这一"草案"俗称"文艺八条"，第三条是"批判地继承民族遗产和吸收外国文化"。相较于之前，"文艺八条"对我国"优秀的文化遗产"和外国的"优秀的文化成果"的认识和处理更为成熟。"批判地继承我国优秀的文化遗产，批判地吸收外国优秀的文化成果，是我国社会主义文化建设中不可或缺的重要工作。""百花齐放，推陈出新，是继承和发展我国优秀文学艺术遗产和传统的唯一正确的方针，是完全符合我国社会主义文学艺术发展的规律的。""在整理遗产和继承传统的问题上，我们既反对粗暴，也反对保守，鼓励实事求是的科学的研究和恰当的、适合传统艺术特点的革新。"[②] 这些原则性的意见，反映了当代文学在五六十年代已经能

---

① 中国作家协会：《中国作家协会一九五六到一九六七年的工作纲要》，载《中国作家协会第二次理事会会议（扩大）报告、发言集》，人民文学出版社，1956，第62、65页。
② 文化部党组、全国文联党组：《关于当前文学艺术若干问题的意见（草案）》，《文艺研究》1979年第1期。

够相对成熟地处理当代创作与"文学遗产"的关系。

选择什么样的作品向世界译介，从一个侧面反映了当代文学对"文学遗产"的选择。作为对外交流的窗口，1951年创刊的英文版《中国文学》主要译介当代文学作品和文论，也以相当的篇幅译介中国古典文学、现代文学和相关研究论文，呈现了当代文学制度对古典文学和现代文学的选择和价值取向，也在这样的"对话"关系中建设当代文学创作与研究的文化生态。对作为"文学遗产"的古典文学的译介，尊重长期以来"文学遗产"业已经典化的历史。根据我的阅读，英文版《中国文学》在1951年至1966年间，译介的作品有：曹雪芹和无名氏的《红楼梦》、施耐庵和罗贯中的《水浒传》、吴承恩的《西游记》、蒲松龄的《聊斋志异》、司马迁的《史记》、李白诗、杜甫诗、王维诗、苏轼诗词、李贺诗、辛弃疾词、陆游诗词、龚自珍诗、明代散文、孔尚任的《桃花扇》、归有光散文、刘勰的《文心雕龙》、汉乐府诗、白居易诗选、宋代散文、汤显祖的《牡丹亭》、裴铏的《唐代传奇选》、韩愈作品选、宋代话本《白娘子永镇雷峰塔》、李汝珍的《镜花缘》、陶渊明诗歌、关汉卿的《窦娥冤》和《救风尘》、屈原的《离骚》、柳宗元散文选，等等。在"大传统"之外，也译介了民间文学和少数民族文学，如西藏民间故事和寓言、维吾尔族民间故事、壮族民间故事、蒙古族民间故事、傣族叙事诗，等等。① 这样一个不完全的"文学遗产"目录，其实也呈现了当代文学接受古典文学经典作品影响的范围。

---

① 关于古典文学研究的译介，除了鲁迅的《中国小说的历史的变迁》外，还有叶圣陶、陈贻焮、刘绶松、王季思、余冠英、唐兰、魏金枝、吴组缃、宗白华、杨晦、王瑶、吴小如、季镇淮、任访秋、何其芳、郑振铎、冯至等著名学者的研究成果。

在新文学传统中，一条线索是"启蒙文学"，一条线索是"革命文学"，也有处于中间状态的文学思潮和文学创作。英文版《中国文学》对中国现代文学的译介，除了我们通常熟知的鲁迅、郭沫若、茅盾、巴金、老舍、曹禺，涉及的作家还有叶圣陶、郁达夫、朱自清、闻一多、丁玲、夏衍、萧红、沙汀、许地山、吴组缃、杨振声、叶紫、胡也频、柔石、殷夫和王统照等。尤其值得注意的是，1962年的英文版《中国文学》连续两期刊载了沈从文《边城》的英译，这一信息常被疏忽，《边城》的译介表明了五六十年代的当代文学在重视现代文学的"启蒙文学"和"革命文学"之外，也开阔了对现代文学作家作品的选择视野。

五六十年代对"优秀传统文化""新文学传统"和"文学遗产"的认识，深刻影响了文学创作，其中的"革命叙事"，在关于中国革命历史的讲述中，呈现了创作与传统的复杂关系。我们熟知的那些作品，如《小城春秋》《林海雪原》《红旗谱》《铁道游击队》《苦菜花》《野火春风斗古城》《三家巷》《红日》《红岩》《保卫延安》和《风云初记》等，在对历史的"宏大叙事"中，呈现了中国革命的面貌，传递了在革命历史中形成的英雄主义精神。《红旗谱》与明清小说叙事传统的紧密关系，以及在"民族形式"中讲述"革命"的方式，无论在当时还是现在都受到重视。这些作品突出了"革命""英雄主义""阶级""牺牲"等价值取向或时代精神，但也包含了侠义、仁爱、舍生取义、精忠报国等"文化传统"因子；而在文体形式方面，文学遗产中的史传、传奇、笔记、话本、章回等对"革命叙事"的影响也十分明显。其中的很多作品，延续了延安解放区文艺的大众化、通俗化的尝试。值得注意的是，除了"宏大叙事"外，这个时期的一些小说，也吸收了中国小说叙事传统重视日常生活和世俗性等特点，并融入了中国文学的抒情传统，如孙犁的《风云初记》《山地回忆》、茹志鹃的《百合花》、宗璞的《红豆》、刘真的《长长的流水》和萧平的《三月雪》等。

五六十年代关于革命历史和建设的讲述，是中国当代文学中最早的"中国故事"。受特定历史条件制约，社会主义建设时期的特点也影响着文学与传统的关系进一步深入的发展，这既有文学体制的原因，也与作家的文学观和对"文学遗产"的熟悉程度有关。历史的局限在社会主义新时期得以克服和超越。

三

从八十年代到二十一世纪，中国当代文学的时间和空间都发生了变化。在"新时期文学"初期，文学界"拨乱反正"的重要内容是回到"五四"新文学，回到"革命文学"，回到"革命现实主义传统"，并重新处理当代文学与传统的关系，在文化现实中激活"优秀传统文化"的活力，创造出具有鲜明时代特征的文学作品。

1979年第四次文代会标志着社会主义新时期文艺的开端，周扬的《继往开来，繁荣社会主义新时期的文艺》在总结当代文学的经验教训基础上，提出了处理好三个关系，其一"是文艺上继承传统和革新的关系，也就是如何贯彻推陈出新、古为今用、洋为中用的方针的问题"："我们必须把传统的继承和革新这两者的关系处理恰当。在批判了保守倾向之后，要防止民族虚无主义的倾向；在批判了粗暴倾向之后，要防止保守倾向的抬头。"在当代文学制度重建时，如何批判地继承传统并加以革新，再次成为当代文学建设的基本问题，而批判地继承仍然是基本的原则和方法。

新时期文学在重视"启蒙文学"传统的同时，也创新了"革命叙事"，在世界观、价值观、人生观与审美观等方面与"优秀文化传统"有了更广泛、更深入的联系。这是新时期文学得以持续发展并取得重要成就的文化原因。在八十年代初期，当代文学回到"五四"文学的思路，人、人性、人道主义再次成为话题，在一定程度弥补了五六十年代文学的不足。在新的文化现实中，新时期文学对"革命历史"的重新叙述，也拓展和创新了"革命叙事"的内涵和美学特征，而"红色经典"的重温和改变，则在另一个维度确立了王六十年代"革命叙事"的独特意义。在对"革命历史"的讲述中，莫言的《红高粱》和一批新历史主义小说改变了既往"革命叙事"相对单一的模式。

　　这样的变化与当代作家在新的文化现实中的文化自觉密切相关。此时，已经不是"传统文化"的危机问题，而是当代文学如何借助"传统文学"创造新的文学世界。1985 年 1 月，韩少功发表《文学的"根"》，由询问"绚丽的楚文化到哪里了"开始，重新思考当代文学与"民族文化"的关系。他特别重视"民族传说""区域文化""乡土文化"的意义，对更多在"不规范之列"的"乡土中多凝结的传统文化"，如俚语、野史、传说、笑料、民歌、神怪故事、习惯风俗、性爱方式等所显示出来的"生命的自然面貌"给予了积极的评价。韩少功虽然着眼于"小传统"，但他在更广泛的意义上，强调了民族传统文化作为文学的"根"的重要性，并且将当代文学与传统的关系置于文化现实中，他说："这里正在出现轰轰烈烈的改革和建设，在向西方'拿来'一切我们可用的科学和技术等等，正在走向现代化的生活方式。但阴阳相生，得失相成，新旧相因。万端变化中，中国还是中国，尤其是在文学艺术方面，在民族的深层精神和文化特征方面，我们有民族的自我。我们的责任是释放现代观念的热能，来重铸和镀亮这种自我。"① 以《棋王》赢得声誉的阿城，则认为"文化制约着人类"，语言是一种文化，文学中的人性在表达上已经受到文字这种文化积淀的限制，更受到由文化而形成的心态的规定。阿城认为汪曾祺等作家的创作，"显示出中国文学将建立在对中国文化的批判继承与发展之中的端倪"②。

莫言是较早提出"大踏步后退"到民族传统的作家之一，他的《檀香刑》吸取了民间文艺的形式，以另一种方式重新叙述了中国近现代史。格非创作的《人面桃花》对"革命"的讲述，也在艺术上重返了明清小说的传统境界。就"文化传统"的影响而言，儒释道对作家创作的影响也是明显的，如汪曾祺的《受戒》、阿城的《棋王》、王安忆的《小鲍庄》和莫言的《生死疲劳》等。这些作品呈现了"文化传统"在社会生活尤其是当代生活中的意义，历史、日常生活和人性也因此有了另一番文学景象，相关文本在叙事形式、文体等方面也继承了"文学遗产"。当代作家以文学的方式呈现"文化传统"的当代意义，还表现在用"文化传统"对抗现代化给社会、生活和人性带来的弊端，如张炜的《柏慧》便显示了这样的价值取向。在新的历史语境中，"文化传统"与当代生活相遇，也造就了作家内心的冲突。新时期作家对"优秀传统文化"的认识和再造，在很大程度上深化和超越了五六十年代对"优秀传统文化"的认识和改造，不再局限在如何处理"旧形式"，而是在"文化传统"和"传统文化"，即"道"与"器"两方面加以融合与再创新。

当我们考察改革开放以来的当代文学时会发现，处理当代文学与"优秀文化传统"始终存在一个参照，即"外来文化"的影响（有时主

① 韩少功：《文学的"根"》，《作家》1985 年第 4 期。
② 阿城：《文化制约着人类》，《文艺报》1985 年 7 月 6 日。

要是"西方影响")。在当代文学的进程中,"优秀文化传统"和"外来文化"也形成了对话关系。中国当代文学"文化自信"的获得,首先建立在本民族的"优秀传统文化"基础上,如果当代文学不能根植于自己的传统,它就失去了本心,成为无根的写作;另外,当代文学与优秀传统的关系不是在封闭的场域中发生的,而是在"对话"中实践的,包括"跨文化"的对话。

批判地继承民族文化传统和吸收外国文化可以说是一个问题的两个方面。就像"五四"新文学接受了外来影响一样,当代文学在发生和发展中也受到了外来文化不同程度的影响。苏俄文学、日本文学、欧美文学,包括一些"弱小民族"的文学,都和当代文学构成了一种对话关系。《关于当前文学艺术工作若干问题的意见(草案)》中提出"有计划地翻译出版世界各国古典的和当代的优秀文学艺术和重要理论著作。演出外国剧目,举办外国造型艺术展览,苏联和其他社会主义国家的文学艺术,亚洲、非洲、拉丁美洲各民族的文学艺术,要特别注意研究和学习"。我注意到,在谈到"外国文化"时,《关于当前文学艺术工作若干问题的意见(草案)》对"西方文学艺术"既原则上说"外国的艺术,只要是好的,对我们有用的,都应该努力学到手,变成自己的东西",又特别指出"对于西方资产阶级的反动文学艺术流派和现代修正主义的文艺思潮,要注意了解和研究,并且有力地加以揭露和批判。应该有计划地向专业文学艺术工作者介绍这方面的作品,让他们看到这方面的电影和绘画等等,作为教育文学艺术工作者的反面教材"[①]。这样的处理,显示出在"冷战"时期,当代文

---

① 文化部党组、全国文联党组:《关于当前文学艺术若干问题的意见(草案)》,《文艺研究》1979 年第 1 期。

学对"外国文化"的选择，虽然有限度，但与"外国文化"的对话关系仍然存在。

无疑，新时期文学对如何吸收"外国文化"的有益成果比五六十年代更加成熟。1979年9月，《人民日报》正式发表毛泽东1956年8月24日《同音乐工作者的谈话》，这是新时期文学产生阶段在政治文化层面重新阐释民族传统与"外国文化"的一个重要信息。毛泽东在这次谈话中说："艺术的基本原理有其共同性，但表现形式要多样化，要有民族形式和民族风格。"这一论述和他在《新民主主义论》中的观点是一致的："我们应该在中国自己的基础上，批判地吸收西洋有用的成分。""文化上对外国的东西一概排除，或者全盘吸收，都是错误的。"毛泽东还以鲁迅的小说为例说明："吸收外国的东西，要把它改变，变成中国的。鲁迅的小说，既不同于外国的，也不同于中国古代的，他是中国现代的。"①

在一定意义上，"外来文化"也激活了民族传统文化。韩少功在那篇强调重视东方文明、民族传统文化的文章《文学的"根"》中说："这丝毫不意味着闭关自守，不是反对文化的对外开放，相反，只有找到异己的参照系，吸收和消化异己的因素，才能认清和充实自己。但有一点应该指出：我们读外国文学，多是翻译作品，而被译的多是外国的经典作品、流行作品或获奖作品，即已入规范的东西。从人家的规范来找自己的规范，模仿翻译作品来建立一个中国的'外国文学流派'，想必前景黯淡。"②九十年代以后，"先锋文学"的转向，也可视为是打破"他者"的"规范"。其实，即使在中国文学内在的脉络中，

---

① 毛泽东:《同音乐工作者的谈话》,《人民日报》1979年9月9日。
② 韩少功:《文学的"根"》,《作家》1985年第4期。

"文学遗产"也是特定历史语境中形成的"规范"，当代文学在面对遗产时，同样需要在继承中打破规范，从而寻找和确立新的可能性。"寻根文学"重视民族文化，重新激活"文学遗产"的审美优势，但"寻根文学"显然受到拉美魔幻现实主义不同程度的影响。正是在这样的影响之后，不少作家重新认识了"文学遗产"中的"世界因素"。汪曾祺早在1991年就意识到拉丁美洲的魔幻小说在中国原来就有过，《搜神记》《聊斋志异》乃至《夜雨秋灯录》等都是中国式的魔幻小说。汪曾祺曾想改写魔幻小说，未能如愿。莫言则以他的创造性写作，恢复了中国魔幻小说的传统，在获得诺贝尔文学奖后，强调了蒲松龄对他创作的重要影响。所以，重新梳理和认识"文学遗产"，是一个未完成而在进行中的课题。

汪曾祺在谈到二十世纪的中国时，如此说"西方影响"："我认为本世纪的中国文学，翻来覆去，无非是两方面的问题——现实主义和现代主义；继承民族传统与接受西方影响。几年前，我曾在一次关于我的作品的讨论会上提出，回到现实主义，回到民族传统。我说：这种现实主义是容纳各种流派的现实主义；这种民族传统是对外来文化的精华兼收并蓄的民族传统。现实主义和现代主义可以并存，并且可以融合；民族传统与外来影响（主要是西方影响）并不矛盾。二十世纪的文学也许是更加现实主义，也更加现代主义的；更多地继承民族文化，也更深更广地接受西方影响的。"①汪曾祺借用钱锺书先生的"打通"之说，认为"一个中国当代作家，应该是一个文学的道人"，他提出要打通中国当代文学和西方文学，打通当代文学与古典文学（民

---

① 汪曾祺：《〈汪曾祺选集〉重印后记》，载《汪曾祺文集·文论卷》，江苏文艺出版社，1993，第210—211页。

族传统），打通当代文学、古典文学和民间文学①。二十一世纪的今天，我们其实仍然面临汪曾祺所说的这些基本问题：优秀传统文化以及作为优秀传统文化参照系的"外国文化"如何进入当代文学。

"优秀传统文化"的重要性和当代意义，呈现在中国当代文学的发展历程中。如何传承"优秀传统文化"，从文化自觉、文化认同再到文化自信，对当代作家的世界观、价值观和审美观都是一个巨大的考验和挑战。在与"优秀传统文化"的对话中，如何讲好"中国故事"将在很大程度上影响中国当代文学的未来。

---

① 汪曾祺：《捡石子儿·代序》，载《汪曾祺文集·文论卷》，江苏文艺出版社，1993，第216页。

第二编

文学史视域中的作家作品重读

关于莫言和莫言研究的札记

———————— ◎ ————————

在 2003 年发表《莫言王尧对话录》(严格来说这是一本访谈录，后来收入《莫言文集》之《碎语文学》，改名为《与王尧长谈》；我当时还做了与韩少功、李锐的对话录，和莫言"对话"时，我发现如果我不时插话，莫言关于自己生平、创作道路、文本、文学观等的叙述可能就不会完整，因此对自己的角色做了调整)之后，我只写过几篇短文谈论莫言，或者在综合研究中讨论到与莫言创作相关的问题。用相当的篇幅综论莫言，是我的写作计划之一，我同时又意识到深入系统研究莫言并不是一件简单的学术工作。因此，我一直关注学界同人多年来研究莫言的成果(包括对莫言的否定性的批评文章)。林建法先生曾经主编《说莫言(上、下)》，收录了 1986 年至 2013 年间《当代作家评论》发表的莫言文章和研究莫言的论文数十篇，可以视为一本刊物研究一个作家的"批评史"。而更多的莫言研究成果则有待批评界整理和检讨。关于莫言的研究成为中国当代文学研究的重要构成部分，尽管对莫言创作的评价在有些方面不无分歧，但在中国当代文学史论述中，莫言无疑被确定为一位极重要的作家。

一

　　莫言并非因为获奖才成为中国当代文学史上一位最具代表性的作家，在获得诺贝尔文学奖之前，他的文学世界已经是一个丰富、巨大的存在。如同在莫言的《蛙》获得茅盾文学奖之后，有很多批评界同人以为莫言在《蛙》之前有更重要的作品应该获得此项文学奖。换言之，莫言的意义首先不是由某个奖项（包括诺贝尔文学奖）赋予的，茅盾文学奖，尤其是诺贝尔文学奖是对莫言意义的一种重要确认，同时也为我们认识莫言提供了一种重要参照。在这个意义上，作为世界上最重要文学奖之一的诺贝尔文学奖开阔了认识莫言的视野，有助于我们在更为广阔的文学空间中理解莫言的意义，并且由莫言的获奖来讨论中国当代文学在世界范围内的影响以及中国文学如何"走出去"的若干问题。

　　2011年秋天，我与林建法先生合作在苏州大学主持"小说家讲坛"，我在开坛致辞时说，"小说家讲坛"的设立，是为了彰显小说家们被遮蔽掉的意义，在这个讲坛上演讲的小说家是堪称杰出的甚至伟大的作家。坦率地说，近十年过去了，我觉得自己的判断没有大的失误，莫言和他的许多同辈作家确实堪称是杰出的甚至是伟大的作家。我对个别作家做这样的判断，并不意味着我以此对当代文学做等同的整体性评价，也不意味着我认为莫言或其他重要的作家是完美无缺的，我同样认为，莫言获得诺贝尔文学奖之后在某些方面或许可以发挥得更好些。但我重申我自己的观点，坚定地认为，莫言是中国当代文学史上很重要的作家之一。

　　写作这篇札记时，我读到了激烈批评甚至是嘲讽莫言近作的文字。我也读到了莫言有感而发的"打油诗"。其实，无论肯定还是否定莫言的近作，都需要有学理性的阐释。我以为，以莫言的成就、胸襟和智慧，他能够正确对待那些在学理层面上批评他的文章，如果他的近作有不尽如人意之处，他更需要学理的而非意气用事的批评。作为整体的莫言创作，自然包括了成功和不成功的作品，读者满意的和不满意的作品，批评家肯定的和否定的作品，但如果只以后者来解构莫言的意义，至少在方法上是不妥当的。因此，当下的莫言研究仍然需要重视问题和方法。

二

以我肤浅的观察，近几年来关于莫言的研究在"海外传播"这一部分逐渐拓展和充实，整体研究比获奖之前并无更多的拓展和深化。其中的原因很多，除了莫言文学世界本身的丰富性外，获奖后的莫言已经成为一个"文化符号"，这增加了研究莫言的难度。虽然我在2013年就有"回到文学的莫言"这一提法，现在也仍然坚持这样的主张，但我知道，关于莫言和莫言研究事实上不可避免地存在着非文学、非学术的因素。回到文学的莫言，并不是人为地筑起藩篱，而是在与非文学、非学术的关联中，侧重莫言的文学，对莫言的意义做出文学的、学术的评价。

我们可能会忽视一个问题，一个获奖作家在享受如此灿烂的荣光时，同时也许会承受常人无法想象的压力。在一定程度上说，诺贝尔文学奖也是一个"生命不能承受之重"的庞然大物，国外一些作家在获奖之后再无重要作品，未必是江郎才尽，或许是因为这个奖项压得作家无法喘气。心态的变化，会对作家 —— 即便是伟大的、优秀的作家 —— 产生致命的影响。我们现在还不能对莫言的新的可能性做出消极的预测，莫言在获奖之初就意识到了获奖对一个作家可能产生的负面影响，并期许自己能够写出新的优秀作品。以我的观察和分析，莫言在获奖之后是冷静的、理性的。莫言这两年发表了若干新作，我称之为"再出发"。莫言的"再出发"表明他已经从喧闹中沉寂下来，我们有理由期待他会写出优秀作品。

莫言在获奖之前，对诺贝尔文学奖已有自己的思考。在长谈时，我提到了诺贝尔文学奖的话题，莫言回答说："诺贝尔文学奖是个好东西，我觉得没有必要回避。好像说鲁迅曾经拒绝过诺贝尔文学奖，但那仅仅是几个中国人要给他提名，并不是瑞典文学院把奖给了他而遭他拒绝。所以说鲁迅拒绝诺贝尔文学奖仅仅是一个态度，并没有成为事实。尽管对这个奖有各种各样的评价，但它的诱惑是挡不住的。在百年的历史上，诺贝尔文学奖授给了一些伟大的作家，但也有不少得奖者经不起历史的考验，几十年后被人忘掉了，这也是正常的。""诺贝尔文学奖作为一个世界范围内的文学奖，不可能把所有的好作家都容纳进去。有些好作家没来得及参评就已经去世了，有些作家本来没有这种资格却得了奖，这基本上不影响诺贝尔文学奖的权威性，因为它评出的大部分作家还是真正了不起的。我想，大多数作家不会为了得奖才去写作。事实也证明，当你想得什么奖而去写作的时候，你多半是得不了的。""再就是，当某人得奖呼声很高的时候，这个人往往是得不了奖的，得奖者经常是那些仿佛突然地从地球深处冒出来的一样。譬如，当年意大利最有希望得奖的，最有资格的，众望所归的，我想是卡尔维诺，如果他得了奖，那么全世界就都会鼓掌，但最后是达里奥·福，一个喜剧演员得了奖，文学界一片哗然。这就是我前面说过的，不是达里奥·福比卡尔维诺好，而是达里奥·福比卡尔维诺更符合诺贝尔文学奖的标准。"莫言在2012年说的这几段话，仍然是我们理解莫言的一个参照。

我所说的诺贝尔文学奖也是一个"生命不能承受之重"的庞然大物，在中国的文化现实中可能更是如此。中国作家获得诺贝尔文学奖，这是一个太久远的期待、太遥远的梦想。从鲁迅到老舍再到沈从文，诺贝尔文学奖成为中国文化以及中国与世界关系的典型的文化符号，其中倾注了太多的寄托，也纠缠了太多的非文学的因素。当这个重要奖项终于和中国作家莫言联系在一起时，曾经有过的历史复杂性都在这个时候省略和简化了，并且都聚焦到莫言身上。对莫言的期待，在文学之外，还有文化的、政治的，甚至是经济的。就莫言个人而言，他的日常生活改变了，他失去了以往作为普通人具有的自由；他和别人的交往方式改变了，或者说别人和他的交往方式改变了；他在公众场合出现的方式改变了，他不是文化明星也不希望自己成为文化明星，但别人把他当作文化明星。与这些相比，莫言面临的更大困境是，政治人物、作家、批评家和读者因为这个奖而改变了观察他的眼光和价值判断标准。莫言不可能拒绝所有的社会活动，但他的任何一次演讲都被关注、检测乃至挑剔。在利益诉求混杂的社会里，莫言的讲话常常被人朝不同的方向解释。这些年来围绕莫言的种种争论以及非议，在很大程度上都超出了莫言本身，折射了当下社会的问题。

如是观察和思考问题时，我以为，我们既要对莫言有所期待，又要对莫言有所理解和体贴。对莫言而言，这样的文化现实或许能够转化为他对当代中国社会的新思考，转化为他文学叙事中的生活和故事。而我们在研究莫言时，同样需要"减负"，需要剔除那些附加在莫言身上的因素。在《实习生》这部电影中，创建了时尚网站的朱尔斯·奥斯汀曾问退休之后重返职场的本·惠科特："为什么你每次都能讲正确的话？"确实，就电影中的故事而言，本·惠科特每次都以正确的话回答朱尔斯·奥斯汀。电影中的这句台词让我大为感慨，在现实中有无始终讲正确的话的人？我们为什么每次都要求莫言讲正确的话？什么是正确的话？如果莫言几十年来一直讲正确的话，莫言也就没有那些经典之作了，或者说莫言就不是文学的莫言了。

三

莫言获得诺贝尔文学奖已经五年多[①]，关于获奖的一些细节被逐步披露，这为我们澄清一个事实创造了条件。

在莫言获奖后，德国汉学家顾彬教授在接受《德国之声》采访时，批评了莫言的创作。顾彬教授认为，莫言找到了美国翻译家葛浩文帮他翻译作品，这也是他的文学受到认可的关键因素，因为葛浩文的翻译不是逐字逐句翻译，而是整体的编译。顾彬教授所谓"编译"（或"改译"）的言辞后来演变为莫言获奖主要是因为葛浩文先生的译本好，诺贝尔文学奖不是授予作家莫言，而是授予翻译家葛浩文。这样一个似是而非的说法也影响了中国的一些批评家和读者。

毫无疑问，葛浩文教授对莫言作品的英译在英语世界产生了重要影响。葛浩文在2012年之前翻译出版的主要文本是：《红高粱》（1993年）、《天堂蒜薹之歌》（1995年）、《酒国》（2000年）、《丰乳肥臀》（2004年）、《生死疲劳》（2008年）和《檀香刑》（2012年），《四十一炮》和《蛙》的英译本则分别在2013年、2014年出版。葛浩文在翻译过程中与莫言多有沟通，他要删去一些他以为累赘的章节。莫言同意葛浩文的意见，而《天堂蒜薹之歌》的结尾，则是莫言自己重写的。葛浩文的译本如何，是一个学术问题，在此不论。

顾彬教授等人说瑞典文学院是根据葛浩文的译本授予莫言诺贝尔文学奖，则是一种毫无根据的妄测，而且忽视了一个常识：瑞典文学院并不会只根据一个人的译本确定是否授奖，他们要参照几种译本。其

[①] 本文发表于《小说评论》2018年第2期，故"五年多"。

实,《红高粱》《天堂蒜薹之歌》《丰乳肥臀》《酒国》《十三步》等小说的法文版，很多都先于英文版出版。根据我的了解，莫言小说法文版的出版时间分别是：《红高粱家族》（1990 年）、《天堂蒜薹之歌》（1990年）、《透明的红萝卜》（1993 年）、《十三步》（1995 年）、《酒国》（2000年）、《丰乳肥臀》（2004 年），法国汉学家杜特莱夫妇和尚德兰的精确译本，应该比英文译本更早进入瑞典文学院的视野。在颁奖典礼的晚宴上，希尔维亚王后对莫言说，她十几年前就读过莫言小说的法译本。在各种译本中，瑞典汉学家陈安娜翻译的瑞典文版，也是值得注意的。

莫言本人并不否定葛浩文英译本对他获奖所发挥的作用。但是，如果把莫言的获奖归结到葛浩文的译本，不仅对莫言是一种伤害，对其他译本的译者也是不公道的。瑞典文学院不仅不轻信一种译本，甚至还要派人到作家所在国家秘密调查这位作家的作品在本国的反响。瑞典文学院在跟踪阅读莫言十几年后，又让马悦然秘密翻译了莫言的部分中短篇小说，供院士们阅读。因是职务行为，马悦然翻译的莫言短篇小说集在莫言获奖前不能出版，莫言获奖数年后，征得瑞典文学院的同意，才得以出版。瑞典文学院的严谨和专业是毋庸置疑的。

四

坦率地说，当我陈述莫言获奖之后的境况并试图做出一些简单分析时，我意识到其中的困境之一是仍然在缠绕作家的文学与政治、体制的关系。我注意到，越来越多的人更在意莫言在文学之外的发言，而在文学之外发言，恰恰不是莫言的长处。回溯八十年代以来的文学历程，莫言是一位很少在作品之外对现实问题发言的作家，在这个层面上，莫言和他的前辈作家以及同辈作家中的一些人相比，并无特别心潮澎湃的"政治热情"和"干预意识"。但成为"文化符号"的莫言在获奖之后，有时又不得不"发言"。此时，人们对莫言的要求，已经不是对一个普通作家的要求。这样的要求自然有合理的成分，但若以此论定莫言又失之偏颇。我曾经在一篇短文中谈到，无论在国内还是在国外，不少人对莫言都有一种非文学的期待，种种期待的背后也潜藏着种种政治的、意识形态的因素。当莫言的一些回答和这些期待有落差时，政治的、意识形态的分歧也就凸显出来。莫言几十年的创作道路表明，他并不愿意离开文学成为一个"公共知识分子"，而在复杂的文化现实面前，又有很多人期待他成为"公共知识分子"。

这是一个困扰"五四"以来中国作家的重要问题。和鲁迅、郭沫若、茅盾、郁达夫、老舍、巴金、周扬、胡风那两代作家、批评家不同，当代作家、批评家对现实的影响远没有他们那么深刻和直接。即便是在改革开放之后，文学的启蒙和政治的思想解放运动有过密切的关系，也有一些作家曾经试图"干预现实"，但多数作家没有在这条路上往前走。这不完全是文学体制的限制，也与当代作家的特质有关，像鲁迅那样既是文学家又是思想家的知识分子并不多见。能够在文本内外对社会、现实的诸多方面做出文学的、思想的回应，已经不是中国当代作家的长处。这是一个普遍的问题。我近几年研究重庆"陪都"时期的知识分子时，颇有感慨。我们尊敬的那些作家在抗战的艰难岁月里，顽强地生活着、创造着。他们中有许多人在五六十年代都有过"失常"的表现，有些言行，在今天的我们看来几乎是匪夷所思。其中一些作家在"文化大革命"结束后有所反思，或者有深刻的反思，如巴金、周扬等。在特定的历史情境中，人是不容易的。所以，我主张对历史苛刻些，对个人宽容些。

我曾经比较过莫言在小说和散文中的存在方式（当然这是有差异的两种文体）。我发现，莫言虚构的能力远远胜于非虚构的能力。当以想象的方式构建文学世界时，莫言天马行空。而他以写实的方式直接记录生活时则显得拘谨，尽管在他的散文随笔、讲演、问答中也充满真知灼见和神来之笔，但总体而言，莫言不是以直接的"言说"来表达深刻思想的，而是以虚构的"创作"来传达他具有创造性的世界观和方法论的。如果阅读过完整的授奖词，我们会发现，诺贝尔文学奖评审委员会对莫言的肯定，除了他的文学才华、创作方法外，还有他的创作直面历史和现实，而不是妥协和顺从。至少在创作上，莫言是突破了许多禁忌的。如果就文学与历史和现实的批判性关系而言，《红高粱》《酒国》《丰乳肥臀》《檀香刑》《生死疲劳》等无疑是杰出的作品。在小说文本中，莫言是一位具有良知和批判性的作家。因而，一些批评莫言的人，甚至极端而荒唐地指责莫言是"汉奸"。这种极端的、非学术的言论反证了莫言是一位具有良知和批判精神的作家。

　　当我们在文化现实中也深刻体会到内心世界的矛盾、痛苦、分裂甚而是懦弱时，需要体会莫言这一代作家成长和发展的不易。如果简而化之，以人与体制的关系论，那么很难说谁与文学体制没有关系。我在呼应丁帆教授《青年作家的未来在哪里》中的观点时认为："在文化现实中，正确处理了文学与政治的关系后，'体制'对文学的影响是正面的。从另一个角度看，文学发展中的挫折、困境也与这一关系未能适当处理有关。""几十年来，我们习惯于把文学的兴衰、作家的得失与历史和现实加以关联。确实，历史和现实的力量是强大的，但即使在'文化大革命'时期，仍然有疏离主流意识形态的写作。超越历史和现实的限制，恰恰是文学的功能之一。这不仅是指文学想象和建构文学世界的独特方式，而且也包含文学世界对意义的独立建构。在这一点上，优秀作家之所以优秀，就在于他有自己的世界观和方法论。如果把所有问题的症结归咎于体制的限制和时代的复杂，就可能会为个人放弃在文化现实中的坚守寻找安慰的理由。因而，我们需要在作家、批评家与体制、现实的相互关系中讨论问题。"在讨论文学的莫言和文化现实中的莫言时，我仍然持这样的观点，并且认为文学体制曾经为莫言这一代作家创造了条件，莫言这一代作家也在创作中突破了文学体制的限制，从而促进了文学体制的调整。当文化现实叠加了更多的复杂问题时，莫言面临着如何再次超越的问题。

五

研究莫言还涉及另一个问题，即莫言和同时代作家的关系。有人认为，中国还有其他作家可以得诺贝尔文学奖；或者说，中国有不少作家和莫言一样重要。这些说法隐含的意思并不完全相同，如果从正面理解，也许应该是不能非此即彼，"扬李抑杜"。我并不认为重视了其他优秀作家的成就便削弱了莫言获奖的"合法性"；同时，突出了莫言便遮蔽了其他作家的成就。当我们在整体上肯定这个时代或许是优秀作家诸峰并起时，我们并不能忽视莫言的不可替代性。至少在相当长的时间内，当我们论述当代文学史的秩序时，莫言是处于中心位置的少数几位作家之一。如果说，在获奖之前莫言和同时代的优秀作家在文学秩序中的位置处于并列的状态，那么获奖之后，莫言的位置显然前移了。诺贝尔文学奖不是唯一的，但却是将作家作品经典化的重要方式之一。

在"位移"中产生的这样一种关系其实并非对立的关系。莫言在获奖之后，也多次肯定同时代作家创作的意义。我们都注意到，他感谢了支持和批评他的人，他说他不能代表中国当代文学，他肯定中国未获奖的作家中有许多人是优秀的，他坦言他的写作超越党派，他也不希望有"莫言热"，等等。我并不认为这是莫言的客套话，而是基于他对亲历的当代文学史的认识。莫言对其他作家的尊重既见于他的文章，也体现在北京师范大学国际写作中心的活动中。在《莫言王尧对话录》这本书的后记中，我曾经说到一个细节：我在谈话中称莫言为"天才式的作家"，但莫言在修订谈话录的文字稿时，把"天才式的作家"改为"有点才华的作家"。付梓前，我又改回"天才式的作家"。这本书后来在台湾出版了繁体字版（《说吧，莫言》），莫言仍然按照他的意思又改了过来。所以，我很能理解莫言在获奖后用他父亲的话说自己仍然是个农民的儿子。

一部中国当代文学史当然不可能是一个作家的文学史，但是以重要作家作品为主体的文学史。我们现在的研究中需要进一步阐释的问题是：莫言和同时代的优秀作家构成了怎样的多元共生的关系；在跨文化的语境中莫言何以脱颖而出成为当代文学的代表性作家；当我们表述"莫言等"时，如何在差异中呈现莫言的不可替代性，又兼顾其他优秀作家，从而形成文学史的新论述。

六

在重读莫言和进行莫言研究时，有许多问题困扰我。

当莫言分别以《檀香刑》和《生死疲劳》向民间叙事传统和中国古典小说致敬时，莫言与中国叙事传统构成了怎样的互动关系？在中国文化的脉络中，我们如何解释莫言？

莫言并不讳言外国文学对他的影响，事实上这种影响是多方面的。

但莫言同时坦承他没有读完马尔克斯的《百年孤独》，并且试图摆脱马尔克斯的影响；在解释他的"魔幻"时，他提到了故乡的生活本身和蒲松龄的《聊斋志异》对他的启示。与前一个问题相关联，莫言是如何在本来和外来的传统中形成自己的世界观和方法论的？

无论是莫言本人还是批评家都强调他的小说"在故乡"又"超越故乡"。这里要讨论的问题不仅是莫言的身世、童年记忆，而是与故乡相关的诸多因素如何成为莫言的创作资源（原型、主题、结构等），特别是如何成为莫言后来与其他作家相区别的"文化差异"。很多年前，阿城曾经这样说莫言创作独特性的形成，他认为莫言《透明的红萝卜》《白狗秋千架》等作品之所以个人化特点鲜明，在于莫言处于共和国的一个"边缘"："为什么，因为他在高密，那真的是共和国的一个边缘，所以他没受像北京这种系统教育，他后面有一个文化构成是家乡啊、传说啊、鬼故事啊、对正统文化的不恭啊，等等这些东西。"阿城的观点对我颇有启示。但这只解决了莫言小说的文化生成问题，需要追问的是莫言是如何再创造和超越的。

我近来关注中国当代文学的微观研究，文本的"内部构成"是微观研究的重要方面。就"内部构成"而言，莫言的小说仍然有巨大的阐释空间。而研究莫言文本的"内部构成"还涉及莫言小说的译本。关于莫言海外影响的研究，多数侧重海外对莫言的研究，也有很多论著梳理了莫言海外译介的基本情况，但在译介学意义上研究莫言译本的工作有待深入。

重读汪曾祺兼论当代文学相关问题

---◎---

汪曾祺先生辞世二十年以后，其创作和文人生活几乎成为一种传说。这足以显示经过一段时间的历史化论述后，汪曾祺已经成为当代文学史上的经典作家。相对于同时代作家而言，文学批评和文学史研究对汪曾祺的评价几乎没有太大的分歧。这种"原则"上的一致，并不意味着没有如何阐释汪曾祺的问题，在现有研究基础上创新论述汪曾祺的思路和方法仍有很大的空间。

汪曾祺于四十年代发表了《邂逅集》，五六十年代也偶尔发表作品 ①，京剧《沙家浜》等更是给他带来声名（也包括烦恼）。但汪曾祺作为文学家的独特个性和文学史意义的凸显，则是在他发表小说《受戒》之后。因而，我们既要顾及作为"整体"的汪曾祺，更要重点探讨八十年代以后的汪曾祺。在小说之外，汪曾祺的散文也延续和拓展了他的整体风格。作为"副文本"的文论，是理解汪曾祺创作的重要

---

① 关于这个时期汪曾祺创作的意义，参见王彬彬《"十七年文学"中的汪曾祺》，《文学评论》2010 年第 1 期。

参照。汪曾祺在八九十年代的创作和文论，涉及当代文学史的一些基本问题，诸如当代文学与古代文学遗产、新文学创作的关系，当代文学与政治、现实、生活的关系，文体形成与作家文化心理的关系，个人生活方式对创作的意义，等等。

如果从宏观着眼，我以为汪曾祺的意义，首先在于他以自己的方式衔接了文学的"旧传统"和"新传统"，于"断裂"之处"联系"了"文学遗产"；汪曾祺在语言、文体等方面的建树，与现实语境、文学潮流形成了一定的反差，从而和其他当代作家相区别；汪曾祺保留了已经离我们远去的"士大夫"特质，其个人生活方式对创作亦产生了重要影响；汪曾祺对传统的理解、选择和转换，对如何建立当代文学的"文化自信"仍然具有启示性。——我想在这样的思路和方法中重读汪曾祺，并讨论所涉及的当代文学的相关问题。

一

汪曾祺 1979 年发表了《骑兵列传》《塞下人物记》，这是他从六十年代到八十年代的过渡。1980 年、1981 年，汪曾祺密集发表了《受戒》《异秉》《岁寒三友》《寂寞和温暖》《天鹅之死》《大淖记事》《七里茶坊》《故里杂记》和《徙》等小说。这些小说在"伤痕文学""反思文学"和"改革文学"的大潮中显示了巨大的反差，如果借用汪曾祺的小说篇名来表达，不妨说，汪曾祺以他的"异秉"取胜于文学界。在相当程度上，汪曾祺作为小说家的意义是在这两年完成的。此后汪曾祺也有《八千岁》《云致秋行状》《故里三陈》等小说，以及结集在《蒲桥集》中的散文，但这些作品只是汪曾祺风格的循环和巩固。

当汪曾祺不断累积他的特色时，批评界也不断深化对汪曾祺意义的认识和阐释。从八十年代开始迄今，批评界确人了汪曾祺的重要性：他将很长时期被冷落的旧文学传统和四十年代新文学传统带到了‘新时期’①，《异秉》的重写以及源于“四十三年前的一个梦”的《受戒》，已经暗示了汪曾祺与三四十年代文学的关系；汪曾祺写作对现代汉语的意义②；也有研究者注意到了汪曾祺与赵树理的关系，并在推崇民间文化的相同点上重新理解五六十年代文学的意义等。

　　重读汪曾祺集中在《晚翠文谈新编》中的文章，我们就会发现，在很大程度上，这些年批评家对汪曾祺小说、散文的理解，并未超过汪曾祺自身的论述，而汪曾祺的自我阐释又在一定程度上影响了批评家对他的更为深入的探讨。其实，汪曾祺并不是一位以理论见长的作家（他的一些重要观点和论述在不同的文章中不时重复），他的文论更多带有中国传统文论的特点，在文体上也是文章一类，他使用得比较多的一些概念和范畴直接受到中国古代文论的影响③。确实，汪曾祺的文论和他的创作构成了一个相对完整的阐释系统。这在当代文学史上是一个值得注意的现象，可以和汪曾祺媲美的是孙犁先生。当代作家有很多创作谈，如果与汪曾祺和孙犁相比，高下立判。

　　“回到现实主义，回到民族传统”，可以说是汪曾祺对自己创作

①　参见黄子平《汪曾祺的意义》。在 1988 年写作的这篇文章中，黄子平指出，'汪曾祺的旧稿重写和旧梦重温，却把一个久被冷落的传统带到'新时期文学'的面前。"载《汪曾祺小说经典》，人民文学出版社，2005，第 339 页。

②　李陀：《汪曾祺与现代汉语写作》，《花城》1998 年第 5 期。

③　汪曾祺在《回到现实主义，回到民族传统》中说："传统的文艺理论是很高明的，年轻人只从翻译小说、现代小说学习写小说，忽视中国传统的文艺理论，是太可惜了。我喜欢读画论、读游记。"载《晚翠文谈新编》，生活·读书·新知三联书店，2002，第 24 页。

路径、特色、追求的基本概括，而"现实主义"和"民族传统"的融合，则产生了"抒情现实主义"。我在此择要分述如下：在《晚饭花集·自序》中，汪曾祺谈到了他小说的渊源，"我写短小说，一是中国本有用极简的笔墨摹写人事的传统，《世说新语》是突出的代表。其后不绝如缕。我爱读宋人的笔记甚于唐人传奇。《梦溪笔谈》《容斋随笔》记人事部分我都很喜欢。归有光的《寒花葬志》、龚定庵的《记王隐君》，我觉都可以当小说看。""第二是我过去就写过一些记人事的短文。当时是当散文诗来写的。""我一直以为短篇小说应该有点散文诗的成分。"他将《钓人的孩子》《职业》和《求雨》等归为介于散文诗和小说之间的"短文"①。在另外的文章中，沈从文又说到了汪曾祺对宋词的喜好以及词的抒情给他的小说带来了"隐隐约约的哀愁"②。

　　1986年，在《汪曾祺自选集·自序》中，汪曾祺明确地说："我的散文大概继承了明清散文和五四散文的传统，有些篇可以看出张岱和龚定庵的痕迹。"在1988年《蒲桥集·自序》中，汪曾祺说："看来所有的人写散文，都不得不接受中国的传统，事情很糟糕，不接受民族传统，简直就写不好一篇散文。不过话说回来，既然我们自己的散文传统这样深厚，为什么一定要拒绝接受呢？我认为二三十年来散文不发达，原因之一，可能是对于传统重视不够。"③这是讲当代散文与传

---

① 汪曾祺：《晚饭花集·自序》，载《晚翠文谈新编》，生活·读书·新知三联书店，2002，第328页。

② 汪曾祺：《汪曾祺自选集·自序》，载《晚翠文谈新编》，生活·读书·新知三联书店，2002，第299页。

③ 汪曾祺：《蒲桥集·自序》，载《晚翠文谈新编》，生活·读书·新知三联书店，2002，第311页。

统的关系。

　　语言问题，也是汪曾祺谈论的重点，他将语言视为小说的本体。在《小说的散文化》中，汪曾祺说："散文化小说的作者十分潜心于语言。他们深知，除了语言，小说就不存在了。他们希望自己的语言雅致、精确、平易。他们让他们对于生活的态度于字里行间自自然然地流出，照西方所流行的一种说法是：注意语言对主题的暗示性。"① 在这极短的篇幅中，汪曾祺完整地概括了他的文学语言观和语言的特色。

　　我们后来讨论的关于汪曾祺的基本话题以及对文本的分析，几乎集中在汪曾祺自述涉及的方面。但我注意到在研究汪曾祺时，学界常常疏忽或者很少谈及一个问题：汪曾祺一方面不断阐释他的小说、散文与传统的关系，一方面不断强调自己的创作不仅不排斥西方影响，而且吸收了西方现代派小说技巧②。他不赞成别人把他的创作纳入"乡土文学"的理由之一是："有些人标榜乡土文学，在思想上带有排他性，即排斥受西方影响的所谓新潮派。我并不拒绝新潮。"③ 这篇自序写于 1992 年。而在更早的 1983 年，当汪曾祺的小说已经被批评界定调在"恢复"传统时，他不时强调自己小说中的外来影响："我是更有意识地吸收民族传统的，在叙述方法上有时简直有点像旧小说，但有

---

① 汪曾祺：《晚饭花集·自序》，载《晚翠文谈新编》，生活·读书·新知三联书店，2002，第 36 页。

② 汪曾祺举到的例子之一是《昙花、鹤和鬼火》，"就是在通体看来是客观叙述的小说中有时还夹带一点意识流判断，不过评论家并不宜察觉。我的看似平常的作品其实并不那么老实。我希望我能做到融奇崛于平淡，纳外来于传统，不今不古，不中不西。"载《自报家门》，生活·读书·新知三联书店，2002，第 270 页。

③ 汪曾祺：《菰蒲深处·自序》，载《晚翠文谈新编》，生活·读书·新知三联书店，2002，第 322 页。

时忽然来一点现代派的手法，意象、比喻都是从外国移来的。"[①]1990年《蒲桥集》再版后记中，汪曾祺仍然强调散文接受民族传统的重要性，但纠正了在初版自序中散文不可"新潮"的偏差，以为散文也可以"新潮"。

这些重要的表述，与汪曾祺逐渐强调当代文学与西方打通并吸收现代派手法的认识有关。1991年他在《汪曾祺自选集》重印后记中提出，二十世纪中国文学的基本问题是现实主义和现代主义，继承民族传统与接受西方影响，而二者之间并不矛盾。汪曾祺甚至设想，如果再写作十年，他将更有意识地吸收西方现代文学的影响。汪曾祺有非常大的抱负，希望自己的小说不今不古，不中不西。其实这是难以做到的，或多或少纳外来于传统的汪曾祺，其作品仍然是"中式"的。我在这里讨论的重点，并不是在文本分析中呈现外国文学对汪曾祺的具体影响，而是想说明：在跨文化对话关系中讨论民族传统、文学遗产仍然是不能放弃的视野和方法。在当下的文化现实中讨论文学的"文化自信"，需要这样的视野和方法。一方面，我们需要将文学置于中国文化自身发展的脉络之中；另一方面，又需要考察文学与文化发展的外来影响。

回溯汪曾祺的这些论述，我们不难发现，批评界讨论的汪曾祺与传统、汪曾祺与笔记小说、汪曾祺小说语言、汪曾祺小说散文化等问题，已经存在于汪曾祺的自我阐释之中。这是当代文学批评中很有意思的一个现象。汪曾祺的文论和小说散文文本构成了很强的"互文性"。一个作家关于自己创作意图的陈述以及对自己作品的比较准确的

---

① 汪曾祺:《晚饭花集·自序》，载《晚翠文谈新编》，生活·读书·新知三联书店，2002，第330页。

分析，从一个方面反映了文本意义生产的清晰化和确定性，也表明了汪曾祺的文本并不以多义见长。这类文本通常不是深刻、复杂的，而是明朗、纯洁的。就文学批评而言，如何贴着汪曾祺的论述和文本，而又不被他的自我论述限制，不仅"照着讲"，而且"顺着讲"，是汪曾祺研究中的一个问题。

二

确定了汪曾祺与传统的关系，只是呈现一条线索，这条线索背后的问题是：汪曾祺是如何衔接传统的。具体的问题是，作为旧传统的宋人笔记等叙事传统和明清散文等文章传统（当然汪曾祺的不只这些）如何落实在汪曾祺的小说、散文创作中，小说又是如何散文化的。这里的关键之处是：汪曾祺的意义如果仅仅是"恢复"传统，那么他的创造性何在？如果汪曾祺不只是"转述"而是"转换"了传统，那么，他是怎样完成传统的"现代性"过渡的？显然，在这两个假设之间，我们会选择后者，并且将后者确认为事实。如此，接下来需要追问的是：汪曾祺是直接完成了这样的过渡，还是经由他者的过渡，再加以自己的创造？

汪曾祺衔接的传统，其实有"旧传统"和"新传统"之分。因为汪曾祺比较具体地阐释了他的小说与古典小说叙事传统的关系，这一部分的分析相对稳定。在谈到汪曾祺与"五四"新文学传统的关系时，批评界和汪曾祺本人一样都注意到了沈从文和废名的重要影响。在谈《受戒》的创作时，汪曾祺说他意识到沈从文笔下的农村少女三三、夭夭、翠翠是推动他创造小英子这样一个形象的潜在因素："我是沈先生的学生。我曾问过自己：这篇小说像什么？我觉得，有点像《边城》。"①这是人物塑造的具体影响。而在小说的叙述方法上，沈从文将"过去"和"当前"对照的方法给汪曾祺以重要影响。汪曾祺没有用对照的方法写小说，但他突出了"过去"之于"当前"的意义。他在《沈从文的寂寞》中，援引了沈从文《长河题记》中的两段文字，说明"过去"的重要意义。在这篇文章中，汪曾祺认为别人误解了沈从文，他认为沈从文的《边城》不是挽歌，而是希望之歌，这在很大程度上影响了汪曾祺小说的基调。更为重要的是，就像汪曾祺说沈从文一样，他也是一位"水边的抒情诗人"。

废名则是汪曾祺特别欣赏的另一位作家，汪曾祺很喜欢废名的小说《桃园》《竹林的故事》《桥》和《枣》等。汪曾祺早年读过周作人的《论废名》，周作人认为废名小说的一个特点是注重文章之美。我相信，周作人的这个判断对汪曾祺的影响是深刻的。小说的文章之美，也是汪曾祺小说的一个特色。汪曾祺顺着周作人的分析，认为在意识流被译介到中国之前，废名的小说已经用了意识流手法。汪曾祺对废名小说中意识流手法的特别强调，也是他文论中谈论"现代派"并在创作中吸收"现代派"手法的参照之一。

正是基于这样的历史关联性，黄子平在《汪曾祺的意义》中，颇有见地地认为，汪曾祺把久被冷落的四十年代的文学传统带到"新时期文学"面前。如果我们将汪曾祺与沈从文、废名相关联，那么汪曾祺无疑是中国现代抒情小说脉络中的一个环节②。这样我们可解释汪曾

---

① 汪曾祺：《关于〈受戒〉》，载《晚翠文谈新编》，生活·读书·新知三联书店，2002，第350页。

② 凌宇：《中国现代抒情小说的发展轨迹及其人生内容的审美选择》，《中国现代文学研究丛刊》1983年第2期。

祺对四十年代新文学传统的承接。这里存在的问题是，"旧传统"又是如何转换成为"新传统"的？也就是说，与汪曾祺相关联的中国现代抒情小说是如何转换"旧小说"模式的？如果不解决这个问题，"旧传统"和"新传统"在汪曾祺那里就不是有机整体，而是"两张皮"。普实克曾分析过鲁迅1911年冬发表于《小说月报》上的《怀旧》，他的解读对我们讨论这个问题颇有启示。

在普实克看来，《怀旧》与传统小说的第一个区别是情节结构，这篇小说的故事情节显然没有得到充分的展开。他认为《风波》《白光》《示众》等也是如此，手法明显缺乏戏剧性，鲁迅关注的不是引人入胜的情节。普实克试图由此区分出这一特征与传统叙事形式的区别："我们可以认为，鲁迅对情节所做的是一种简单化处理，把情节化约到最简单的成分，试图抛弃说明性的故事框架来呈现主题。鲁迅希望不借助情节的踏脚石，直接抵达主题的核心。我正是在这一点注意到了新文学所特有的现代特征。我甚至愿意将之归纳为一条原则：削弱甚至取消情节的功能，这是新文学的特征。我愿意将这一特征与现代绘画中的潮流相提并论：自十九世纪末的印象画派开始，现代绘画就宣称，其目的是'绘画'，而不是'图解事件'。"普实克还提到致力于布设情节的捷克作家卡雷尔·卡佩克的作品《无言的故事》等，却在进行淡化情节的尝试，这种简化情节的实验与鲁迅异曲同工。普实克进而认为："鲁迅与现代欧洲散文作家的创作所共同拥有的这些倾向，可视作抒情向叙事的渗透，是传统叙事形式的衰落。"①

① 普实克：《鲁迅的〈怀旧〉》，载《抒情与史诗》，上海三联书店，2010，第105、106页。普实克在文中还提到，"卡佩克认为，情节的弱化是现代散文的发展趋势之一，这一观点是正确的，正如我们看到，几乎与卡佩克同时，苏联文学批评家什克洛夫斯基在其著作《散文理论》中用了整整一章的篇幅来探讨'无情节的文学'"。

也许，将小说情节的弱化视为新文学所持有的现代特征之一更为妥当。在其他小说家那里，强化小说情节也是新文学的一种特征，鲁迅的《阿Q正传》同样也重视情节的布设。而作为传统叙事形式的《三国演义》《水浒传》《红楼梦》等影响了现当代小说家，因而情节的弱化还不能完全视为传统叙事形式的衰落。普实克讨论这一问题的重要性在于，他揭示了抒情向叙事渗透这一新文学的特征，这就是我们时常表述的小说散文化这一概念。当我们援引普实克的观点后再讨论汪曾祺的文论和小说、散文时，我们便能够得出相应的结论：鲁迅对小说传统的创造性转换，是汪曾祺小说回到传统的基础；在这基础上，中国古典散文中占重要位置的"无情节"的散文启发了汪曾祺的小说创作；介于散文和小说之间的笔记体因而与汪曾祺的小说有着更为密切的文化血缘关系；文章之美的特征不仅存在于汪曾祺的散文之中，也是汪曾祺小说的审美特征。汪曾祺在《小说的散文化》等文章中，都通过理解小说的散文化而重新解读了中国现代抒情小说——汪曾祺经由"旧传统"和"新传统"，再以个人的创造，重新确立了当代文学与传统的关系。这一过程的完成，有赖于三个因素：现代小说叙事模式的创造性转换；汪曾祺的文化自觉与传统文化修养[1]；当代现实语境的激发[2]。

在这样的分析中，我们可以将汪曾祺置于现代文学的"抒情传统"这一潮流之中；如果将汪曾祺置于"新时期文学"的大潮——"伤痕

---

[1] 汪曾祺在《自报家门》中说："我是较早意识到要把现代创作和传统文化结合起来的，和传统文化脱节，我以为是开国以后，五十年代文学的一个缺陷。"但汪曾祺接着认为，"有人说这是中国文化的'断裂'，这说得严重了。"载《晚翠文谈新编》，生活·读书·新知三联书店，2002，第270页。

[2] 汪曾祺在很多创作谈中都谈到文艺界的思想解放对他创作的影响。

文学""反思文学"和"改革文学"之中，我们又发现汪曾祺在潮流之外。汪曾祺的创作与"八十年代文学"大潮的错位，是评论界确定汪曾祺文学意义的主要依据。西方批评家也用同样的方法来讨论汪曾祺的意义。菲兹杰拉德在《想象的记忆之场：汪曾祺与后毛泽东时代对故乡的文学重构》中，曾经试图揭示汪曾祺创作的独特意义："'文化大革命'结束后，中国人普遍感到自身与历史发生了错位，因而有了与过去重新关联起来的心理需求，在此背景下，汪曾祺创造了一个乐感十足、风景如画的文学愿景。""这个文学愿景既不同于伤痕文学描写的血泪苦难史，也有别于把过去描绘成革命最终战胜黑暗势力的历史叙事，同时也与沈从文把湘西描写成'不完美的天堂'的做法大异其趣。""综上，汪曾祺唤醒了深藏人们心中对失落的过去的愿景，强调了过去的当下性，从而做到了与他自己的过去重新关联起来。此外，在历经革命、战争和近代史的错位之后，他为其他知识分子重建中国文化记忆开辟了道路。"① 菲兹杰拉德显然更多地关注到了历史阶段之间的"断裂"，其实在汪曾祺的创作中历史是一个整体，并不存在以意识形态划分历史阶段的问题；菲兹杰拉德也关注到了汪曾祺与文学大潮的差异，但是，菲兹杰拉德忽视了正是由于"伤痕文学"和"反思文学"的兴起，促进了文学的思想解放，由此开启了"新时期文学"。我以为需要在相互关系中讨论历史的整体性及其不同现象之间的差异，而不是在对立关系中定位不同的文学思潮。

---

① Carolyn, Fitzgerald, "Imaginary Sites of Memory: Wang Zengqi and Post-Mao Reconstructions of the Native Land," *Modern Chinese Literature and Culture*, 2008, 20（1）: 109-110.

尽管我们不必把汪曾祺的意义上升到"为其他知识分子重建中国文化记忆开辟了道路"这样的高度，但汪曾祺对1985年前后"小说革命"的影响是事实存在。中外学者都提到了汪曾祺与"寻根文学"的关系，或者将汪曾祺的创作与"寻根文学"合并论述。当我们如此论述汪曾祺与"旧传统""新传统"的关系时，其实汪曾祺小说与"寻根文学"是有差异的。"寻根文学"的内部也有不同路径，或许阿城与汪曾祺更为接近。如果读韩少功的《文学的"根"》这篇被称为"寻根文学"之"宣言"的文章，可以看出韩少功、贾平凹以及李杭育、郑万隆等，和汪曾祺的旨趣并不一样。这意味着，汪曾祺回到传统的实践对当下的文学创作仍然具有启示意义，但当代作家对传统的选择则有着不同的路径和侧重。

三

汪曾祺八九十年代小说、散文的冲击力，与他的叙述语言和文体有关。研究汪曾祺的叙述语言和文体，也成为批评界的重点之一。近四十年来，当代作家的叙述语言，像汪曾祺这样炉火纯青者是少数，这也是许多小说家对汪曾祺始终怀有敬意的重要原因。无论是"旧传统"还是"新传统"，都是在语言中呈现的，并成为文体的内在构成。事实上，如果离开语言，我们就无法讨论作家和文本，也很难讨论文学文体。在汪曾祺自己关于语言的诸多论述中，核心观点是："语言不仅是形式，也是内容。语言和内容（思想）是同时存在、不可剥离的。语言不只是载体，是本体。"他因此认为，"写小说就是写语言"，并视"语言是一种文化现象"①。这样的论述几乎接近"文学是语言学"的判断。如果和同时代的作家相比，汪曾祺的超群之处，在于他将语言置于无可替代的本体位置。许多作家和批评家也放弃了语言的工具论，但没有汪曾祺如此彻底地把语言的文化性放在突出的位置。

一个作家的语言与天赋有关，这在一定程度上让我们讨论作家语言风格的形成变得很有难度。但语言的文化性是在后天逐渐养成的，并在字里行间弥漫着个人的气息。在讨论汪曾祺的语言时，我想先叙述汪曾祺八十年代出场的个人背景。1986 年，汪曾祺在《晚翠文谈·自序》中说，他三十多年来和文学保持着"若即若离"的关系，有时甚至是"完全隔绝"。在汪曾祺看来，这让他获得了一个合适的外部位置："比较贴近地观察生活，又从一个较远的距离外思索生活。"②我以为，这样一种与生活或者说是与现实的关系，是汪曾祺在八十年代以后能够既在潮流之中，又在潮流之外的一个重要原因。"文化大革命"结束后，思想解放激活了汪曾祺的阅读经验，那些在年轻时读过也影响了他的一些中外文学作品在他心里"复苏"了，他完成了对文学传统的"认同"。一个作家在生活中的位置在很大程度上呈现了他个人的语言生活状态，是复制，还是独立 —— 这是激活汪曾祺语言能力的外部因素。

这里涉及两个问题：一是小说家（散文家）对生活的态度，二是

---

① 汪曾祺：《思想·语言·结构》，载《晚翠文谈新编》，生活·读书·新知三联书店，2002，第 82-83 页。
② 汪曾祺：《晚翠文谈·自序》，载《晚翠文谈新编》，生活·读书·新知三联书店，2002，第 336 页。

小说家（散文家）通过阅读所形成的文化积淀。作家对生活的态度和理解决定了他要表现的生活，在汪曾祺看来，小说的结构是这篇小说所要表现的生活决定的，"生活的样式，就是小说的样式"[①]。当汪曾祺把语言视为文化现象时，他进一步认为："语言的后面都是文化的积淀。"文化是如何积淀在语言中的？汪曾祺的体会是："作家应该多读书。杜甫说'读书破万卷，下笔如有神'，是对的。除了书面文化，还有一种文化，民间口头文化。"[②]书面文化和民间口头文化是构成语言"文化性"的基本方面。汪曾祺对生活和语言两者的认识，是我们讨论汪曾祺语言和文体的参照。如果将汪曾祺的书面语（文言和白话）和方言分而述之，汪曾祺的语言就被肢解了。在这一节，我们先讨论语言的文化性问题，关于小说的结构与生活的关系容后再讨论。

　　如果我们贴着汪曾祺的观点和文本，我们首先应该探讨的是，汪曾祺的语言体现了怎样的"文化性"。我注意到，海外汉学家在讨论汪曾祺的意义时，常常突出语言之于记忆书写的重要，即语言如何在空间上建立起故乡与前现代的文化传承关系等。菲兹杰拉德认为汪曾祺小说与其他"乡土文学"的不同就在于"语言形式上的实验"："汪曾祺的作品大多描写他少时生活过的故乡，但他不仅仅写了属于他个人的过去，还将他的创作置于乡土文学的传统之中。""与很多乡土文学作品相比，他更强调记忆的心理运作过程和语言形式上的实验，因而

---

① 汪曾祺：《思想·语言·结构》，载《晚翠文谈新编》，生活·读书·新知三联书店，2002，第89页。

② 汪曾祺：《思想·语言·结构》，载《晚翠文谈新编》，生活·读书·新知三联书店，2002，第83页。

可以说从根本上重写了乡土文学的传统。"① 语言形式的实验和传统的呈现关联起来，这是菲兹杰拉德给我们的启示，正是记忆和语言，呈现了已经消逝的传统："汪曾祺和其他寻根文学作家无疑受到了外国作家的影响，但他们只有运用文学语言，创造性地在乡村重新发明记忆之场，才能使他们笔下的故乡与前现代的过去在空间上建立起某种文化上的传承关系，因为这个前现代的过去在很多方面已经被毁掉了。"②

在菲兹杰拉德这样过于理性的分析中，我们逐渐读到了其核心观点："对汪曾祺来说，利用对语言的沉思和探究（而不是其笔下人物的意识或对当地风景的描写）这种手段，他就可以在记忆中接近故乡，与故乡再次连接。"汪曾祺的创作专注于语言的运作，"他的目标显然是通过写作找回地方文化和嵌入汉语中的过去的传统"③。在这里，菲兹杰拉德强调了语言形式的实验的重要性，汪曾祺因此在记忆的书写中接近已经成为传统的故乡。但在我看来，与其说汪曾祺的目标是"通过写作找回地方文化和嵌入汉语中的过去的传统"，毋宁说汪曾祺是将过去的传统嵌入汉语中，从而找回了地方文化。嵌入了传统的汉语因此吻合了恢复和转换传统的目标。如果置于社会政治的大背景中考察，当汪曾祺将过去的传统嵌入汉语时，他实际上剥离了汉语中的政治和

---

① Fitzgerald, Carolyn, "Imaginary Sites of Memory: Wang Zengqi and Post-Mao Reconstructions of the Native Land," *Modern Chinese Literature and Culture*, 2008, 20（1）: 77.

② Fitzgerald, Carolyn, "Imaginary Sites of Memory: Wang Zengqi and Post-Mao Reconstructions of the Native Land," *Modern Chinese Literature and Culture*, 2008, 20（1）: 78.

③ Fitzgerald, Carolyn, "Imaginary Sites of Memory: Wang Zengqi and Post-Mao Reconstructions of the Native Land," *Modern Chinese Literature and Culture*, 2008, 20（1）: 95.

暴力。这是汪曾祺对现代汉语的一次修复。

如果从句子的构成上看，汪曾祺的叙述语言是"白话""古句""洋句"（欧化句子）再加上"方言"的有机组成。他这样分析自己的语言风格："在文风上，我是更有意识地写得平淡的。但我不能一味地平淡。一味平淡，就会流于枯瘦。枯瘦是衰老的迹象。我还太不服老。我愿意把平淡和奇崛结合起来。我的语言一般是流畅自然的，但有时也会跳出一两个奇句、古句、拗句，甚至有点像是外国作家写出来的带洋味儿的句子。老夫聊发少年狂，诸君其能许我乎？另一点是，我是更有意识地吸收民族传统的，在叙述方法上有时简直有点像旧小说，但有时忽然来一点现代派的手法，意象、比喻，都是从外国移来的。这一点和前一点其实是一回事。奇，往往就有点洋。但是，我追求的是和谐。我希望融奇崛于平淡，纳外来于传统，能把它们揉在一起。奇和洋为了'醒脾'，但不能瞧着扎眼，'硌生'。"① 所以，语言是一种融合后的纯净。

在其他文论中，汪曾祺多次提到方言的运用，并对民歌鲜活的语言给予积极的评价。从人格特质来看，汪曾祺无疑更接近传统文化中的"大传统"，但他一直重视"小传统"对语言文化性形成的重要作用："一个作家对传统文化和某一特定地区的文化了解得愈深切，他的语言便愈有特点。所谓语言有味、无味，其实是说这种语言有没有文化（这跟读书多少没有直接关系。有人读书甚多，条理清楚，仍然一辈子语言无味）。"② 汪曾祺在括号中的补充说明，和上述他强调"多读

---

① 汪曾祺：《晚饭花集·自序》，载《晚翠文谈新编》，生活·读书·新知三联书店，2002，第330页。

② 汪曾祺：《林斤澜的矮凳桥》，《汪曾祺文集·文论卷》，江苏文艺出版社，1993，第141页。

书"的说法不无矛盾。也许，在读书和语言的"文化性"之间存在一个关键的环节，即语言如何人格化和语言如何体现作者对生活的态度。这是我们需要讨论的另一个问题。

四

就文体而言，汪曾祺的小说也许可以简单地表述为"小说的散文化"或"散文化的小说"，而他的散文文体也在这样的界定中呈现其特色。这样的看法，在诸多中外批评家那里几乎是共识。斯蒂文·戴在《汪曾祺文学传记》说："汪曾祺从未写过一部长篇小说，因为短篇小说最适合表现他的审美情趣和风格倾向。汪曾祺在《谈读杂书》（1986）一文中自称其文学创作的特点是'形散而神不散'。史书美（Shih，2001）把汪曾祺的创作风格称作'散漫的现代主义美学手法'（aesthetics of looseness）或'文类消融写法'（dissolution）。确实，汪曾祺的小说抒情色彩浓郁，有的在形式上更接近散文。"[1] 我们六必要采用"散漫的现代主义美学手法"这样的概念，但汪曾祺的写作实践表明，衔接传统的价值是要激活传统的现代意义。如此，我们可以明确汪曾祺的文体是现代文体，而非古代文体；或者说，"现代性"需要在中国文化自身的脉络中衍生。

"文类消融写法"在汪曾祺那里，是散文和小说的融合，是小说和

---

[1] Steven Day, "Wang Zengqi," in *Chinese Fiction Writers*, *1950—2000. Dictionary of Literary Biography*, vol. 370, eds. Thomas Moran and Ye（Dianna）Xu（Detroit：Thomson Gale, 2013），pp. 245–254.

诗词、散文诗的融合。在一定程度上也是小说与戏曲的融合。在谈到戏曲与小说的关系时，汪曾祺认为中国戏曲不是很重视冲突，虽然戏曲整体上有冲突，但是各场并不都有冲突。他举《牡丹亭》《长生殿》《琵琶记》等戏曲为例，以为不假冲突，直接地抒写人物的心理、感情、情绪的构思，是小说的，非戏剧的[①]。汪曾祺将戏曲当作小说的看法，是我们在讨论汪曾祺文体时需要留心之处。这提醒我们，汪曾祺文体上的融合是综合性的，侧重的是小说和散文的融合。

如何理解散文，决定了小说如何散文化。汪曾祺对散文的理解是："我的散文大都是记叙文。间发议论，也是夹叙夹议。我写不了像伏尔泰、叔本华那样闪烁着智慧的论著，也写不了像蒙田那样渊博而优美的谈论人生哲理的长篇散文。我也很少写纯粹的抒情散文。我觉得散文的感情要适当克制。感情过于洋溢，就像老年人写情书一样，自己有点不好意思。我读了一些散文，觉得有点感伤主义。我的散文大概继承了一点明清散文和五四散文的传统。有些篇可以看出张岱和龚定庵的痕迹。"[②] 就汪曾祺与现代散文的关系而言，我以为鲁迅的《野草》《朝花夕拾》、周作人的散文、沈从文的《湘西》《湘行散记》等都影响了汪曾祺。如果再溯源，汪曾祺倾心的明清之际的张岱散文小品，则是衔接晚明袁宏道闲适小品一脉，他们二人写"西湖"，笔法、声韵、意趣相通。袁宏道的闲适小品，"发之于物我并生的性情，落实于市井人生，更酿造出在天地景物风致中看人生、赏玩人情世故

---

① 汪曾祺：《中国戏曲和中国小说的血缘关系》，载《晚翠文谈新编》，生活·读书·新知三联书店，2002，第119页。

② 汪曾祺：《汪曾祺自选集·自序》，《汪曾祺文集（文论卷）》，江苏文艺出版社，1993，第205页。

的审美意绪"①。这样的文章之美，体现出了以"闲适"为特征的士大夫人格。"闲适"既是古代文人的一种生活方式，也是一种美学遗产。在句法上，中国文学语言以短句而不是长句见长的特点也充分反映在散文小品中，张岱的《西湖七月半》便是例证。而在长句中插入短句，在汪曾祺的小说、散文中是一致的。

对照汪曾祺自述小说文体的特点，便看出散文如何被他化在小说中："我的一些小说不大像小说，或者说根本就不是小说。有些只是人物素描。我不善于讲故事。我也不喜欢太像小说的小说，故事性太强了，我觉得就不大真实。"②其实，汪曾祺仍然在讲故事，但不是讲"故事性太强"的"故事"。我并不认为在讲故事这一点上，汪曾祺的小说观和其他作家有什么大的不同，区别是如何讲故事、讲什么样的故事。如果小说的故事性不强，那么小说的重点就不是情节；如果情节不是重点，重点是什么？

汪曾祺的回答是"气氛"，"气氛即人物"："我年轻时曾想打破小说、散文和诗的界限。《复仇》就是这种意图的一个实践。后来在形式上排除了诗，不分行了，散文的成分是一直明显地存在着的。所谓散文，即不是直接写人物的部分。不直接写人物的性格、心理、活动。有时只是一点气氛。但我以为气氛即人物。一篇小说要在字里行间都浸透了人物。作品的风格，就是人物的性格。"③当汪曾祺明确"气氛即

---

① 肖鹰：《中国美学通史·明代卷》，江苏人民出版社，2014，第327页。
② 汪曾祺：《汪曾祺短篇小说选·自序》，载《晚翠文谈新编》，生活·读书·新知三联书店，2002，第305页。
③ 汪曾祺：《汪曾祺短篇小说选·自序》，载《晚翠文谈新编》，生活·读书·新知三联书店，2002，第305页。

人物"时，他便创造性地重新定义了现代抒情小说，也明确了小说散文化主要"化"了什么。在这个层面上，我们便容易理解他的"散文化"或"散文诗"式的小说。汪曾祺说《钓人的孩子》《职业》《求雨》等有散文诗的味道，"味道"其实是"氛围"的另一种表述。[①] 汪曾祺小说的"抒情"就在这气氛之中。当汪曾祺以"记忆"的书写展开叙述时，个人的感情、情绪以及人格特质更有助于"气氛"的营造。个人经验的介入，是小说的抒情得以形成的因素之一。这种写法我以为类似于鲁迅的散文《朝花夕拾》。

如果说"气氛即人物"，那么小说中常见的对话，其目的也就不是塑造人物的性格，而是营造小说的气氛。在这一点上，普实克分析鲁迅《怀旧》时关于小说"对话"的理解也可作为分析汪曾祺小说对话的借鉴："在传统小说形式中，对话是推动情节发展和决定叙事结构的重要手段。而在《怀旧》中，对话却是独立的、自发的，甚至不像吴敬梓的《儒林外史》中的那样，起到深化人物性格的作用。在这里，对话只是用来渲染某种气氛、表现某种局面或人际关系的一种形式，就像我们经常在海明威、乔伊斯、福克纳等西方现代作家的作品所看到的那样。这些零散的对话，不用直接描写，就把人物带到我们面前，展现了其他手法所难以表达的各种关系，揭示了人物的心理活动、踌躇不定和无以名状的思想波动，而这，是直截了当的描写所无法做到的。"[②] 在汪曾祺的小说中，《受戒》的对话是营造气氛的典型。

"气氛"在文本中是弥漫的，这与散文的"散"吻合。汪曾祺说：

---

① 汪曾祺：《晚饭花集·自序》，载《晚翠文谈新编》，生活·读书·新知三联书店，2002，第328页。
② 普实克：《抒情与史诗》，上海三联书店，2010，第106-107页。

"我的小说的另一个特点是：散。这倒是有意为之。我不喜欢布局严谨的小说，主张信马由缰，为文无法。"①但是，一味地散，小说便枝蔓开来。在理解汪曾祺小说时，人们常常注意到了"散"，而忽视了这是"有意为之"的"散"，他的"为文无法"中藏着"布局严谨"的"匠心"。这是汪曾祺不断强调和提醒自己的方面，也是批评界注意到的特点。散而不枝蔓，笔墨则需"极简"，因而，汪曾祺更多地选择了笔记体小说。极简的笔墨也受沈从文的影响："在昆明，有一阵，他常常用毛笔在竹纸书写的两句诗是'绿树连村暗，黄花入麦稀'。我就是从他常常书写的这两句诗（当然不止这两句）里解悟到应该怎样用少量文字描写一种安静而活泼，充满生气的'人境'的。"②汪曾祺以为静中有动，以动为静，是中国文学一个长久的传统。

当汪曾祺在文体上试图打破小说、散文和诗歌的界限时，"抒情精神"便渗透在小说之中。普实克在中国古典小说"史诗的结构"中发现了"抒情精神"的渗透，他以话本小说为例，指出"抒情性"元素使话本小说成为一种"多音结构"，"琐碎的现实"得以诗化。汪曾祺不长于结构情节，如此，他笔下的"琐碎的现实"也才得以诗化。普实克在《在中国文学革命的语境中对照传统东方文学与现代欧洲文学》中说："旧中国的文学主流是抒情诗，这种偏向也贯穿于新文学作品中，以至主观情感成为主宰，并往往突破了'史诗的'形式。"

在这里，我的重点不是说汪曾祺的文体如何"突破"了"史诗的"

---

① 汪曾祺：《汪曾祺短篇小说选·自序》，载《晚翠文谈新编》，生活·读书·新知三联书店，2002，第305页。

② 汪曾祺：《沈从文的寂寞》，载《晚翠文谈新编》，生活·读书·新知三联书店，2002，第187页。

形式（事实上汪曾祺并不是"史诗式"的小说家），而是说并不擅长"史诗的"汪曾祺，在文学的"旧传统"和"新传统"中找到了适合自己的文体。

五

当汪曾祺认为小说作者的语言是他人格的一部分，语言体现小说作者对生活的基本态度，又认为生活的样子决定了小说的结构（或文体）时，我们接下来要讨论的问题是：汪曾祺的人格和生活怎样影响了他的创作。

语言的文化性如何滋生出语言的个性，在汪曾祺看来作家的气质起了很大的作用。汪曾祺认同"风格即人"和"文如其人"的说法，他觉得一个人的风格是和他的气质有关的，词分豪放与婉约两派，其他文体大体也可以这样划分[1]。关于汪曾祺的气质，通常用"士大夫"来形容[2]。确实，作为知识分子的汪曾祺在社会的剧烈变动中，保留了传统文人的特点，如他对沈从文理解的那样，倾心于把"最美丽与最调和的风度"和"德性"统一起来[3]。这不仅是一种审美化的生活方式，也是一种性情的修炼。汪曾祺说自己接受儒家的思想，而不是道家，因为他认为儒家是讲人情的，有一种富有人情味的思想。他欣赏孟子的

---

[1] 汪曾祺：《谈风格》，载《晚翠文谈新编》，生活·读书·新知三联书店，2002，第63页。

[2] 孙郁：《革命时代的士大夫：汪曾祺闲录》，生活·读书·新知三联书店，2014。

[3] 汪曾祺：《美——生命》，载《晚翠文谈新编》，生活·读书·新知三联书店，2002，第4页。

"大人者，不失其赤子之心"，也向往陶渊明笔下充满人的气息的"人境"。他因此将自己定位为"中国式的抒情的人道主义者"①。——这是汪曾祺选择和转换传统的内在机制，当个人气质沉浸在语言中，语言就获得了个人气质。汪曾祺说这是他的抒情现实主义的心理基础。

从人格（或文化心理）上看，汪曾祺闲适、自我把玩、冲动、惆怅、自律，也潇洒不羁、随遇而安，又不无抗争。在谈到童年记忆中的"晚饭花"时，汪曾祺说："有时也会想到又过了一天，小小年纪，也感到一点惆怅，很淡很淡的惆怅。而且觉得有点寂寞，白菊花茶一样的寂寞。"这样一种淡淡的惆怅和寂寞一直在汪曾祺的心中，衍生为一种艺术气质。而在绘画上，汪曾祺长于画"平远小景"，而非"金碧山水"和"工笔重彩人物"，他的画作和文学文本也就不可能生成满纸烟云。他爱看"金碧山水"和"工笔重彩人物"，但画不出来，"我的调色碟里没有颜色，只有墨，从渴墨、焦墨到浅得像清水一样的淡墨"②。这样的艺术特质反映在创作上，便是长于短篇小说和小品文。

汪曾祺在不同时期的命运也是这种传统文人特点的折射。熟悉汪曾祺的朋友都知道他不问政治，不懂政治实际，但对政治有幻想，有乌托邦式的想法③。在五十年代，汪曾祺在一封信中，对自己有过解剖："我是有隐晦、曲折的一面，对人常有戒心，有距离。但也有另一面，有些感情主义，把自己的感情夸张起来，说话全无分寸，没有政治头

① 汪曾祺：《我是一个中国人》，载《晚翠文谈新编》，生活·读书·新知三联书店，2002，第256页。
② 汪曾祺：《晚饭花集·自序》，载《晚翠文谈新编》，生活·读书·新知三联书店，2002，第197页。
③ 陈徒手：《人有病，天知否》，人民文学出版社，2011，第329页。

脑、政治经验，有些文人气、书生气。"①这封带有检讨自己错误意味的信，也道出了汪曾祺的文人特点。1996年12月前后关于《沙家浜》著作权的官司，对汪曾祺打击甚大。汪朗回忆说："近些年，爸被捧得很高，听到的都是赞赏和恭维，他已不似过去那么出言谨慎了。"其实这也是文人的习性。

这样的艺术特质同样反映在小说的文体上，汪曾祺只写短篇小说，没有写过长篇小说，因为不知道长篇小说为何物。他说"我只熟悉短篇小说这样一种对生活的思维方式"②。为何长于写笔记小说？"只有那么一小块生活，适合或只够写成笔记体小说，便写成笔记体，而已。"③将一种文体视为"一种对生活的思维方式"，打通了文学本体与生活的关系。汪曾祺小说构思和想象的特点，就是这样一种思维方式。这种方式，在很大程度上是散文的思维方式，有原型，而不长于虚构："我写的人物大都有原型。移花接木，把一个人的特点安在另一个人的身上，这种情况是有的。也偶尔'杂取种种人'，把几个人的特点集中到一个人的身上。但多以一个人为主。当然不是照搬原型。把生活里的某个人原封不动地写到纸上，这种情况是很少的。对于我所写的人，会有我的看法，我的角度，为了表达我的一点什么'意思'，会有所夸大，有所削减，有所改变，会加入我的想象，这就是现在通常所说的主体意识。但我的主体意识总还是和某以活人的影子相黏附的。完全从

---

① 陈徒手：《人有病，天知否》，人民文学出版社，2011，第359页。
② 汪曾祺：《汪曾祺自选集·自序》，载《晚翠文谈新编》，生活·读书·新知三联书店，2002，第299页。
③ 汪曾祺：《捡石子儿（代序）》，载《晚翠文谈新编》，生活·读书·新知三联书店，2002，第290页。

理念出发，虚构出一个或几个人物来，我还没有这样干过。"① 没有跌宕起伏的故事情节，这也与汪曾祺将生活视为常态有关："我对生活的态度是执着的。我不认为生活本身是荒谬的。不认为世间无一可取，亦无一可言。我所用的方法，尤其是语言，是平易的，较易为读者接受的。我的小说基本上是直叙。偶有穿插，但还是脉络分明的。我不想把时间程序弄得很乱。有这个必要么？我不大运用时空交错。我认为小说是第三人称的艺术。"汪曾祺的小说观念是现代的，但他对艺术的选择是传统的。他觉得之于他所熟悉的生活，也许没有必要"时空交错"②。

如果说，文体是对生活的一种思维方式，那么小说家的"思维"显然包括了对生活的再认识和再创造。可以说，"生活的样子，就是作品的样子。一种生活，只能有一种写法"。但作品的样子不等同于生活的样子。《大淖记事》《受戒》既是汪曾祺理解的生活的样子，又再造了生活。汪曾祺过于拘谨了。他曾经这样解释《小芳》的"平实"："《小芳》里的小芳，是一个真人，我只能直叙其事。虚构、想象、夸张，我觉得都是不应该的，好像都对不起这个小保姆。一种生活，用一种写法，这样，一个作家的作品才能多样化。"③ "平实"是一种写法，但作为一种写法的"平实"并不意味着排斥虚构、想象甚至夸张。汪曾祺很少用夸张的笔法。实而虚之，虚而实之。这也可见笔记体对汪曾祺的限制。

对政治的理解也是对生活的理解。汪曾祺不涉及所谓重大题材，

---

① 汪曾祺：《汪曾祺自选集·自序》，载《晚翠文谈新编》，生活·读书·新知三联书店，2002，第 300 页。

② 汪曾祺：《捡石子儿（代序）》，载《晚翠文谈新编》，生活·读书·新知三联书店，2002，第 285 页。

③ 汪曾祺：《捡石子儿（代序）》，载《晚翠文谈新编》，生活·读书·新知三联书店，2002，第 285 页。

也不虚构长篇小说，这与他对文学与政治关系的具体理解有关。他不着眼于重大事件，但这并不意味着八九十年代汪曾祺的创作与政治无涉。在谈到汪曾祺与政治的关系时，人们往往着墨于他和"样板戏"。而在讨论到《受戒》《大淖记事》以后的创作时，人们往往把汪曾祺的创作从大的社会政治背景中抽离出来，汪曾祺作品叙述的内容似乎也与大的社会政治背景没有直接的关系。其实，汪曾祺倒是在这样的大背景中谈论自己作品的，这是评论界研究汪曾祺时常常疏忽的。汪曾祺说到《晚饭花集》中的作品和1982年出版的《汪曾祺短篇小说选》的区别："从思想情绪上说，前一集更明朗欢快些。那一集小说明显地受了三中全会的间接影响。三中全会一开，全国人民思想解放，情绪活跃，我的一些作品（如《受戒》《大淖记事》）的调子是很轻快的。现在到了扎扎实实建设社会主义的时候了，现在是为经济的全面起飞做准备的阶段，人们都由欢欣鼓舞转向深思。我也不例外，小说的内容渐趋沉着。如果说前一集的小说多抒情性，这一集则较多哲理性。我的作品和政治结合得不紧，但我个人并不脱离政治，我的感怀寄托是和当前社会政治背景息息相关的。必须先论世，然后可以知人。离开了大的社会政治背景来分析作家个人的思想，是说不清楚的。我想，这是唯物主义的方法。"他称这两个小说集是"一个不乏热情，还算善良的中国作家八十年代初期的思想记录"[1]。因此说，汪曾祺与政治的关系，是小说文本与现实语境的关系，而不是在文本中表现作为现实语境的政治。

一个作家在现实世界中，有两种生活：个人生活和社会生活。我

---

[1] 汪曾祺：《晚饭花集·自序》，载《晚翠文谈新编》，生活·读书·新知三联书店，2002，第329—330页。

们可以发现，很多作家在文本中通常只有社会生活，而无个人生活。这说明这些作家缺少个人生活，或者是以社会生活代替了个人生活。我这里所说的个人生活，主要不是指作家的经历，或者是作家在现实社会中的遭遇，而是指与个人气质相关的个人生活方式。没有个人生活的作家，不可能成为优秀作家。我们重视个人生活，其实不是在日益需要慢生活的时代模仿或者回复到这样的生活方式，而是要看到作家的个人生活在一定程度上是和作家的创作构成了一个整体，从而将作家的创作和他的个人生活联系在一起考察。

但固定化的个人生活方式和对生活的理解，也可能会影响与社会生活的广泛联系。汪曾祺的小说是"过去"的"记忆"。记忆复现的心理过程，是虚构和叙述语言展开的过程，带有鲜明的人格色彩。记忆是可以淡化和遗失的，而现实生活呈现了创作的广阔道路。汪曾祺长于前者，而短于后者。当然，任何一种个人生活方式都可能成为一种局限，汪曾祺的晚年显然也受此限制，我从他的一些笔记小说中感受到了他创作力的衰退。

六

在分析了"旧传统""新传统"，语言、结构或文体，以及个人气质与生活态度之后，我们需要关注汪曾祺的小说到底写了什么。

以题材来界定汪曾祺的小说为"乡土文学"显然存在分歧，汪曾祺本人也不赞成用"乡土文学"来定义他的小说。诚然，汪曾祺的小说以高邮、昆明、上海、北京、张家口等地为背景，地方文化的影响反映在小说中的风土人情和叙述语言上。但他不专用某一地方的语言写这某一地方的人事，因而并没有画地为牢的乡土。在汪曾祺看来，"乡土文学"的命名，又包含了对"新潮""现代派"的排斥，这意味着他反对用与"乡土文学"相关的一种主义去排斥另一种主义。因而，汪曾祺不太同意"乡土文学"的提法，也不认为自己写的是乡土文学[①]。如果联系汪曾祺说自己是一个"抒情的人道主义者"，也许汪曾祺更看重他作为抒情的人道主义者对人、人性的关注。

黄子平在《汪曾祺的意义》中颇有见地地指出："汪曾祺对前辈后生的阐释其实也阐释了自身。"[②]由汪曾祺对铁凝的评价，我们或许能够回答汪曾祺写了什么这一问题。1993年，汪曾祺在推荐铁凝的《孕妇和牛》时，提出了一个问题：这篇小说写的是什么？汪曾祺回答："再清楚不过了：写的是向往。或者像小说里明写出来的，'希冀'。或者像你们有学问的人所说，'憧憬'。或者直截了当地说，写的是祝福。"汪曾祺还用了"快乐"和"温暖"来形容铁凝的这篇小说[③]。在阅读汪曾祺的作品时，我也一直在思考一个问题：汪曾祺写了什么？现在不妨说，汪曾祺的小说、散文写的是"向往"。

汪曾祺的小说多写故人往事，反映的是一个已经消逝或正在消逝的时代。在这个意义上，汪曾祺的小说是一种记忆。而故人往事往往又与保存着苏北"古风"的故里有关。在谈到自己的用心时，汪曾祺说："我并不引导人们向后看，去怀旧。我的小说中的感受情绪并不浓

---

① 汪曾祺：《汪曾祺自选集·自序》，载《晚翠文谈新编》，生活·读书·新知三联书店，2002，第300页。

② 黄子平：《汪曾祺的意义》，载《汪曾祺小说经典》，人民文学出版社，2005，第339页。

③ 汪曾祺：《推荐〈孕妇和牛〉》，载《汪曾祺文集·文论卷》，江苏文艺出版社，1993，第186-187页。

厚。随着经济的发展，改革开放，人的伦理道德观念自然会发生变化，这是不可逆转的，也是无可奈何的事。但是在商品经济中保存一些传统美德，对于建设精神文明，是有好处的。我希望我的小说能够起一点微薄的作用。"这个作用就是"再使风俗淳"①。正是这样的创作意图和价值判断，让过去的生活成为今天的一种原型。

汪曾祺的几篇经典小说在过程和结尾都呈现了这样的希望、暖意和美好。在回答为什么要写《受戒》时，汪曾祺说："我要写！我一定要把它写得很美，很健康，很有诗意！"美和人性成为《受戒》，也成为《大淖记事》等小说的向往。汪曾祺的《受戒》《大淖记事》等小说都有不少很美的风俗画描写，但汪曾祺不是为写风俗而写风俗，写风俗是为了写人。只有在与人的关系中，小说中的风俗美才具有审美意义。而这一点又与汪曾祺重视世俗生活的审美观相关联，这也是明清小说的传统。因而只研究汪曾祺小说中的风俗画，并没有特别的意义。汪曾祺的散文里也有很多风俗画，同样也是因为作为抒情主体的作家将风俗画人格化了，才显示了风俗画的人文之美，这是散文中人与风俗的一种关系。

如前所述，在谈到自己的文本要素时，汪曾祺强调了小说的"氛围"。因而，分析汪曾祺小说的文本，首先是对感情、情绪的把握，而不是对思想深度的探析。"我觉得作家就是要不断地拿出自己对生活的看法，拿出自己的思想、感情——特别是感情——的那一种人。作家是感情的生产者。""我的作品所包含的是什么样的感情？我自己觉得：我的一部分作品的感情是忧伤，比如《职业》《幽冥钟》；一部分

① 汪曾祺：《茱蒲深处·自序》，载《晚翠文谈新编》，生活·读书·新知三联书店，2002，第323-324页。

165

作品则有一种内在的欢乐，比如《受戒》《大淖记事》；一部分作品则由于对命运的无可奈何转化出一种常有苦味的嘲谑，比如《云致秋行状》《异秉》。有些作品里这三者是混合在一起的，比较复杂。但是总体来说，我是一个乐观主义者。对于生活，我朴素的信念是：人类是有希望的，中国是会好起来的。我自觉地想要对读者产生一点儿影响，也正是这点朴素的信念。我的作品不是悲剧。我的作品缺乏崇高的、悲壮的美。我所追求的不是深刻，而是和谐。这是一个作家的气质决定的，不能勉强。"[1] 后来汪曾祺也说，如果继续写作，他会写得深刻些。我们没法设想写出"深刻"的汪曾祺的小说是何等面貌。

我们注意到汪曾祺对沈从文的解读其实是夫子自道。他认为沈从文的《边城》不是挽歌，而是希望之歌[2]。在《一个爱国的作家》中，汪曾祺为沈从文在《边城》中美化翠翠、大老、二老等做了辩解，认为一些论者误解了沈从文。如是，汪曾祺向往的是美好的人性，那些不无忧伤、惆怅情绪的小说，也只是对失落和挫折的一种感怀。如果说鲁迅的《朝花夕拾》是对往昔时光的一个悲哀的吊唁，那么汪曾祺的小说则是对往昔时光的一个美好的吊唁。

汪曾祺恢复的是传统之一种，其小说、散文中的传统也是他理解和阐释后的传统。当今天的作家在向伟大的传统致敬时，需要重申作家个人的文化心理决定了他选择什么样的传统。一种传统，对一个作家是长处，而对另一个作家则可能是短处。汪曾祺与传统的关系是在

① 汪曾祺:《汪曾祺自选集·自序》，载《晚翠文谈新编》，生活·读书·新知三联书店，2002，第302页。
② 汪曾祺:《沈从文的寂寞》，载《晚翠文谈新编》，生活·读书·新知三联书店，2002，第183页。

成长中形成的，是写作之前的自然积累和写作过程中的衔接，而不是写作之后的补课。这样一种文化性是在自然而然的状态中形成的，文化的背景和积累邂逅某个意向、人事时，传统自然而然地孕育其中。当许多作家在寻找与叙事传统的关联时，传统已经成为汪曾祺的一部分。以汪曾祺的艺术境界自然不会完全被一种文体所限制，八十年代末以后，汪曾祺的散文多了，小说弱了，也反映了他虚构和想象能力的衰退。在这个意义上，是一种优长，也是一种局限。

重读陆文夫兼论"八十年代文学"相关问题

—— ◎ ——

在"重返八十年代"的学术研究中，王蒙、陆文夫、高晓声、邓友梅这一代作家（"归来者"）的意义无疑未受到足够的重视。这与其说是研究者们的局限，毋宁说是陆文夫们在文学史进程中的尴尬位置所致。这一代作家中的许多人，在五六十年代便崭露头角，几经起落，所以有"重放的鲜花"之称。"鲜花"之"重放"，不仅是对他们被否定的作品的再肯定，也是他们创作生命的再次勃发。"新时期文学"几乎是他们创作历程中最为重要的阶段，他们在文学史上的地位是由这个时期的作品决定的，在这个意义上，他们是"新时期文学"的主要创造者；与此同时，五六十年代出生的作家在八十年代迅速崛起，其中一些作家仍然是当下文学界的主力，在这个意义上，陆文夫们又是"新时期文学"进程中"过渡"的一代。像王蒙这样保持创作活力至今的作家，在他们这一代人中是极个别的，这是另外一个需要研究的问题。

2015 年陆文夫辞世十周年时，我用陆文夫一篇散文的篇名"梦中的天地"来命名纪念他的活动。在举办这次活动之前，有人编选了陆文夫的作品，以纪念陆文夫逝世十周年，但某出版社认为现在知道陆文夫的人已经不多了，出版陆文夫的作品有些困难。我听闻之后，感慨系之。此事无疑反映了当下文学市场的状况，但不是对陆文夫文学价值的判断。文学和苏州都是陆文夫"梦中的天地"。这"梦中的天地"是否有阐释空间，完全取决于陆文夫能否留下让我们讨论的经典之作。——这是我们今天讨论陆文夫和他们这一代人的关键所在。

陆文夫已经往生十余年。他最为活跃的八十年代也逐渐被历史化处理。因而，我们能够更从容地讨论陆文夫和他所处的时代，讨论作为文学遗产的陆文夫的成就和局限。在思考这些问题时，我承担了江苏省当代作家研究中心的一项任务，负责编选《陆文夫研究资料》，有机会重读了陆文夫的作品，重读和补读了研究陆文夫的论著。可以说，批评界关于陆文夫的研究已经取得了重要成果。这本《陆文夫研究资料》已经出版，我在讨论陆文夫的创作时，不再广泛征引这些研究成果，也不对陆文夫的作品再做"文本细读"，而是侧重表达我对陆文夫创作中的重要问题和重要环节的理解。

一

我们既往在论述陆文夫和他们这一代作家时，往往采用五六十年代加八九十年代的方法，先提及他们在五六十年代的创作（其中一些作家在六十年代没有写作和发表作品的机会），再重点讨论他们在八九十年代尤其是八十年代的作品。这里的问题是，五六十年代在陆文夫和他们这一代作家中究竟具有怎样的意义？

陆文夫在 1956 年 3 月出版了他的第一本小说集《荣誉》，收录包括《荣誉》在内的八篇短篇小说。《荣誉》完稿于 1954 年 12 月，发表于《文艺月报》1955 年第 2 期，也就是在这一年，陆文夫创作了《小巷深处》，在《萌芽》1956 年第 10 期发表。茅盾先生在他著名的《读陆文夫的作品》中，敏锐地发现了这两篇写作时间相隔不长的短篇小说的差异："最鲜明的对照是《荣誉》和《小巷深处》。后者写于 1956 年 10 月，即在《荣誉》一年以后，可是它比《荣誉》倒退了好多步。无论从题材还是文学语言看来，《小巷深处》的格调都不高，特别是主角（也是个女工）的思想意识有着相当浓厚的小资产阶级色彩。就这一点而言，它比《荣誉》集八篇的任何一篇都后退了一步。"[1]

1964 年写作此文的茅盾先生对《小巷深处》的贬抑，并不来自他个人的偏见，而是五十年代中后期形成的一种价值取向。可见，在特定的时期，即便是茅盾先生也难以避免时代的局限。我在阅读五六十年代的文学批评时，深刻体会到了批评家把文学批评作为一种创造的艰难。但茅盾先生的这篇文章，在当时的背景中能如此肯定陆文夫的《荣誉》集，特别是肯定陆文夫在六十年代初期的创作，这对"探求者"案之后的陆文夫（从知识分子、专业作家转而成为钳工和业余作家）无疑是种保护，尽管茅盾先生的肯定并不能阻止陆文夫之后遭遇到的批判。——我们如果简单地把当年被批评的加以肯定，被肯定的加以否定，在方法上无疑会失之简单。

在论及陆文夫"文化大革命"之前的创作时，我重视茅盾先生《读陆文夫的作品》，是因为这篇文章在对陆文夫五十年代和六十年代两个阶段创作的评价、分析中，呈现了陆文夫创作的基本脉络，以及

---

[1] 茅盾：《读陆文夫的作品》，《文艺报》1964 年第 6 期。

他整个创作道路中的几个关键问题。茅盾先生将五十年代的方巧珍和六十年代的葛师傅进行了比较："葛师傅的先踌躇而后毅然敢为，没有夹杂丝毫的个人打算，处处以国家为重。方巧珍的思想斗争中却夹杂着个人打算，虽然她终于坚定了正确的立场。两个同是先进人物，然而其思想品质的深度不同。葛师傅比方巧珍更高一步。"这里涉及的问题是，文学如何在解决生活与艺术的关系中塑造"生龙活虎般建设社会主义的工人阶级"，葛师傅是作为成功的例子加以肯定的。

陆文夫在《雨花》1963 年第 7 期《关于如何创造社会主义新人形象的讨论》专栏中，发表了《致编辑部的一封信》，其中的一段文字，也正是茅盾先生评价陆文夫创作的依据之一："创造人，首先是从认识人开始的。认识人，首先是从感性的认识开始的。从创作的角度来说，是从捕捉形象开始的，即从记住许多人的声音笑貌、语言动作开始的。语言和行动往往能够直接表达一个人的内心世界。可是，在一定的时间和一定的条件之下，语言和行动又不一定能表达一个人的思想，只有内在与表象统一时，才能够认识一个具体的人。但是，就一个具体的人来评判一个具体的人，却又是不可能的。因为人首先是社会的人、阶级的人，他不可能超越阶级而存在，跨时代而生存。要评判一个人，必须从时代、从阶级斗争的形势，从社会主义建设事业的发展出发，从广阔的时代背景中给一个人找到准确的位置。从这个位置上再回过头来看人的语言和动作，你就会发现许多新的意义和光彩。"这段文字的核心内容是："要评判一个人，必须从时代、从阶级斗争的形势，从社会主义建设事业的发展出发，从广阔的时代背景中给一个人找到准确的位置。"其实，这并非陆文夫的"文学观"，但无疑是他认同主流论述后的个人表达。

参照茅盾先生的文章和陆文夫自己的创作谈，我们可以发现，在五六十年代，陆文夫的小说有两种人物：一种是未成系列的"旧人"形象，如《小巷深处》的徐文霞；另一种是《荣誉》《二遇周泰》两部短篇小说集中的"工人阶级"或者"社会主义新人形象"。而在1964年，批评陆文夫的人则认为他的"创作倾向"和"写中间人物"论有关，陆文夫写"社会主义新人形象"的努力也被否定。显然，在文学人物的谱系中，"新人"和"旧人"处于对立的状态。如此，便可以理解陆文夫出版的第二本短篇小说集《二遇周泰》没有收录进《小巷深处》的原因。在"文化大革命"结束以后，《小巷深处》成为"重放的鲜花"，这意味着陆文夫曾经认同的文学观开始更新或解体，而"新人"与"旧人"之间的对立关系也逐渐消解。尤为残酷的是，这个关于旧时代妓女在新时代被改造并且试图获得新生的故事，成了陆文夫小说的经典叙事之一。

这构成了一个非常有意思的现象，在重写当代文学史的过程中，五六十年代被肯定的很多作品被搁置，或者从文学史中被剔除，而曾经被批判或者被冷遇的一些作品则被肯定或者进入文学史的论述中。陆文夫虽然对"鲜花重放"喜极而泣，但他本人对作品的评价却十分冷静，以为《小巷深处》"不是什么上乘之作"，而且他用"真善美"这个标准来衡量《小巷深处》，看到了它的"失真"之处：徐文霞在他的笔下成了小知识分子，"连语言也是学生腔，几乎看不出她是没有文化而且是曾经做过妓女的人"[1]。陆文夫这样的自我反省和检讨，在"鲜花重放"的同辈作家中几乎是鲜见的。我以为正是有了这样的反省和检讨，新时期的陆文夫一方面延续了五六十年代创作的某种经验和

---

[1] 陆文夫：《〈小巷深处〉的回忆》，《萌芽》1983年第5期。

方法（比如对世俗生活的重视），另一方面又终结了五六十年代的某种经验和方法（比如在生存的层面上探究人性的复杂性）。陆文夫的80年代既"断裂"了五六十年代，也"联系"了五六十年代。没有把五六十年代的遭遇作为"荣誉"，而是作为局限，这是陆文夫非同寻常之处。

二

陆文夫对文学、"旧人"和"新人"的理解在经历"文化大革命"后发生了几乎是"颠覆性"的变化。这些变化既有新见，也有既往观点的延续。在陆文夫的诸多文论或创作谈中，我想选择一些有助于我们理解他的文学观的变与不变，特别是"八十年代文学"风格形成的论述。

关于"创作与定义"："不要按照某种定义去创作，因为定义没有出现的时候，创作就已经存在了，何况某些定义我们至今还不知道它确切的含义。就定义与作品来说，作品是第一性的，定义是第二性的，不是按照定义去创作，相反，定义只有在作品的面前不断地修改才能逐步完善起来。"这是陆文夫在1978年某次会议上所作《几条小意见》的发言①。这一条"小意见"表明他改变了六十年代初期的文学观。

关于"创作方法"以及"艺术与生活的关系"："我和高晓声同志，和已故的方之同志，都有着大体相同的见解，都是盯着生活的底层和深处搞现实主义的。方之同志曾经开过玩笑，说他的现实主义是辛辣

---

① 陆文夫：《几条小意见》，《陆文夫文集》第五卷，古吴轩出版社，2006，第11页。

的现实主义，高晓声的现实主义是苦涩的现实主义，我的现实主义是糖醋现实主义，有点甜，还有点酸溜溜的。"陆文夫对现实的理解，不再只是局限于当下，而是在过去、现在和未来的关联中确认何种生活更适合自己的创作。他说："我写短篇小说，总是对当今的世界有所感触，然后调动起过去的生活，表现出对未来的希望。"这似乎还原了一点，接下来则说明白了："我在1949年后做过新闻记者，开始时也曾干过现买现卖的活儿，用采访来的材料写小说，为某个政治运动服务。这种小说显得简单而浅薄。我一直在摸索，在追求，慢慢地我就喜欢在我走过的石路上去捡石子。"[1]他同时谨慎地解释，这是他近年来的一种习惯，不是在宣扬"距离论"，也不是反对大家迅速地反映现代生活。

关于突破"三三制"创作模式。所谓"三三制"，是指每个作品里有三种人物：正面人物，反面人物，中间人物。陆文夫把符合这种模式的作品称为"证明文学"，即用文艺来证明某种政治运动、某种政治概念、某一项具体的政策是对的还是错的。他认为应当从这种模式、这种束缚中突破出去[2]。

在由七十年代到八十年代的过渡中，陆文夫的这些思考，以及其他一些作家从不同角度所做的类似思考，恢复了现实主义的本来面目。如果我们仔细考察，会发现陆文夫的这些真知灼见，是在"拨乱反正"中回到文学的常识，回到五六十年代反对"公式化""概念化"的识见，回到秦兆阳"现实主义——广阔的道路"和钱谷融"文学是'人学'"的基本思想观点上来。陆文夫和他们这一代作家的多数，尽管没

---

① 陆文夫：《过去、现在和未来》，《星火》1980年第11期。
② 陆文夫：《突破》，《青春》1981年第1期。

有推进现实主义理论的发展，但参与恢复了现实主义的本来面目，在历史转型时期起到了积极的作用，也让自己的创作从桎梏中解放出来。对陆文夫而言，他获得了属于自己的创作方法，这就是方之所说的"糖醋现实主义"。

五六十年代的文学创作，用陆文夫的话说，"要评判一个人，必须从时代、从阶级斗争的形势，从社会主义建设事业的发展出发，从广阔的时代背景中给一个人找到准确的位置"。八十年代的文学创作，则可以大致表述为：要评判一个人，必须从历史和现实语境出发，从复杂的人性出发，从现代化建设出发，在广阔的时代背景中思考人的命运。人性代替了阶级性，人的命运代替了人在时代背景中的命运。在这样大的历史转型中，陆文夫终于在1983年发表了奠定他文学史地位的中篇小说《美食家》。在《美食家》前后，陆文夫又有《小贩世家》《井》等作品，被命名为"小巷文学"。这是陆文夫重新理解现实主义之后的收获，也是八十年代思想文化变化的产物。

陆文夫创作上的这些变化，还反映在他的散文随笔中。在当代文学史上，有一些作家，因为某种文体的写作成就突出，其他文体的写作成就便容易被忽视。类似的作家如孙犁、汪曾祺等。我觉得当我们注意到作为散文家的陆文夫时，关于陆文夫的研究才比较完整。我们现在能够读到的陆文夫散文，结集出版的有《壶中日月》《深巷里的琵琶声》《老苏州：水乡寻梦》和《陆文夫散文》，以及收录在《陆文夫文集》中的一些篇什。这些散文足以让我们讨论作为散文家的陆文夫的散文，而非作为小说家的陆文夫的散文。陆文夫的气质、性情和文字以及文体特征，在很大程度上都是"散文"的。虽然他的小说和现实世界也构成了比较紧密又有所超越的关系，但他不是写宏大叙事的能手。陆文夫对小巷和江南人文景观的敏感，对世俗生活的经验，以及他的文人趣味、情怀、智慧等，没有被他的小说遮蔽或滥用，而是独立成章为散文。

我注意到，陆文夫一方面对现实主义做了开放性的阐释，另一方面对非现实主义的创作方法有所思考。他赞成形式的探索，也赞成侧重"内心世界"的描述，这是他和那些反对现代主义、反对现代派小说的学者、作家的不同之处；但是他的这些赞成是以内容决定形式、内心世界来源于生活为前提的。陆文夫认为："取得创作上的突破，要打破一些束缚，要创造和发展一些形式。但是在文学这个领域里，没有丰富的内容，你就无法冲破束缚，如果用贫乏的内容去追逐新颖的形式，最多引起一时的新奇，不会持久的。国外许多流派一时兴起，转眼沉寂，都是值得我们注意的。""我赞成，描述一个人的内心世界，这是很重要的，有些作品正是因为它没有能把人物的内心世界展开，看上去就缺少立体感。但是要注意的是，你那个内心世界是从哪里来的呢？所谓内心世界，只不过是客观世界在你的头脑中所做的能动的反映而已。"[1] 陆文夫在《创新》《中国文学的骚动》《共同的财富》和《文学的民族性》等文章中，对这些问题有更为深入的讨论。

陆文夫这样一种观察和思考的方式，表明他在七十年代末八十年代初努力恢复现实主义的本来面目以后，试图适当吸收非现实主义方法以深化现实主义创作。但这样的努力和尝试也带着更多的成熟之后的定见和限制。陆文夫和他们这一代作家面临的"形势"是，不仅现实发生了急剧变化，文学想象和表述世界的方式也发生了变化。由此，

---

[1] 陆文夫：《突破》，《青春》1981 年第 1 期。

我们可以理解：陆文夫和他们这一代作家中的多数在"先锋文学"和"寻根文学"之后，创作的巅峰状态逐渐平稳甚至影响力式微。

三

或许，我们还需要用一定的篇幅讨论陆文夫和体制的关系。陆文夫和他们这一代作家，一方面保持自己的创作个性，另一方面和体制有着相对和谐的关系，或者说是"入世"的，是体制中的作家。换言之，陆文夫与现实的关系是复杂的。

陆文夫对现实的复杂态度，是由他们这一代作家的人生历程决定的。我注意到，这一代作家中直接对政治和现实社会发言的，通常不是小说家，而是诗人、杂文家和报告文学作家。他们这一代小说家中有影响者，如王蒙（很长时间几乎是文坛领军人物，不免卷入或被卷入一些是非和争论中）、高晓声、茹志鹃、邓友梅、张贤亮、张弦等，很少对政治直接发言。这是一个值得观察和思考的现象。作为文坛的"归来者"，他们当年的遭遇，不是直接的政治言论所致，而是作品和当时现实政治冲突的结果。当"文化大革命"结束后，陆文夫这些作家仍然主要是从文学的角度来发言（创作或创作谈）。

虽然陆文夫写出了《围墙》这样的小说，但他的"糖醋现实主义"相对淡化了他的批判锋芒。在我看来，"酸"和"甜"与其说是对"暴露"与"歌颂"的另一种表达，毋宁说，陆文夫的创作在反思历史、直面现实时处理好了紧张与妥协的关系。他的创作因此不在"伤痕文学"之列，也不在"干预生活"之列，从而与创作潮流无关。这是陆文夫在八九十年代能够从容而安稳地写作的重要原因之一。

这就决定了在极左政治被否定后，他们能够和文学体制和谐相处，很多人还以重要的角色参与了文学体制的重建，或是中国作家协会的领导成员，或是省市作协的负责人。在八十年代和九十年代的一段时间内，文学体制对思潮的引领、对作家创作的引导仍然发挥着重要的作用。当代文学体制在八九十年代能够发挥稳定、积极的作用，除了周扬、张光年这一代文艺领导人外，王蒙、陆文夫、邓友梅、茹志鹃这一代作家也起到了重要的作用。这是他们这一代作家对中国当代文学的另一种贡献。

在同辈作家中，陆文夫不擅长制造话题。他从江苏省作协主席位置上退下来以后，无疑在现实而不是虚构的世界中体会到人情冷暖、世态炎凉，这个细节我认为是不能忽视的。他安居苏州城，苏州的经济在高速发展之中，"一城两翼"的"翼"也逐渐羽毛丰满，但"文化苏州"并不能引领文化的发展。陆文夫以及生活在这座城市的文人们，处于错综复杂的现实之中。陆文夫偶尔出席一些文化活动，把更多的精力放在主编《苏州杂志》上，也用心护持一批青年作家。在《人之窝》之后，陆文夫的散文随笔逐渐多起来，似乎也验证了散文是一种老年人的文体这一说法。2003年左右，我因写作《新时期文学口述史》，和陆文夫有过多次长谈。那时他的身体已经出现大问题，上下楼梯都困难，他似乎也不太相信医生。那几年有不少来"小说家讲坛"演讲的作家，我陪着他们登门拜访陆文夫。陆文夫见到老朋友或晚一辈的作家，心情特别好，同他们谈笑风生。

作家个人的智慧，也影响着他的入世方式。在陆文夫公开发表的创作谈等文字中，他在洋洋洒洒中保持着谨慎和冷峻，几乎很少臧否人物。他的行文看似飘逸其实内敛。正如我前面所说，陆文夫不是一个锋芒毕露的人，他表达批评或者不满的意见，也是他特有的一种反讽方式，偶尔夹杂哼哼的冷笑。陆文夫这一代作家经历多次政治运动，内心深处都有比较谨慎的一面，也历练出收放自如的本领。但在几次长谈中，我感觉到他完全处于自由自在的状态，是一个和我以前阅读与交往中印象不同的陆文夫。谈到当代文学史中的一些运动思潮，陆文夫举重若轻，洞若观火。和学者不同，陆文夫对历史的洞见不是来自理论，而是命运在历史沉浮后的体验、升华，因而带着一种质感，甚至还有个人的血性，因而不会失之轻浮或人云亦云。在谈到他的前辈和同辈作家时，陆文夫有尊重和理解，但也不无讽刺，三言两语中，文坛人物的特征惟妙惟肖。此时的陆文夫显然从体制中超脱出来了，也更为率性了。

四

在读到陆文夫写于 1994 年的《文学史也者》时，我发现他早就放下一些事情。在陆文夫的创作谈或文论中，《文学史也者》是我们观察陆文夫以及他们这一代作家的一份重要文献。

陆文夫几乎是用嘲弄的口吻说起："近闻吾辈之中，有人论及，他在未来的文学史上将如何如何。"他觉得文学史是管死人而不是管活人的，并调侃道："活着的人想在文学史里为自己修一座陵墓，就像那些怕火葬的老头老太，生前为自己准备了寿衣寿材，结果还是被子孙们送进火葬场去。"陆文夫在这里放弃了文学的"英雄史观"："人们常说千秋功过要留于后世评说。这话听起来好像很谦虚，其实已经是气宇不凡了。后世之人居然还能抽出时间来评说你的功过，说明你的功与过都是十分伟大的了，要不然的话，谁还肯把那些就是金钱的时间花在你的身上呢？"他甚至觉得，"谁也没有义务要把你供奉到文学史里，而且还要供奉到你所选定的地位，这事情想起来实在有点滑稽。"

这样的表述，当然是小说家的修辞，但陆文夫显然对作家与文学史的问题有过深入的思考，而且是想明白了的作家。在这篇短文中，陆文夫有两个观点值得我们注意。其一，文学史非文学的因素消失于文学的历史化过程："我不了解死后进了文学史是何种滋味，总觉得那文学史是个无情的东西，把你揉搓了一顿之后又把你无情地抛弃。一般地讲，文学史对去世不久的文学家都比较客气，说得好的地方也许比较多一点，这里面有许多政治的、现实的、感情的因素在里面。时间一长，许多非文学的因素消失了，那也就会说长道短，出言不逊了。时间再一长，连说长道短也慢慢地少了，这并不说明已经千秋论定，而是因为文学史太挤了，不得不请你让出一点地位。时间再长一些，你就没有了，需要进来的人多着呢！当然，有些人是永远挤不掉的，那也是寥寥无几。看起来，那些老是惦记着要进文学史的人，都不大可能属于那寥寥无几中的几位。"其二，陆文夫指出了文学史著作的偏颇以及文学与文学史的主次关系："其实，文学史是一门学问，是文学的派生，文学不是靠文学史而传播、而生存的。有些在文学史中占有很大篇幅的人，却只有学者知道，读者却不甚了了。有些在文学史中不甚了了的人，他的作品却在读者中十分流行，而且有很强的生命力。作家被人记住不是靠文学史，而是靠作品。""如果一个作家名噪一时，大家都知道他是一位知名的作家，却又不知道他到底有些什么知名的作品。完了，人一走茶就凉了，那文学史是帮不了忙的。"陆文夫既看出了文学史的无情，也看穿了文学史研究者的"把戏"。他的这些想法，对治当代文学史的学者也有启示。

如果陆文夫是个一般的作家，我们或许可以说他是吃不到葡萄的心态，但他写出了《小巷深处》《小贩世家》《美食家》和《井》等作品，这些作品在陆文夫在世时已经被一些学者写入文学史，在他往生后，文学史里仍然有他的篇幅，至于在将来还有多大的篇幅，我们不做预测。因此，陆文夫在晚年对文学史规律的认识，对一个作家身后名的清醒，都值得我们记取。陆文夫这样的心态和认识，还与他对人生、宇宙的理解有很大关系。短文《有限》可以视为陆文夫的"哲学"："宇宙是无限的，宇宙中的每一种事物却都是有限的，人更是有限的。人的生命有限，死期即谓之曰大限；人的智慧有限，预言都是不大准确的；人的精力有限，永不疲倦是形容的；人的成就有限，一切归功于谁是瞎恭维；人的学识有限，毕其一生之力也只能对某些方面懂那么一点。所谓的博学也只是比某些人多懂了一些，即便是学富五车，那五车也装不了多少东西，抵不上一只五百兆的存储器。"[①]

晚年陆文夫是有些落寞的（如果以长篇小说《人之窝》为界，亦可称为"创作后期"）。即便和他没有直接的接触，只需读他晚年的文字，就能体味到其中的心境和况味。这应该是一种正常的状态。一个作家不可能永远处于巅峰时期，他在现实世界和文学世界中总有一天会和曾经中心的位置错开。无论一个人的创造力是多么持久，终有疲惫的时候，即便想有所为，但力不从心。通过不停地创作来保持自己的影响力，其实是一种错误的战略。一个作家的地位，是由他曾经达到的高度决定的。

好在陆文夫意识到了人生的"有限"。"有限"其实是一个常识，但被许多人忘记了。

---

① 陆文夫：《有限》，《陆文夫文集》（第五卷），古吴轩出版社，2006，第336页。

周扬与"新时期文学"的发生和转型

———— ◎ ————

    周扬与二十世纪中国文学的关系，是学界讨论的一个话题，并且已有不少研究成果。我们都注意到，周扬自 1930 年投身左翼文艺运动始，到 1989 年辞世，他的文学活动、著述和组织领导工作等成为三十年代至八十年代中国现当代文学的重要组成部分，深刻影响了中国现当代文学的发展进程。周扬不是单一的文艺工作领导者，也非一般意义上的理论家、批评家，只从一个侧面来讨论周扬与二十世纪中国文学的关系，可能还徘徊在周扬与时代复杂关系的边缘。

    尽管周扬的文学活动、著述和组织领导工作等在相当程度上显示了他的个人特质，但他始终是作为文学体制的一个部分，他的文学活动、著述和组织领导工作等，通常具有某种重要的象征意义，其理论与批评往往也与阐释文艺方针政策联系在一起。我们说周扬，有时是说"周扬们"（"周扬们"在八十年代也充满分歧），有时是说与他相关的文艺运动的历史。他不是历史的全部，却是历史的重要部分。如果说周扬复杂，那么与他相关联的各种因素可能更为复杂，而这两者之间同样构成了复杂的关系。因此，研究周扬与二十世纪中国文学的关系，其实是一个很大的难题。

在周扬的文学生涯中，七十年代末到八十年代前中期，是一个重要的时间段，这个时间段是"文化大革命"时期文学的结束，也是他命名的"新时期文学"的开始和基本秩序形成的阶段。在二十世纪中国文学的整体框架中，这个时间段的意义是非凡的，"新文学"尤其是从解放区文学到当代文学的基本问题被重新处理和认识，并改变了当代文学的发展脉络。而此时的周扬再次处于文艺界的关键位置，他对历史经验教训的反思、在此基础上形成的新的认识和理论观点，以及重建当代文学制度的思考与实践，影响了"新时期文学"的发生和发展，并且成为我们今天仍然需要重视的文学遗产。

一

周扬提出"新时期文学"的概念并且在第四次文代会报告中预设了"新时期文学"发展的大致方向，这成为我们在很长一段时间内命名和论述"文化大革命"结束以后文学进程的依据。尽管之后出现了"后新时期文学""八十年代文学""九十年代文学"和"新世纪文学"的表述，但用"新时期文学"来指称八十年代文学并无争议，有些研究者甚至用"新时期文学"来命名近四十年的文学阶段。重新讨论周扬与"新时期文学"的关系，我想重点不在于对"新时期"概念的提出进行"知识考古"[①]；"新时期"是对历史转折时期的命名，是相对于

---

① 根据研究者的考订，"新时期文艺"的概念脱胎于周扬 1978 年 5 月的访话《谈社会主义新时期戏剧创作的任务》，当年 6 月中国文联第三届全国委员会第三次扩大会议决议中，采用了周扬的概念，延伸为"新时期文艺工作"。而周扬系统地阐释"新时期文艺"，则是在 1978 年 12 月 9 日在广东文学创作座谈会上的讲话《关于社会主义新时期的文学艺术问题》中。（刘锡诚：《真理的追求者》，载《文坛旧事》，武汉出版社，2005，第 9 页）

转折之前的历史而言的，因此，我们需要考察周扬如何在反思"旧时期"即此前当代文学历史的过程中展开他的"新时期文学"论述。这是一个需要厘清的历史脉络，如此，我们才能清楚"新时期"是在肯定和否定了什么历史的基础上发生和发展的。那些肯定和否定了的内容，又在"新时期"引发过争论。在对历史的反思之中，周扬对他伤害过的一些人表示了道歉，这又具有什么意义，是我们随后要讨论的另一个相关问题。

"文化大革命"结束后，周扬第一次公开露面是在 1977 年 12 月 30 日出席《人民文学》召开的"在京文学工作者座谈会"上，在这次会议上，周扬开始检讨和反省自己。他"一概不能"接受"四人帮"对他的诬陷、迫害，但他坦陈了自己的"错误"："我是文艺队伍中的一个老兵，错误缺点很多，有路线错误，有一般错误，有历史的错误，有当前工作的错误，我都接受，这是对我很好的教育，我要感谢。"① 这和当时把所有问题都归咎于"四人帮"的认识有所不同，他意识到自己作为一个历史参与者的责任，这一思考历史问题并将自己纳入其中的反思特征，使周扬和许多历史亲历者相区别。如果从大的方面来看，周扬对历史的反思主要集中在以下几个方面：文艺与政治的关系，其中包括如何贯彻"双百"方针，党对文艺的领导等问题，三十年代左翼文艺，"十七年文艺"，等等。这些反思既有肯定亦有否定。

对于研究界所熟悉的这一部分内容，不必进行复述，我们将讨论的重点放在周扬反思"左"的思想方面。应当说，清理和批判文艺界在历史中形成"左"的思想并由此警惕当下文艺现状中的"左"的思

---

① 周扬讲话的记录稿刊于《人民文学》编辑部编《在京文学工作座谈会简报》。转引自刘锡诚《真理的追求者》，载《文坛旧事》，武汉出版社，2005，第 4 页。

想，是周扬反思历史的重点。这些内容几乎贯穿在周扬新时期关于文艺的所有论述中。在一份未刊的报告中，周扬写道："在我们党内，尤其是文艺界，'左'的思想有着长久的历史根源和深刻的社会根源与认识根源，'左'的思想在三十年代就有。新中国成立以后，文艺方面从批判电影《武训传》到批判《海瑞罢官》，一个运动接着一个运动，批判资产阶级思想。问题不仅是思想批判，而是搞成运动。五十年代后期，'左'的东西逐渐滋长发展，十年'文革'发展到了顶点。二十多年来，文艺战线'左'和右的错误都有，但就主体和主导思想而言，是'左'的错误。……我们工作中'左'的错误，在十年'文革'中，为林彪、江青反革命集团利用和恶性发展。"[1] 这段文字，可能是周扬对文艺界"左"的思想最深刻的一次清理。但周扬在清理"左"的错误时，并没有放松对"右的思想"的警惕："当然，应该看到，在批'左'的过程中，右的思想也有所滋长，应该引起我们的严重注意；但是，过低地估计'左'的影响，以为三中全会以后，'左'的倾向已成过去，'右'的倾向已经是主要的了，这是不符合实际的。"承认有"右的思想"，但主要是反"左"，这是周扬在八十年代的基本认识。1983年文艺界的形势变得复杂，周扬对当时文艺运动中的主要倾向问题是"左"还是"右"，没有如他在1981年这一未刊的报告中讲得那么直接，而是表示"估计要慎重一点，谨慎一点"，但这也婉转表达了他重在反"左"的思想认识。

从这些讲话来看，周扬并不缺少坚定的"政治立场"和"辩证唯物主义"的方法。而在讨论一些具体的创作问题时，周扬同样如此。

---

[1] 这是周扬拟在1981年2月中宣部召开的在京文艺界党员领导骨干会议上的讲话。转引自顾骧：《晚年周扬》，文汇出版社，2003，第17页。

1981 年 3 月 24 日，在全国优秀短篇小说颁奖大会上，周扬在讲话中说："文艺要真实，这是天经地义的。不真实地反映生活，不能成其为艺术。但我不赞成把真实做片面理解，好像只有'四人帮'粉碎后的作品才是真实的。十七年有大量不真实的作品，但也不能说那全是瞒和骗的文学。真实就是至高无上的吗？是不是还有比真实更重要的东西，那就是对人民、对党、对社会主义事业的忠诚。"周扬是在艺术层面上谈真实的，但他随即转到另一个层面上的"忠诚"问题。这逻辑上的矛盾，恰恰反映了周扬在反思历史时始终有所坚持，这就是作家的党性、文艺的人民性和党对文艺工作的领导。在颁奖后的座谈会上，周扬还有两段插话，也说明了同样的问题："交通警察就是个干预，你能反对吗？文艺方面不要交通警察，但打个比方，有时干预还是必要的。指挥错了改嘛，第一不要瞎指挥，第二不要光是你指挥。""要相信人民的事业，相信党。有些作品写了，可以不急于发表。"① 这几段并不具有理论周密性的讲话，仍然反映了周扬对社会主义文艺方向的坚持。

将周扬反思历史的这些认识和"新时期文学"相关联，可以说，在对三十年代左翼文艺、"十七年文艺"的检讨中清理和批判"左"的思想，是"新时期文学"发生的思想基础；与此同时，坚持社会主义文艺方向和党对文艺工作的领导，是"新时期文学"发展过程中的政治原则。这两者构成了"新时期文学"思潮的主要脉络，而如何估计文学现状，即是"左"还是"右"，则决定了文学运动的性质。

---

① 崔道怡：《春花秋月系相思——短篇小说评奖琐忆》，《小说家》1999 年第 4 期。

二

对于历史问题中的个人责任，周扬从复出后便勇于承担，而且不时道歉，这也是周扬反思历史的一个特点。在新时期，如何处理个人与历史的关系，特别是如何认识历史中的个人责任，是当时许多文艺工作者无法回避的问题。对历史事件中个人责任的认识，在很大程度上决定了个人与现实的关系。

1983年周扬在一次会议的发言中说："'十七年'都对？我怎么能都对？我们要有自我批评。我们是从历史过来的，我们要有自省，我这个人，几十年来未离开左翼文艺运动。这是一个缺点，也是一个优点，左翼文艺运动中的缺点、错误、弱点，都有我的份，都和我直接有关。要有历史唯物主义的态度，要有自我批评的态度。要把自己摆进去。"[①] 差不多同时，周扬在天津的一次讲话中，又更深入地谈到了如何认识错误的问题："自由是对必然的认识。社会主义文学是自由文学。我们就是认识客观世界，谁认识得准确，认识得深刻，谁就掌握真理多，犯错误少。我们这些人就是在犯错误中走过来的，不要掩盖这一点。错误有什么可怕呢？人类历史就是在错误当中前进的。所以说，不敢讲自己的错误，回避自己的错误，本身就是非马克思主义的态度，反马克思主义的态度。"[②] 对于在当代文艺运动中受到自己伤害的人，周扬在多个场合或讲话中表示歉意。其中的一些细节，也见于相关者或旁观者的回忆文章之中。

---

① 顾骧：《晚年周扬》，文汇出版社，2003，第82页。
② 周扬：《周扬文集》（第五卷），人民文学出版社，1994，第432页。

周扬对责任的承担和道歉，既获得了积极的评价，也受到了非议，因周扬而有创伤记忆的人并未因周扬致歉而原谅他的过错，甚至也有人质疑周扬的道歉是否真诚。在今天看来，周扬道歉的道德勇气是毋庸置疑的，但从道德的意义上辨析周扬道歉的真诚与虚伪已经没有太大的意义。当超越周扬与其他人物的个人恩怨时，我们看到周扬的自我否定在中国当代文学的历史进程中有着重要的意义。这首先与周扬从三十年代到八十年代的特殊身份和地位有关。周扬是在特有的文学制度中形成的文化权威，他与体制的复杂关系，以及他在历次文艺运动中的作用，使他成为一种文化符号。道歉的周扬，不仅仅代表他个人，也在相当程度上承载了与他紧密相关的体制的责任。这样的自我否定，同时还有助于唤醒清理历史和自我批判的勇气与担当。

　　我们还注意到，周扬的反思和道歉，在一定意义上终结了左翼文艺界从三十年代延续到八十年代的宗派主义的影响和思想观念的纷争。"文化大革命"之前的历次文艺运动与此不无关系。林默涵在回忆文章中曾经提到，文艺界的反"右"，"有一点可以说是特殊的，那就是文艺界存在着 30 年代宗派主义的残余。对丁玲、冯雪峰的批判，多多少少夹杂了 30 年代的东西"。根据林默涵的回忆，批判丁玲时，冯雪峰的"问题"被带出来，开始对冯雪峰的批判只是与丁玲有关系的一些言论问题，后来急转直下，是因为夏衍在批冯雪峰的会议上提出了三十年代的问题。"文化大革命"结束以后为冯雪峰平反，人民文学出版社为冯雪峰写的悼词中肯定他对于鲁迅靠拢党做了大量工作。但夏衍不同意，仍然坚持他在五十年代批判冯雪峰发言时的观点，认为冯雪峰在鲁迅与上海地下党之间起了挑拨作用。由于夏衍反对悼词的提法，冯雪峰的追悼会拖延很久才开成。不仅如此，后来夏衍又将他的观点写成文章发表在《文学评论》上 [①]。可见夏衍在"文化大革命"结束后对"左"的思想是有所反思和批判的。

对周扬的这些历史反思，人们持不同的看法，或者认为周扬仍然是"左"，或者认为周扬已经"右"了。在今天看来，这些相对立的看法都失之公允。如果在当代文学和周扬自身思想的发展脉络中观察，周扬的这些反思，无疑是在克服"左"的文艺思想和领导文艺的方式，而且从八十年代文学以及之后的进程来看，周扬的反思无疑推动了文学的发展。从五十年代到八十年代，认为周扬"右倾"的原因，仍然是他在五十年代初需要负有领导责任的问题，即"在文艺工作的领导方面，存在有一种忽视思想、脱离政治、脱离群众、迁就资产阶级、小资产阶级的倾向，使文艺战线发生混乱"。实际上，周扬在八十年代的讲话、著述中，始终没有放弃党对文艺的领导这一原则，但他强调改善党的领导，强调谨慎估计文艺现状，强调将学术问

---

① 参见林默涵《十七年文艺战线的一些大事》。夏衍指责冯雪峰的文章《一些早该忘却而未能忘却的往事》发表在《文学评论》1980年第1期。这篇文章受到一些相关人士的批评。楼适夷在《鲁迅研究月刊》1980年第2期上撰文《为了忘却，为了团结——读夏衍同志〈一些早该忘却而未能忘却的往事〉》，其中说："去冬十月下旬到十一月初，举行了第四届文代大会，从邓小平同志的《祝词》，周扬同志的《报告》，到最后由夏衍同志所作的《闭幕词》，始终一贯，贯彻党的三中全会的精神，执行了团结一致向前看的方针，得到全国文艺界代表拥护。但夏衍同志竟以病余之身，发表了《一些早该忘却而未能忘却的往事》（以后简称《往事》），令人出乎意外地大吃一惊。其实我们参加过雪峰同志追悼会筹备工作的人，知道夏衍同志发表此文，是预言过的。冯雪峰的追悼会从一九七九年四月筹备，到了十一月才开成，中间主要就为了夏衍同志对出版社与出版局两个党委先后通过的《悼词》表示不能同意，他在北京医院的病床上跳起来说，如果追悼会上宣读这样的《悼词》，他是要公开写文章驳斥的。为此经过长期的周折，后来由一位中央负责同志亲笔审改，得到了中央的批准，由朱穆之同志在会上宣读了。大概仍未能符合夏衍同志的意见，于是，夏衍同志实践其自己的预言，在一九八〇年《文学评论》第一期发表了这篇《往事》。"

题、艺术问题和政治问题区别开来，等等，这都使得一些人认为他"右倾"了。

显然，我们需要超越"左"和"右"的视角来观察和讨论周扬反思历史的意义。如果换一个角度思考，我认为相关的分歧，源于周扬自身的结构性矛盾以及他与历史、现实的复杂关系。在八十年代，周扬在《关于"新文艺十条"的谈话》中曾经说："我说过，我的愿望是做毛泽东文艺思想的宣传者、解释者。我的意思是能够做到这些就很不错了。现在看来，光宣传解释是不够的，要发展，实践提出了大量新的问题，要求我们做出正确的、新的回答。"① 这个谈话的时间是在1982年，而在这之前，周扬似乎对如何处理自己与毛泽东、毛泽东文艺思想的关系，并不那么自信。这种关系又常常是文艺与政治的关系、个人和组织的关系的反映。关于周扬个人的复杂性，已经有很多成果，此处不展开。而毛泽东对周扬的批评，也从一个侧面让我们看到周扬的"复杂性"，看到周扬在五六十年代有时不适应形势的"个人原因"。晚年周扬在被儿子问到"毛主席说你好的时候多还是批评你的时候多"时，他这样回答："说我好的时候多些。他写给我的一些信，也是对我满意的地方多些。他批评我的话也很厉害。他历次对我的批评我归纳成三条：一、对资产阶级斗争不坚决；二、同资产阶级有千丝万缕的联系；三、毕竟是大地主家庭出身。"② 尽管受到如此严重的批评，"文化大革命"开始后即被"打倒"，但周扬对毛泽东的感情从未

---

① 周扬：《关于新"文艺十条"的谈话》，载《晚年周扬》，文汇出版社，2003年，第170–181页。

② 李辉：《与周迈谈周扬》，载《往事苍老》，花城出版社，1998，第401页。

改变，对"文化大革命"后期被解放也心存感激①。

　　毛泽东对周扬的批评，可以解释周扬在五六十年代为何有时不适应，为何有时特别适应并且充分发挥了斗争作用，即他的表现取决于他对资产阶级斗争的态度。1951 年 4 月 20 日政务院第八十一次会议上，周扬代表文化部所做的《一九五〇年全国文化艺术工作报告与一九五一年计划要点》中，在陈述 1950 年工作的成绩后，检讨文化部工作中一个比较严重的缺点，"是对全国文化艺术工作的思想政策领导不够"。这个缺点随后成为周扬工作中的主要问题。是年 11 月，《中共中央宣传部关于文艺干部整风学习的报告》评价了中华人民共和国成立后近两年文艺工作的成绩和缺点，指出"在文艺工作的领导方面，存在有一种忽视思想、脱离政治、脱离群众、迁就资产阶级、小资产阶级的倾向，使文艺战线发生混乱，在党的文艺干部中也发展着某些无组织无纪律的现象，急需加以纠正和整顿"②。从 1951 年 9 月到 11 月，中宣部召集了八次文艺工作会议，主要内容是对文艺领导工作的检查、批评和自我批判，同时讨论了加强电影工作、整顿戏剧工作、

---

① 1975 年 7 月毛泽东在林默涵的来信中就"周扬一案"做出批示之后，周扬及一批人获释。在这个时期，毛泽东关于文艺政策的谈话中又谈到"鲁迅在的话，不会赞成把周扬这些人长期关起来"的说法。1975 年，出席邓小平主持的国庆招待会各方面代表人物中，没有周扬等。不久，毛泽东在《学部老知识分子出席国庆招待会的反映》上又批示："打破'金要全赤、人要完人'的形而上学错误思想。可惜未请周扬、梁漱溟。""夏衍说到他与周扬出狱的情况时，夏说，周扬这个人，对毛主席的感情太深了。我接到通知，当天就办手续出狱，我问他，他说，我等几天，给毛主席写封信。周扬晚两天出狱。"根据毛泽东的批示，专案办公室提出处理意见。毛泽东在听了处理意见报告后，指示将报告中"周汤问题性质严重"改为"人民内部矛盾问题"。（参见黎之《周扬一案》，《新文学史料》2000 年第 3 期）
② 中共中央文献研究室：《中共中央宣传部关于文艺干部整风学习的报告》，载《建国以来重要文献选编》第二册，中央文献出版社，1992，第 462 页。

调整和加强文艺刊物的具体方案 ①。关于会议的情况，报告说："会议指出周扬同志应对以上现象负主要责任（周扬同志做了详细的自我批评），同时指出其他同志也都负有一定责任，并相互进行了热烈的批评。为了克服文艺界的上述倾向，会议决定由文联动员北京文艺界各方工作人员约七百人进行一次整风学习。"② 这是 1949 年后见诸文献的周扬的第一次检讨，这份"详细的自我批评"未公开发表，内容不详。

周扬的这些"比较严重的缺点"对周扬形成了压力和限制。他在八十年代初期受到的批评和指责，几乎相近于毛泽东和组织在五十年代对他的批评。1983 年 11 月 6 日，周扬与新华社记者的谈话发表，检讨他在纪念马克思逝世一百周年研讨会上的讲话："轻率地、不慎重地发表了那样一篇有缺点、错误的文章。"并说"这是一个深刻的教训。"③ 这是周扬最后一次从另一个方面自我否定，他内心的挣扎是人们后来议论的重点。

三

如何重建当代文学制度，是周扬在"新时期文学"产生、发展阶段集中思考的重要问题之一。周扬作为文艺政策制定者、阐释者、执

---

① 根据中宣部的这份报告，参加文艺工作会议的有：胡乔木、周扬、丁玲、赵树理、李伯钊、陈沂、艾青、何其芳、周文、吕骥、江青、阳翰笙、袁牧之、陈波儿、张庚、严文井和林默涵等。

② 《中共中央宣传部关于文艺干部整风学习的报告》，载《建国以来重要文献选编》第二册，中央文献出版社，1992，第 465 页。

③ 《人民日报》1983 年 11 月 6 日专访。

行者，他对文学艺术的主要影响也落实在制度建设的理论思考和实践之中。

重建当代文学制度是从第四次文代会开始的，周扬所做的主报告，特别是邓小平代表党中央的祝词，确定了新时期文艺发展的基本脉络。周扬的报告主题是"继往开来"，如何对待过往的历史，报告中有许多重要的观点和结论。但这个报告对文艺未来发展的设计是基于"文化大革命"结束以后两三年的文艺实践，关于"新时期文艺"并未充分展开。当新的文艺现象、思潮、作品出现时，这个报告中已经有的结论、原则性意见，便在新的语境和问题域中再次出现，而且被重新讨论、争论，并且再次出现大的分歧，比如，关于党领导文艺的方式、文艺与政治的关系、创作自由等问题，这些都是文学制度的关键问题。

制定新的文艺条例以及与此相关的问题，是讨论周扬与当代文学制度重建的一个关节点。周扬复出以后，他晚年想做三件大事：整理著作，出版文集；制定一个新的文艺条例；回忆毛泽东[1]。所谓"新的文艺条例"，是针对1962年颁发的《关于当前文学艺术工作若干问题的意见（草案）》。这个在六十年代初文艺政策调整期间制定的文艺条例，曾经对文艺的健康发展产生过积极的影响。这个条例由周扬主持、林默涵负责起草，后由陆定一主持修改，将"文艺十条"改为"文艺八条"，主要内容包括进一步贯彻执行"百花齐放，百家争鸣"的方针，努力提高创作质量，批判地继承民族遗产和吸收外国文化，正确地开展文艺批评，改进领导方法和领导作风等八个方面。

周扬想制定新的文艺条例并且把它视为自己晚年要做的三件大事

---

[1] 顾骧：《晚年周扬》，文汇出版社，2003，第12页。

之一，足见他在吸取历史的经验教训，想对文艺发展提出纲领性、政策性的意见。顾骧对周扬起草新的文艺条例的认识是："他觉得文艺上的问题，不应由领导者个人的主观认识任意而为，对于几十年'左'的教训应形成政策条文而确定下来。"① 当时，有如此认识的还有巴金，他曾经撰写《文艺也要立法》一文。在1982年1月与顾骧的谈话中，周扬进一步说到制定新的"文艺八条"的重要性："二十年前搞的'文艺八条'，是文艺政策调整时期。现在也是调整时期，但现在与二十年前的情况发生了很大变化，需要搞新的'文艺八条'。""左翼文艺已经有五十年历史了，要好好总结一下，找出一些带规律性的东西。""文学艺术是我们的国家事业，应有明确的规章制度，我想来想去，这个文艺几条应该搞。"②

　　1981年7月，周扬召集林默涵、张光年、陈荒煤、贺敬之开会，商谈起草新"文艺八条"问题。根据顾骧的记载，周扬在会上谈到了他设想的若干个问题：新时期的文艺形势；"左"和"右"的问题；文艺为人民服务、为社会主义服务的总口号以及文艺自由问题；文艺与新时期人民群众的关系；继承与借鉴问题；开展马克思主义文艺评论；人才问题；调整问题；党的领导问题③。这里提到了九个问题，差不多涉及当代文学发生以来的所有基本问题。对于周扬制定新的文艺条例的想法，与会者存在分歧：一种意见认为，现在制定这样一个条例时机不成熟，每一个问题都会有分歧意见；另一种意见认为，在文艺重大问题上有不同意见是事实，但这并不能说明不应制定坚定而明确反

---

① 顾骧：《晚年周扬》，文汇出版社，2003，第26页。

② 顾骧：《晚年周扬》，文汇出版社，2003，第28、29页。

③ 顾骧：《晚年周扬》，文汇出版社，2003，第27页。

"左"的条例。这样一种分歧呈现了"新时期文学"生态的复杂性，也预示了新的文艺条例的命运，而明确反"左"或许是这个条例后来最终流产的主要原因之一。在1982年1月与顾骧的谈话中，周扬对这些基本问题的思考以及问题的分类更加成熟。

我们现在能够读到的是周扬《关于新"文艺十条"的谈话》，是1982年1月谈话的整理稿。这个谈话是周扬对起草新"文艺十条"的设想，它最终没有能够形成正式的条例。1982年1月定稿的《关于新"文艺十条"的谈话》，涉及十个方面的问题：一、思想文化建设要和经济建设相适应；二、正确评价文学艺术在建设社会主义精神文明制度中的作用，正确估计当前的文艺形势；三、正确总结历史经验，开展批评和自我批评；四、文艺为人民服务，为社会主义服务；五、发扬艺术民主，保障两个自由；六、继承和革新民族传统；七、向外国学习，加强文化交流；八、加强理论建设，学习和运用和发展毛泽东同志的文艺思想；九、团结问题；十、领导问题。

如果对照1962年的"文艺八条"，可以发现，周扬《关于新"文艺十条"的谈话》①无疑深入思考了历史的经验教训，并回应了社会主义现代化建设中的文艺问题，显示了周扬在新时期对文学制度若干重要问题的建设性意见及思想高度。可以说这一谈话是对1962年"文艺八条"的传承与超越。如同顾骧所分析的那样，增加第一条"思想文化建设要和经济建设相适应"，这就不是孤立地谈文艺问题、谈思想文化建设了。关于第二条"正确估计当前的文艺形势"这一部分，其实相当于"文艺八条"中的导言部分，周扬的基本观点认为成绩是主

---

① 周扬：《关于新"文艺十条"的谈话》，载《晚年周扬》，文汇出版社，2003。

要的，"错误的东西虽然不是主流，但要重视它"。而如何认识文艺形势，周扬提出了三点看法："所以第一，要区分主流和支流，不可颠倒。第二，要重视支流，不可任其泛滥，走向资产阶级自由化。第三，要分析错误产生的原因，找出正确的克服方法。"周扬的这些想法，在1983 年关于文艺形势的争论中，与文艺界、思想界其他一些领导人的看法不一致。对形势的判断，影响着文艺与政治关系的处理，影响着党领导文艺的方式，也影响着"双百"方针的执行。所以，我觉得这是文艺条例制定中的关键问题之一。第三条"关于批评和自我批评"也不局限在文艺批评方面，而是集中在讨论如何处理文艺与政治的关系，如何对待人民内部矛盾，特别是意识形态领域的问题上面，在强调批评是一种政治的同时，还提到批评是一种科学、一种艺术。第四条与第三条相关，前者谈文艺与政治的关系，后者谈文艺如何为人民服务、为社会主义服务。和"文艺八条"不同，周扬在谈话中，将创作自由问题单列为"发扬艺术民主，保障两个自由"。"文艺八条"第一条中的相关提法是"作家、艺术家有选择和处理题材的充分自由"，以及"鼓励文学艺术创作上的个人独创性，提倡风格多样化，发展不同的艺术流派"。周扬在谈话中仍然强调了这两点，但明确提出了艺术民主的问题，强调"自由创造和自由讨论"，"要保障批评和反批评的自由"。"文艺八条"中的第三条，在谈话中一分为二："继承和革新民族传统"与"向外国学习，加强文化交流"。和原来的条例相比，内容上没有大的变化，当年将"向外国学习、加强文化交流"单列为一条，则强化了中国文学与世界文学和文化的关系。我特别注意到，在第八条中周扬强调了对毛泽东文艺思想不能停留在宣传解释阶段，而要进一步发展。第九条谈"团结问题"，意在克服文艺界的派系和宗派。第十条关于"领导问题"，也是新"文艺十条"设想中的重中之重。这一部分内容，虽然篇幅不长，却是周扬复出以后在不同的讲话中经常提及的问题。他反对文艺脱离党的领导，但同时又提出"要加强改善党对文艺的领导"。

这些认识，充分吸取了当代文艺发展的经验教训、党领导文艺的历史经验教训。在新"文艺十条"非正式起草的前后过程中，文艺界发生了一些重要事件，其中包括关于《苦恋》的批判、现代派的论争和"三个崛起"的争议等。这些事件以及文艺界的一些理论主张和观点，影响了文艺界领导层对当前文艺形势的分析和判断。如何估计文艺形势，在周扬那个层次的文艺领导者中有很大的分歧。在1983年4月、5月研究文艺的会议上，有人认为：文艺界形势是好的，但对问题估计不足；"左"的东西在工作作风、知识分子政策等个别范围内还有；"资产阶级自由化相当普遍，相当严重。其程度超过以往，而文艺界又超过理论界"[①]。1983年前后，关于此类问题的争论和相关事件，八十年代几乎是最尖锐的。"资产阶级自由化"问题是个总体性的表述，关于《苦恋》、现代派、"三个崛起"等的论争，深刻反映了周扬所说的"调整时期"文艺界的复杂状况。如果比较全面地留意八十年代初期文艺界领导人、理论家的一些讲话、发言或文章，我们会注意到，他们在反"左"这个问题上的立场似乎没有大的差异，即便是和周扬意见相左的人，也不愿意戴上"左"的帽子，这是八十年代文艺界的一个特点。重大的分歧是用"左"还是"右"来估计文艺界的状况，在一段时期，用"右"来估计文艺界的现状在周扬这个层次中似乎又占了主导地位，所以，这才有了1983年前后的论争。在这次关于

----

① 顾骧：《晚年周扬》，文汇出版社，2003，第68页。

文艺问题的会议上，一位负责人、文学评论家说："从我们整个文艺界来看，'左'是顽固的、源远流长的，但随着剧烈的社会变革，确确实实出现了另一方面问题，如果不正视，不以正确的方针引导，可能走上背离社会主义道路、社会主义文艺方向。"① 这样的判断，也反映了那些坚持反"左"的文艺界领导人、批评家，同样是在"道路"和"方向"上看待文艺界的问题。

有意思的是，根据林默涵的回忆，主持起草"文艺八条"的周扬，自己曾经认为"文艺八条"有些"右"的东西："新中国成立十周年时，写过一篇社论，要求进行两条战线的斗争，一是反资，一是反公式化、概念化，江青不同意。后来的结果是'文艺八条'。'文化大革命'起来，把这个否定了。现在看来，'文艺八条'有许多还是可用的。《纪要》是毛主席看过的，改过的；'文艺八条'也是主席看过的，不是也可以批嘛。问题是是否符合实际。周扬曾对毛主席说：'文艺八条'有些'右'的东西。主席说：我也看过的呀，怎么没有看出来。"② 如果林默涵的这个回忆真实可信，那么历史再次循环，但这次不是周扬自己检讨出新的"文艺十条""有些右的东西"。

虽然如此，周扬谈话中的基本观点、思想以及思考文艺问题的方法，已经逐步落实在八十年代以及以后的文艺发展进程中。因为周扬的这些基本观点、思想和方法，既是几十年文艺经验教训的总结，也是"新时期文学"和艺术发展的现实成就的理论化。

---

① 顾骧：《晚年周扬》，文汇出版社，2003，第78页。
② 刘锡诚：《文艺界真理标准大讨论》，《南方文坛》1999年第1期。

四

　　周扬在新时期对许多重大理论问题的思考，以及对具体文学现象的一些评论，是从我们前面讨论的历史脉络而来，又针对新的文化现实。将自己的理论思考置于文化现实之中，又与历史相关联，是周扬理论批评的一大特点。除了"文化大革命"时期，在五六十年代和八十年代，周扬最主要的身份是文艺政策制定者、阐释者和执行者，这个身份无疑大于周扬作为理论家、批评家的角色，他的理论和批评更多的是和制定政策尤其是阐释政策相关的。如果我们不注意到这一点，周扬作为理论家、批评家的特殊性可能被忽视。

　　《周扬文集》第五卷收录了周扬在新时期的著述，这当中包括《谈社会主义新时期戏剧创作的任务》《哲学社会科学的发展规划和百花齐放、百家争鸣》《关于社会主义新时期的文学艺术问题》《三次伟大的思想解放运动》《继往开来，繁荣社会主义新时期的文艺》《继承和发扬左翼文化运动的革命传统》《思想解放和社会主义现代化建设》《文学要给人民以力量》《坚持鲁迅的文化方向　发扬鲁迅的战斗传统》《研究问题，探索规律，就会有所突破》《关于马克思主义的几个理论问题的探讨》《关于建设具有中国民族特色的马克思主义文艺理论问题》和《要有"真正艺术家的勇气"》等，我们现在能够读到的他的最后一篇文章是《忆念周信芳同志》。周扬的这些著述，成为指导新时期文学发展的重要理论。

　　从五十年代到"文化大革命"发生，周扬的思想脉络实际上也有两条，一是历次文艺运动斗争的产物，二是相对尊重艺术规律的论述，这是今天的研究者称之为"复杂性"的周扬文艺理论。因此，周扬在"新时期"的理论和批评，一方面是对"文化大革命"前历史教训的反思，这些历史教训在"文艺八条"中就已经揭示："某些文化艺术领导部门、文艺工作单位和领导文艺工作的党员干部，没有正确理解和认真执行百花齐放、百家争鸣的方针，对一些文学创作和艺术活动进行了简单粗暴的批评、限制和不适当的干涉，妨碍了生动活泼的艺术创造和学术上的自由探讨。没有很好地贯彻执行党的知识分子政策，忽视同党外艺术家的团结合作，在党内外的思想斗争中，以及在学术批判运动中，发生过一些不恰当的做法，影响了一部分人的积极性。"①周扬在"新时期"关于文艺政策方针的阐释，相对集中在对这些历史教训的总结基础之上。另一方面，周扬的理论和批评，又传承了他在五六十年代相对尊重艺术规律、被实践证明是正确的一些思想、观点和方法。如果比较《关于新"文艺十条"的谈话》和"文艺八条"，就会发现周扬在"新时期"的论述有和五六十年代一脉相承的部分。

在《关于新"文艺十条"的谈话》中，周扬提出马克思主义文艺批评要面对新的问题，做出正确的、新的回答。在重视马克思主义文艺理论的同时，周扬还提及中国文论，以及人道主义、现实主义的问题。周扬在提出建设马克思主义文艺理论和文艺批评时，已经充分注意到了相关的理论资源问题，这在当下仍然有启发意义。五十年代，周扬就提出建立中国自己的马克思主义文艺理论和批评，1983年在答记者问时，他再次提出关于建设具有中国民族特色的马克思主义文艺理论问题。作为一位马克思主义文艺理论家，周扬在"新时期"表现出对重大问题进行命名和深入思考的能力，并且以理论家的勇气和见识打破禁区，探索真理。这样一种能力和胆识，正是当下文艺理论和

---

① 《关于当前文学艺术工作若干问题的意见（草案）》，《文艺研究》1979年第1期。

批评实践缺乏的品格要素。周扬《关于社会主义新时期的文学艺术问题》《三次伟大的思想解放运动》和《关于马克思主义的几个理论问题的探讨》等文章，便集中反映了周扬的这种能力和品格。我以为，这种能力和品格是周扬"新时期"文艺理论和批评的最重要的建树，其意义超过具体的理论问题。

值得注意的另一个问题是，文艺界领导人、重要的理论家、批评家对文艺问题的分歧或者误判，与知识背景的缺陷和对新的文艺现象、思潮的隔膜有很大关系。在重新阅读八十年代的一些文献时，我注意到许多文艺界领导人和理论家，并不熟悉现代主义文学和现代派，而是仍然从他们熟悉的现实主义理论出发来评论八十年代以后出现的现代主义文学创作思潮，他们对现代主义、现代派的认识仍然停留在五六十年代的原则上。而一些新作品（内容与形式）和新的观点、理论和方法等也在他们的阅读经验、知识背景之外，"看不懂"等抱怨其实反映的是他们处理新问题的力不从心。在思想方法上，他们习惯于把自己不熟悉的问题归结为"背离"，其实有许多问题并不是背离"道路"和"方向"，而是背离了他们的理论、观点和阅读经验。当然不能排除文艺界有"背离"的现象，但是创作和理论批评中的具体问题，是否都能够上升到"背离"这样的层次来界定，或者把艺术问题转换为政治问题？答案显然是否定的。当今天重读这段历史时，我们也有必要对考察问题和界定问题性质的方法进行反思。

其实，周扬同样存在知识和方法上的不足。从认识论、反映论看问题，是周扬这一代文艺界领导人、理论家的共同特点，这样的方法论当然需要坚持，但如何认识和把握现实世界，显然还需要吸收其他思想资源。在知识体系上，周扬关于中国古典文学、欧美文学的学养无疑是积累不足的。在讨论中国传统文化时，周扬着墨比较多的也是民间文艺、戏曲等。关于周扬的知识背景，夏衍曾经在谈话中说："他对马恩的东西还是读了一些，对中国传统的东西，是解放后才学的。不像我们这些人，小时候就学过一些传统的东西，有些人是根本不懂传统的。周扬后来到文化部以后，开始读一些古典的作品。他告诉我，《文心雕龙》了不起，他解放后才读，我们这些人在30年代，抗战时在桂林便早读过了。他受苏联文艺思想的影响，可以说基本上是受苏联的影响。"① 但周扬在相同的语境中，讨论这些问题时，弥补了他的知识结构的缺陷，用历史的经验教训提炼出观察和判断问题的方法。这也是周扬超越同辈人的一个方面，虽然他对一些问题的论述浅尝辄止。

当历史烟消云散之后，周扬作为一种"遗产"仍然有待我们深入讨论。我们面临的是与周扬有所区别也有所联系的历史语境，周扬及其相关思想资源已经不能完全应对文化现实中新的问题域。在周扬这一代人成为历史之后，当代文学制度中的领导层也无法再以过去的方式处理当下的问题，这同时也意味着文学界已经不具备周扬他们当年的复杂性和历史意蕴。即便如此，周扬留下的历史启示，周扬和他同时代人在八十年代形成的关于文学艺术基本问题的共识与分歧，经过近四十年的文学发展证明了的经验或者教训以及正确或者错误的观点与方法，仍然是我们讨论当下问题的基础。我们可以"重返八十年代"，但不能无视已有的共识、经验、教训而往回倒退。

---

① 李辉：《与夏衍谈周扬》，载《往事苍老》，花城出版社，1998，第244页。

第三编

文化现实、价值判断与文学写作

小说文本与文化现实

———————— ◎ ————————

  萨义德的《世界·文本·批评家》对文本与世界关系的阐释常常被征引，这本书的书名也直截了当地揭示了批评家需要在文本与世界的关联中阐释文学意义的方法和责任。在萨义德看来，即便是接受海登·怀特关于没有任何办法绕过文本来直接理解"真实的"历史的观点，也不需要消除对于文本自身所必然带有并由其自身所表达的事件和境况的关注。因此，萨义德反对把文本从背景、事件和实体意义中分离出来的理论，他的看法是："文本是现世性的，从某种程度上说是事件，而且即便是在文本似乎否认这一点时，仍然是它们在其中被发现并得到释义的社会世态，人类生活和历史生活各阶段（moments）的一部分。"[①] 在从形式主义到历史主义的轨迹中，我们曾经在文学研究中克服庸俗社会学的干扰，确定文本的中心位置，随后又意识到仅仅以文本为中心并不能阐释好文本。当我们在讨论中国当代小说创作、阐释文本的意义时，显

———————————————

[①] 　爱德华·W.萨义德：《世界·文本·批评家》，生活·读书·新知三联书店，2009，第7页。

然需要打通小说文本与世界的联系。

在《文学理论入门》这样通俗的学术著作中，乔纳森·卡勒明确讨论什么是文学中的"意义"以及是什么决定"意义"。他认为"意义"至少有三个范畴，词的意义、一段语言的意义和一个文本的意义。在乔纳森·卡勒看来，如果按照索绪尔理解的语言就是一种符号系统，那么语言符号的任意性本质的第二个方面是能指（形式）和所指（意义）。由此，文学研究中对意义的确认，区分出诗学和解释学两种不同的模式。究竟是"什么"决定意义？乔纳森·卡勒提出了四个要素：意图、文本、语境和读者。并认为关于这四个要素的论证本身就表明意义是非常复杂的，甚至是难以表述的，重要的是不能凭这些要素中任何单独一个决定意义的形成和呈现。在分析了各种要素对意义的作用后，乔纳森·卡勒也突出了四个要素中的重点要素："如果我们一定要一个总的原则或者公式的话，或许可以说，意义是由语境决定的。因为语境包括语言规则、作者和读者的背景，以及任何其他能想得出的相关的东西。"在这一点上，乔纳森·卡勒与我前面所引用的萨义德的论述是一致的。在这四个要素中，"意图"也不可忽略，意图常常是在小说的自我陈述中袒露的，尽管作家所陈述的"意图"未必能够完全落实在文本之中，也不能规定批评家阐释文本意义的方向，但小说家的"意图"无疑是我们阐释文本意义的一个重要参考。我还留意到，乔纳森·卡勒将"语境决定"和"语境限定"相区别："如果说意义是由语境限定的，那么我们必须要补充说明一点，即语境是没有限定的：没有什么可以预先决定哪些因素是相关的，也不能决定什么样的语境扩展可能会改变我们认定的文本的意义。意义由语境限定，但语境没有限定。"[①] 这样一个补充性

---

① 乔纳森·卡勒：《文学理论入门》，译林出版社，2008，第70–71页。

的区分，为我们讨论当代小说与语境的关系，带来了另一个需要关注的问题，即我们既不能扩展语境，也不能裁减语境来讨论小说文本的意义。

当我们把对小说文本意义的分析方法、关注焦点转移到文学史研究中时，涉及的问题是如何确定小说在文学史中的意义，而文学史意义的确立则是以小说文本意义的揭示为前提的。这就是中国当代文学的"经典化"问题。聚焦作家作品，在对小说文本的意义进行分析后，深入讨论当代文学的经典化问题，是当代文学史研究深化和当代文学学科成熟的显示。各种版本的《20世纪中国文学史》或《中国当代文学史》，已经对中国当代文学进行了"历史化"的论述，对一些当代作家作品尤其是小说进行了"经典化"的处理。相对于"中国现代文学"的"经典化"，"中国当代文学"的"经典化"尚未形成比较成熟的结论和共识。这里的核心问题是，当代文学史能不能留下堪称经典的作家作品。如果把"经典化"这一复杂的问题简而言之，那就是如何确定文学文本之于文学史的意义，或者说如何在文学史中揭示文学文本的意义。

文学批评、文学史研究是回答这个问题的一种方式。按照斯蒂文在《文学研究的合法化》中的说法，"经典化"产生在一个"累积"形成的"模式"里，在这个模式里，有文本、读者、文学史、批评、出版、政治等要素。这意味着"经典化"是一个"累积"的过程，是一个不断发现文本意义的过程，而不是一个"终结"的定论。在斯蒂文提到的文本、读者、文学史、批评、出版、政治等要素之外，"译介"也会成为一个重要的关键词，它是学术共同体中具有跨文化特点的"文化现实"。无论如何强调中国当代文学的"特色""经验"，我们都面对着"世界文学""学术共同体"这样的参照系，海外关于中国当代文学的译介与研究已是我们讨论当代文学"经典化"问题时不可回避的内容，跨学科、跨文化的研究也成为我们"寻找"的方法之一。这是中国的"文化现实"与世界的"文化现实"的一种对话。

从原则上说，我们今天仍然处于一个文化转型时期，由改革开放而来的文化转型仍然在持续过程中，因而文化现实是文化转型持续累积的一个状态。在讨论当代小说时，我们可以把近四十年的文学阶段作为一个过程纳入文化现实中。从文学与文化现实的关系看，文学置于文化现实之中，深受文化现实的影响，但文学又超越文化现实，以自己的创造改变文化现实。

近四十年，文化现实中的文学，主要处理了两种关系。首先是文学与政治的关系。第四次文代会后确立了"文艺为人民服务、为社会主义服务"的"二为"方向，重申"百花齐放，百家争鸣"的"双百"方针。这个关系的处理，带来了两个重要变化，即强调人的主体性，强调文学的本体性，从而形成了文学回到自身的一个过程。在后来的论述中，批评界又把这样一个过程视为"纯文学"思潮的产生和发展。伴随着这一过程，文学的观念、文学的形式、文学的技巧等也发生了重大变化。比如说，不再在对立的意义上看待这些关系：现实主义和现代主义，写什么和怎么写（内容与形式），阶级性和人性，等等。1985年"小说革命"就是在此基础上形成的。其次是文学与市场的关系，或者说文学与消费主义意识形态的关系。在市场经济推进以后，文学的秩序再次发生深刻变化，这不仅反映在文学体制的变革、文学制度与作家关系的变化方面，更为重要的是，文学如何不可避免地在与消费主义意识形态的关系中保持审美属性和独立性，不能为市场所污染。近几年来文学面临了新媒体包括人工智能所带来的挑战。这种技术上的挑战，是文化现实中产生的新的强大要素。在某种程度上，也可以把不仅与技术也与资本相关的网络视为一种"市场"。我们都注意到，新近的网络文学也在试图重新定义"旧文学"与"新文学"。尽管"纯文学"作家不断以包容的心态对待网络文学，但并不将网络文学与"纯文学"等价齐观。网络作家在另一个维度上将"纯文学"定义为"旧文学"，而乐此不疲地开拓自己的空间，并不在意"纯文学"作家、批评家关于"文学性"何等重要的教诲。这样的差异，显示了文化现实的多元但无序的状态，也显示了在文学边界不断扩大的同时，关于文学的价值观、审美观仍然泾渭分明。

从文化结构的变化看，文学处于更为矛盾、丰富、复杂的空间中。在形态上，是主流文化、精英文化和大众文化三分天下，这三者之间的不同组合，在很大程度上影响了作家在文化现实中的位置和身份，依托什么样的文化形态，被定义为不同的作家类型：主旋律作家、"纯文学"作家和通俗文学作家。在价值观方面，前现代、现代、后现代混合并置，这在很大程度上决定了作家的价值取向，也成为作家内在矛盾冲突的思想根源。这涉及作家如何整合民族优秀传统文化、外来文化（西方文化）和中国特色社会主义文化。回顾近四十年的小说创作，我们可以看到，连接什么样的文化，其文本的意义是不同的。最为简单的事实是，"先锋文学"和"寻根文学"便呈现了不同的文化取向给小说带来的不同特征。置身其中的作家所面临的问题是：能不能形成自己的世界观和方法论；如何确立自己的文化身份并在对不同文化传统的选择中获得文化自信；能不能以审美的方式创造出与现实世界相关联但又超越了现实的文学世界（文学是不可替代的）；能不能以文学的方式介入现实世界，推进社会文化发展，成为一个时代的肖像或者文化符号；能不能排除格式化的危机，形成自己的故事。

九十年代一些学者反思"纯文学"时被称为"去政治化"，因而又有批评家呼吁"再政治化"，以避免"纯文学"失去和现实世界的广泛联系。这其实是一种误解。从七十年代末开始，文学确实在重新处理其与政治的关系。对于极左政治曾经扭曲文学的历史，"新时期文学"发生之初的"伤痕文学"突破禁区，以对极左政治的控诉来修复创伤。《班主任》《伤痕》等一批小说因此获得广泛的社会反响。在今天看来，以小说为主的"伤痕文学"似乎不在"纯文学"之列，而是由此作为一端，文学开始了回到自身的历程。强调一端，是因为"伤痕文学"并不能构成"新时期文学"最初的全部历史和复杂性。逐渐形成的"伤痕文学""反思文学""寻根文学"和"先锋文学"的文学史叙述方式，遮蔽了从七十年代到八十年代中期"小说革命"的多种要素和形态及其演变过程的复杂性。在"伤痕小说"兴起时，1978年《今天》创刊，曾经处于"地下"的诗歌浮出地表，集结在《今天》的诗人和小说家铺垫了"新时期文学"的另一条线索，这条线索似乎更接近后来我们所说的"纯文学"思潮。我在一篇文章中曾经谈到为何不是《今天》的"新诗潮"而是"伤痕文学"被确定为"新时期文学"的发端，这一现象本身恰恰说明了我们在很长一段时间内仍然是以文学与现实，特别是与现实政治的关系来确定文学文本的意义的。

　　如何不放弃这种关系，考虑文本形成的多种因素，同时又突出文学的审美属性和独立性，对文学批评、文学史研究是大的考验。分析小说文本的意义、处理当代文学"经典化"问题，无疑会受到文化现实语境的深刻影响。当代文学的发生与发展始终与社会的政治经济文化有着密切的联系，非文学的因素在文学生产中有时甚至起到了突出的作用。这是一个不争的事实。同样，非学术的因素也影响着文学批评、文学史研究以及"经典化"和"去经典化"的价值取向。我们需要关心的是，非文学、非学术的因素是如何影响文学和学术的，如何影响经典的形成和"经典化"的讨论的。其实，我们今天面对文学与外部关系的许多困惑，源于我们没有在错综复杂的关系中形成独立的价值判断。因而，文学批评需要在文化现实之中，又超越文化现实。

文化现实不是简单的构成，它既是共时态的，也是历时态的，是当下的呈现，也是历史的延续。因而，文化现实是多种现象和问题的叠加。我一直认为，"八十年代"之所以成为我们思想生活和学术研究中的一个问题，并不只是因为在当代文学史论述中它已经成为一个"断代"，不只是因为在"八十年代"发生过程中我们对"八十年代"的解释便已存在分歧，甚至也不只是因为新的知识谱系为我们阐释"八十年代"提供了新的可能，重要的是"八十年代"所包含的问题是与之前的历史和之后的现实相关联的。"九十年代"延续了"八十年代"未完成的问题，又在市场经济的现实中回应和处理新问题。二十一世纪以来的文化现实，既是"八十年代""九十年代"的叠加，更是新问题、新现象的呈现。

我们今天讨论的那些重要的小说家，几乎都与文化现实保持着紧密的关系，这种关系不是对抗，也不是妥协，而是在文化现实中对深远的历史和广阔的现实进行思想和文学的回应。韩少功以《月兰》《西望茅草地》在文坛崭露头角，而奠定他文坛地位的则是1985年的文论《文学的"根"》和小说《爸爸爸》，他由此成为"寻根文学"思潮的引领者。韩少功对现实始终怀有热情，是一位在现实中成长、思考和写作的作家。他不逃逸，也不躲闪，以自己的情怀、视角和方法与现实对话，并且始终保持了他的批判立场。他的这一特点，在九十年代以后更为突出。一方面他在矛盾的现实中获得了思想的动力，另一方面他又以思想的方式和现实保持了距离。韩少功的一系列随笔，在某种意义上成了时代的肖像。他在"后革命"时代对"革命"的理解，或许有争议，但这个问题的重要性也因此呈现。就小说而言，韩少功的《爸爸爸》《马桥词典》《暗示》等作品经过时间的淘洗，其经典意义逐渐被确认。《爸爸爸》和《马桥词典》无疑是经得住讨论和阐释的作品，而《暗示》的意义有待进一步挖掘和确认。从《爸爸爸》到《马桥词典》再到《暗示》，韩少功对人性、生活、文化、现实、历史等有独到和深入的观察与思考，他的世界观和方法论稳定而成熟，并且与他的审美方式紧密融合。在这些作品中，韩少功的小说文体自觉是和文化自觉相联系的，他对文学文体形式的探索也值得我们关注。在韩少功的"词典"中，小说与散文的边界是可以打破的，于是有了《暗示》和《山南水北》等作品。

在过了三十多年以后，张炜发表于1986年的《古船》依然是我们再讨论的作品。张炜在1986年之前写作了一些重要的短篇和中篇作品，但《古船》的重要性不仅之于他本人，也是八十年代的"里程碑"式的作品之一。在文学历史的"大转折"和"小说革命"的浪潮中，张炜获得了思想和艺术资源，又在潮流之外沉潜，终于在文学思潮的转换中留下了《古船》。我曾经说，相对于后来关于"宏大叙事"的变化和长篇小说的兴起，张炜有点儿"早熟"。九十年代以来，张炜在"人文精神"大讨论、"道德理想主义"争论、"现代化"反思和消费主义意识形态批判中发出了独特的声音，和他的文学创作构成了一个互动的整体，他作为"思想者"的角色也因此确立。在小说之外，张炜的《融入野地》《心仪》《楚辞笔记》《也说李白与杜甫》和《陶渊明的遗产》等散文，既是他的哲学和诗的表达方式，也是他的哲学和诗的出处说明。如果对张炜千万字的作品用减法，我们可以突出《九月寓言》和《你在高原》，《独药师》可以暂且不论。郜元宝教授在论《九月寓言》时，曾经将《九月寓言》和《古船》进行比较分析，并讨论《九月寓言》的"本源哲学"。他说，在《九月寓言》里，张炜把《古船》那种对"历史之奴"的悲悯转化为对"大地之子"的悲悯。这种悲悯，用张炜的话来说，乃一种"悲天情怀"。悲天就是悲地，因为在大地上栖居是人的天命。他又说，《九月寓言》虽然在立意和风格上都有别于《古船》，但是就二者所探索的超历史甚至也是超美学的生存主题来说，它们又是一脉相承的。我们顺着这样的思路，不妨说《你在高原》是"大地之子"在太阳和月光下的行走之书。如果将这些小说置于文化现实中加以考察，可以发现，张炜和文化现实中的世俗化倾向保持了批判性的距离。

从《商州》到《浮躁》再到《废都》，贾平凹的创作不仅显示了文化现实的深刻影响，还说明了作家个人独特的文化心理在文学创作中的重要性。在创作"商州三录"（初录、又录、再录）时，贾平凹几乎同时创作了小说《商州》。《商州初录》介乎散文与笔记小说之间，通常被视为"寻根文学"的最初作品之一。在这个系列中，贾平凹开始衔接中国的叙事传统。1987年出版的明确为小说的《商州》，则更为开放地打通了与小说传统的关联。曾经有批评家准确揭示了《商州》在结构上回到以事件为基础的章回小说传统，这样的结构特征，也说明贾平凹回归小说叙事传统的尝试还是初步的，后来的《废都》在叙事结构上已经不再只以事件为基础，人物也成为叙事的中心。这样一种叙事结构上的深化和发展，到了莫言的《生死疲劳》则发挥到极致。

在很大程度上，《商州初录》《商州》都反映了小说家贾平凹的"文人"特性。同为"寻根文学"的作家韩少功则是另一条路径。我们不妨把贾平凹的这些作品称为"文人小说"。这样的特点与"寻根文学"时期阿城的小说在文体、审美特征上有异曲同工之处。我们注意到"寻根文学"作为一种思潮断断续续，而"寻根文学"也在激活优秀传统文化的过程中不断拓展和转换。这一方面与小说家的传统文化积累有关，另一方面如何在小说传统与作为小说表现对象的现实生活之间获得一种审美上的默契，对小说家是一大考验。随着现代化进程的展开，现实生活发生了剧烈的变化，召唤着作家观察、思考、把握和反映。在这个意义上，现实主义对中国当代小说家的影响是深远的。《浮躁》就是在这样的一个时间节点上出现的。尽管我们仍然可以分析出小说叙事传统、文章传统对《浮躁》的影响，但这部小说的主题、旋律和底色与前面提到的《商州初录》《商州》是不同的。《浮躁》也写世俗生活，但基调是明亮和昂扬的。写完了《浮躁》的贾平凹在困惑中思考着创作的新可能。在《浮躁》的序中贾平凹如此思考："我再也不可能还要以这种框架来构写我的作品了，换句话说，这种流行的似乎严格的写实方法对我来讲有些不那么适宜，甚至带有了那么一种束缚。""中西文化的深层结构都在发生着各自的裂变，怎样写这个令人振奋又令人痛苦的裂变过程，我觉得这其中极有魅力，尤其作为中国的作家怎样把握自己民族文化的裂变，又如何在形式上不以西方人的那种焦点透视法而运用中国画的散点透视法来进行，那将是多有趣的试验。"贾平凹在序中透露出的信息在当时未引起足够重视，其中关于突破写实的束缚、关注中西文化的深层结构的裂变，尤其是把握自己民族文化的裂变、在西方形式之外寻找中国画的散点透视法等表述，正是贾平凹经历《商州初录》《商州》等创作后，逐渐形成的文化自觉。

贾平凹意识到自己下一部作品可能不是《浮躁》的模样，这部作品就是《废都》。这部小说在尚未出版时就引起热议，出版之后则备受争议，《废都》、《废都》的争论以及《废都》的再版，关涉了近四十年文学与社会的诸多问题，其中又涉及作者、文本、读者、编辑、传播与权力话语等讨论经典何以形成的核心要素。其实，贾平凹在1990年6月出版的散文集《人迹》中的一些作品已经滋生了《废都》的精神气息，其中的单篇《人迹》便是关于社会和灵魂的"病相报告"。他在《独白》中说："人生给我的是那么残缺，生活的艺术如此遗憾？这一切难道是教育我人不仅是一个洋葱头一样有无数层壳的复杂，也同是满有皱纹的硬壳的核桃要砸方能见那如成熟大脑一样的果仁！要我接受着这一切孤独和折磨而来检验我的承受力以至于在这严酷的承受中让我获得人生的另一番快愉？！"在病态人格之外，《闲人》中"闲人"形象的出现以及贾平凹描写"闲人"时的情趣，也预示了贾平凹后来写人、写意的变化，最终在小说中出现了一个"闲人"庄之蝶。所以我说，《废都》把散文中的"闲人"形象"扩大化"了。在这里，我们不对小说文本进行详细的分析，只是想着重指出，《废都》在连接《金瓶梅》等小说叙事传统时，呈现的是九十年代文化裂变的现象，呈现的是生活在其中的文人的精神裂变现象，而这些裂变又让贾平凹的"文人性"得以发挥并弥漫在小说之中。

持续的文化转型不断重构文化现实，作家既置身其中，又参与重构。在复杂的互动关系中，作家的世界观和方法论发生了深刻的变化，创新想象中国和世界的方式，形成了新的文学秩序。当代作家中，莫言、贾平凹、王安忆、阎连科、余华、格非等人的创作，以不同的方式和特征，呈现了这些变化，为当代文学史增加了新的内容。

长篇小说写作是灵魂的死而复生

———————◎———————

　　仍然想写作的、可以被称为小说家者，在当下都面临着一个"突围"的问题。以长篇小说论，它所有的难题几乎都呈现出来，而且是文本内外都有难题。九十年代以来，重要的作家都是以长篇小说来完成自己的转型，并寻找突围之路的，比如莫言、韩少功、贾平凹、李锐、张炜、王安忆、史铁生、阎连科、格非、余华和林白等。一些作家的跟头也跌在长篇小说写作上，我们确实可以把长篇小说写作视为对小说家的"综合考试"。我们能举出一批可以用来讨论的长篇小说文本（那些失败的长篇小说通常是经不住讨论的）：《丰乳肥臀》《檀香刑》《马桥词典》《白鹿原》《九月寓言》《长恨歌》《旧址》《务虚笔记》《废都》《秦腔》《在细雨中呼喊》《受活》《花腔》《人面桃花》《妇女闲聊录》等。这些长篇小说呈现的新素质需要我们特别关注，它们是否能够为长篇小说写作带来新的内在动力，还需要观察和引导。

　　由于文学生产方式的巨大变化，长篇小说写作中的虚幻之景与嘈杂之音正在影响和改变写作者、批评者和读者的视听。长篇小说的急遽膨胀是这些年来文坛怪异的现象之一，似乎从来没有哪一个时期像今天这样，有一大批写作者以放肆的方式染指长篇小说。写作中的层次和恐惧如此之快地消失，对文体的尊重和对文字的敬畏也随之不同程度地丧失。我个人的感觉是哭笑不得。以我的阅读经验以及我对长篇小说的理解来看，一批写作者，当他们以为自己和长篇小说联系在一起的时候，其实还是远离长篇小说的，他们在"经营"长篇小说时"颠覆"了长篇小说。号称长篇小说的种种读物层出不穷，长篇小说因此成为当下文坛最为活跃的文体，这意味着一批写小说的人在不算长的时间里已经被消费主义意识形态改造成功，长篇小说的写作与出版正在逐渐沦落为一种文化符号的消费。当这种现象和当下文学的生产方式联系在一起并深刻地改变着整个文学生态时，我们不能不保持必要的清醒与警惕。

我们不妨说长篇小说写作是灵魂的死而复生，而不是技巧的要弄。这里我要特别提到"世界观"对长篇小说写作至关紧要的作用。九十年代以来当代中国的文化转向，再次考验着作家的世界观和文学观，而不是挑战技术层面上的写作能力。多年来，在我们的文学批评和创作谈中，"世界观"这个词几乎被搁置甚至是被废弃。我觉得，我们必须坦诚面对众多小说家已改变了对世界的根本看法这一事实，正是这样一个根本性的变化，许多优秀小说家才对历史与现实、世界与中国，对人性的历史和人类当下的处境等一系列重大问题有了新的认识。这个变化是天翻地覆的，小说的形态与境界也随之大变。即使是与七十年代末八十年代初中期相比，作家世界观的变化也是显著的。比如，贾平凹晚近的《秦腔》与八十年代的《浮躁》，作者对"乡土中国"和现代化的认识差异十分大；莫言的《丰乳肥臀》对战争与人性及中国现代史的理解相比于《红高粱》同样如此；我们通常把林白视作女性主义写作的代表作家，但《妇女闲聊录》的写作不能不让我们重新认识当初的一些结论；格非的《人面桃花》不仅强化了小说与叙事传统的关系，而且让我们重新判断先锋写作的历史渊源。

如果没有这样的变化，没有在变化中重新确立观察和把握世界的支点，我认为就没有莫言的《丰乳肥臀》《檀香刑》，韩少功的《马桥词典》《暗示》，贾平凹的《废都》《秦腔》，阎连科的《坚硬如水》《受活》，李锐的《旧址》《无风之树》，张炜的《九月寓言》，陈忠实的《白鹿原》，格非的《人面桃花》，李洱的《花腔》等作品。作为小说家，这些写作者都曾经在他们生活的那个世界中"死"去一次，如凤凰涅槃一般。对于在当代成长起来的中国作家而言，如果没有世界观的变化，他们只能被无法选择的历史和无法脱离的现实挤压，也就无法用长篇小说的方式拓展出一个新的人性世界。毫无疑问，我这样的表述丝毫不排斥技巧和方法，因为我的论述不是让小说家成为哲学家。相对于一大批作家浑浑噩噩的世界观而言，今天的小说写作者已经处于技术主义流行的时代，我们已经不缺少成熟的技巧。我比较担忧的是，一批写作者从来没有认真观察和思考过这个世界，也从来没有得出自己的结论，苍白的灵魂无处着落。这正是许多长篇小说空空荡荡、徒有形式的原因。优秀的小说家不仅有自己的"想法"，而且在重新获得对世界的认识之后找到了观照和把握世界的审美方式。

小说家世界观的变化同样反映在对中国叙事传统的再认识上。在对小说形式的再思考中，越来越多的小说家开始由"世界"返回"中国"，小说与叙事资源的关系问题重新引起大家思索。这一"往后退"的现象应该是中国作家回应西方现代性的必然。其实，在"寻根文学"开始之初，许多作家和批评家就开始思考当代小说的中国文化意识和审美意识问题。这个问题断断续续到今天，尽管路径不一，但大有殊途同归的迹象。我个人觉得从传统出发，而不是回到传统，正是寻求汉语写作新的可能性的途径。当年汪曾祺先生就曾经说过，只要用母语写作就不可能离开传统。如果我们能够激活传统，当代中国经验在长篇小说中就会以新的形式表现出来。这是我们共同的期待。

散文与"散文时代"

———— ◎ ————

  中国文学以诗文为正宗的传统在新文化运动、"五四"运动之后几乎被颠覆，小说逐渐成为文学的主要文体。这也改变了文学批评的取向和文学史的叙述格局，小说成为文学批评和文学史论述的中心。翻开今天的各种"中国现代文学史""中国当代文学史"教材，我们都可以看到，散文的历史几乎是文学史的点缀。相对于已经被压抑的诗歌而言，散文在文学研究中更为边缘化了。

  鲁迅先生有一个著名的判断，我们都很熟悉。他说，"五四"时期，"散文小品的成功，几乎在小说、戏曲和诗歌之上"。鲁迅先生没有论述他的这一判断，后来的学者为此很辛苦地解释。其实，有两位早就把话说得很透彻。一位是朱自清先生，他在《论现代中国的小品散文》中就说过散文如何成功："但就散文论散文，这三四年的发展，确实绚烂极了，有种种的样式，种种的流派，表现着，批评着，理解着人生的各面。迁流漫衍，日新月异。有中国的名士风，有外国的绅士风，有隐士，有叛徒，在思想上是如此。或描写，或讽刺，或委屈，或缜密，或劲健，或绮丽，或洗练，或流动，表现上是如此。"关于现代中国的小说、诗歌，尚无如此经典的叙述。鲁迅先生下了断语，朱自清先生说了成就，但这还不够，还要把郁达夫先生的话拿出来"晒"一下。郁达夫在《新文学大系·散文二集》的《导言》中指出，"'五四'运动的最大成功，第一要算个人的发见"，"以这一种觉醒的思想为中心，更以打破了械梏之后的文字为体用，现代的散文就滋长起来了"。"五四"以来，治现代文学的学者成就非凡者无数，都没有人能像郁达夫这样要言不烦地把话说透彻。

我援引这几位大师的话，并非想故意突出现代散文的成就（无疑，倘若无视"五四"和以后几年散文的成就，是不能论述中国现代文学的历史的），恰恰相反，是为了呈现现代散文衰落的过程。如果参照鲁迅、朱自清、郁达夫的"语录"，我们就不难发现现代散文何以滑坡。个人、思想、文字，这三个要素是散文的命根子。如果没有个人的发现、觉醒的思想和解放了的文字，就没有朱自清所说的"在思想上是如此""表现上是如此"的"绚烂"。三十年代以后的现代散文，虽然也不乏成就，但整体上已经没有朱自清说的那种绚烂了。而检视当代散文（准确地说是当代的现代散文），包括近些年的散文，我们究竟缺失了什么，其实是一清二楚的。之所以说不清楚，是因为我们已经忘记了"五四"一代先贤的教诲。

其实，这不只是散文的问题，也是二十世纪以来新文学的问题。如果按照个人、思想和文字这三个要素来衡量，由现代到当代，文学的兴衰都与这三者的分量多少有关。而在散文、小说、诗歌这类文体之中，散文又更直接地呈现了个人、思想和文字的魅力。在这个意义上，如果没有兴盛的散文，也就没有文学的整体繁荣。而多少年来，我们偏偏忽视了这样一个常识。无视散文和小视散文的偏见，最终妨碍了文学的大局。当代的作家，很少有人把散文的成就看得比小说重要，我读到的小说家言，好像只有汪曾祺先生说："齐白石自称诗第一，字第二，画第三。有人说，汪曾祺的散文比小说好，虽非定论，却有道理。"小说家能够自信散文好的人少，自然也就少了好的小说家。所以，我总认为，没有孤立的散文问题。

我们无法以散文来压抑小说，一代有一代之文学，现代自然是小说的天下。但天下之大，无碍散文的发展空间。换言之，世界有足够的空间让散文和小说共同发展。即便文学研究以小说为中心，但也不能忽略对散文的探讨。由是观之，现代散文理论的积贫积弱已久。而已有的散文理论批评的积累，也常常被视而不见或被歧视。这一点，从鲁迅文学奖的评奖也可看出，散文理论批评一直阙如。这是我们批评界"自残"的一种表现。回到鲁迅、朱自清、郁达夫，还有周作人、阿英等论述散文的起点上，是我们现在必须做的工作。

九十年代以来的文学界对散文和小说表现出比较轻率的态度，于是有了散文和长篇小说数量上的膨胀。我曾经呼吁写作者对长篇小说要尊重，莫言更是直言"捍卫"长篇小说的"尊严"，批评界要求紧缩长篇小说写作的声音不绝于耳。相对而言，也许散文不是文学界的主要文体，关于散文写作的批评则是零散和宽松的，而且现在越来越缺少专业的散文批评家，哪怕是给散文以一定关注的批评家。检讨写作界与批评界的责任，应当是文学生活中的一项工作。

在整体上，这些年的散文写作缺少和读者的对话关系，缺少和现实的对话关系，而写作者疏于和自己心灵的对话更是一个普遍的状况。在这一松散的状态中，散文不乏优秀之作，文体有嬗变，技巧更成熟，但疲软之态始终未有大的改观。散文的"边缘性"是相对文体的边界而言，并不是指其价值"边缘化"，目前散文的走势令人担忧。九十年代以后，文化大散文的出现，曾经给散文写作带来了新的可能和自信，也召唤了众多曾经游离于散文之外的读者。除此之外，一些体现了知识分子精神的思想文化随笔也在喧哗中发出独特的声音，这类写作可视为书写知识分子思想与情感的一种方式，而这些写作者多数是非职业散文家。一批类似文化大散文的文体和类似的写作者也随之出现，媒体和出版界乘机跟上，由此共同营造了散文写作繁荣的幻影。在文化大散文逐渐定于一尊并不可避免地式微时，散文写作的虚假影响也为世人识破。现在只有少数几个散文"幽灵"在二十一世纪文学中游荡。这一危机的出现，不仅反映了散文的艺术问题，亦暴露了散文写作者的精神局限，而这两者都与散文写作无法传承现代散文精神、无法主动探索汉语写作的新可能、无法积极应对转型期的思想危机等问题有密切关系。意识不到这些问题，散文写作的难度在一开始就被消解了，而一种没有难度的写作必定会颠覆这一文体的尊严，也妨碍这一文体的创新境界。

在文学的现实语境和市场、媒介、大众、俗世等更为贴近时，许多人把我们这个时代称为"散文时代"。其实这里的"散文"以及和它相对应的"诗"或者"史诗"并不是某种文体，而只是一种比喻。黑格尔在《美学》中提出"从史诗时代到散文时代"这一命题，形象地揭示了社会从古典到现代的转换。我在以前谈论散文的文章中曾经说过将"诗"与"散文"截然分开的局限，现在相对于"史诗时代"，我们处于"散文时代"也只是一种相对宽泛的比喻。在经历了从"史诗时代"到"散文时代"的转型之后，人文知识分子感受颇深的转型期问题之一是价值理性与工具理性的冲突。我们才刚刚遭遇现代社会不久，"后现代"的部分征候便开始出现，一双脚还没有完全踏进现代社会，又被"后现代"缠住。在我看来，中国社会转型期产生的震荡远比西方现代社会转型时剧烈和复杂，知识分子的分化、分歧和各自的内心冲突是在这一"中国问题"中产生的。而这些问题和冲突，应当是促进散文这一文体发展的力量，是散文写作的思想、精神和情感的本源。但恰恰在这些方面，散文采取了回避和掩饰的姿态。

如果再回到散文与"散文时代"的关系层面，我们也不妨说现时代确实是个可期的"散文时代"，这里所说的"散文"不是比喻，而是作为文体的散文。我们可以温习一下现代散文史上的一些论述。鲁迅曾认为"五四"时期散文小品的成就在其他文体之上，这是大家熟悉的论断。那么，为什么会有这样一个"散文时代"？周作人在1930年为沈启无《近代散文抄》作序时就说："我鲁莽地说一句，小品文是文学发达的极致，它的兴盛须在王纲解纽的时代。""在朝廷强盛、政教统一的时代，载道主义一定占势力。""一直到了颓废时代皇帝祖师等等要人没有多大力量了，处士横议，百家争鸣，正统家大叹其人心不古，可是我们觉得有许多好思想好文章都在这个时代发生。"那时没有社会转型理论，不会使用转型期这样的概念，其实，所谓"王纲解纽"便是社会转型，所谓颓废时代、处士横议、百家争鸣、人心不古之谈都是这个时代的迹象。也是在这一层意思上，周作人进一步说："小品文则又在个人文学之尖端，是言志的散文，他结合叙事说理抒情的分子，都浸在自己的性情里，用了适宜的手法调理起来，所以是近代文学的一个源头。"郁达夫在《新文学大系·散文二集》的《导言》中援引周作人前面的话并做了自己的解析："若我的猜测是不错的话，岂不是因王纲解纽的时候，个性比平时一定发展得更活泼的意思么？"郁达夫确实是个懂得散文真谛的人，他强调散文的个性，又注意到散文和现实社会的互动关系，现代散文的发展一直根植于社会现实，而且始终对公共领域的思想问题保持着敏锐的视角和言说的力量。郁达夫在《导言》中指出，"'五四'运动的最大成功，第一要算个人的发现"，

"以这一种觉醒的思想为中心，更以打破了械梏之后的文字为体用，现代的散文就滋长起来了"。我一直以为，周作人和郁达夫的这些论述既揭示了现代散文发生的动因，也阐释了散文的本体性所在，其意义不可忽略。郁达夫的分析揭示了思想文化、个人和文字三者的互动关系，更是论述现代散文的基本理论方法。由周作人和郁达夫的论述，我们对文体意义上的"散文时代"以及"散文时代"中散文何为，该有坚定的看法。事实上，鲁迅、周作人、郁达夫、朱自清那一代散文家在思想、个人的发现与文字诸多方面都显示了他们的高度和难度。严格地说，我们只有相对于"古代散文"而言的"现代散文"，"当代散文"只是"当代"的"现代散文"。尽管"今非昔比"，但现代散文的诸精神并未失去其意义。以此作为参照，我们就不难发现，当下的散文写作为何远去。

九十年代以来散文写作的再度兴起，在本质上源于当代汉语写作的危机和汉语写作中的思想危机。在经历了 1985 年前后"新时期文学"的辉煌之后，特别是进入九十年代以后，汉语写作不仅身陷危机四伏的语境，汉语写作者自身的困境也在此语境中呈现出来，这一困境比以往更为深刻与复杂。在这一背景中，任何一种文体的成绩都与突破这一危机有关，无论是好的小说还是好的散文与诗歌。与虚构的文学样式相比，散文更直接地表达了知识分子的"世界观"和"审美观"，用语言的形式反映或表现了知识分子的存在方式。如何表现、批评、讽刺、理解，如何名士、绅士、隐士、叛徒，如何缜密、劲健、绮丽、洗练、流动，都是"散文时代"中的散文作为。但正是在这些方面，我们不无失望。从这个意义上说，众多散文写作者并未真正理解何为散文以及散文何为。

散文的危机并非因为它日益增强的边缘性和公共化，究竟有多少人写作散文并不重要，究竟有多宽的文体疆域并不重要，重要的是写作者是否真正理解了散文的要素并具备散文的品质。当下的散文，在精神上缺少与现实的对应关系，现实的生动、丰富、复杂在散文中消失了，一个作者的世界观和思想的底线在散文中消失了。一个作者在写作中和现实中是构成紧张还是松散或者暧昧的关系并无合法性问题，但显然要有穿透现实的思想能力。一个散文写作者必须保持知识分子的思想风度，对社会保持警惕，不必剑拔弩张，但潜在的立场不可或缺。有没有这样的立场对散文写作来说是大不相同的。为什么一些散文作者的文字虽然漂亮甚至有些动人但最终还是从读者的心里飘忽而去？散文作者如果没有独立的思想，漂亮的文体又怎能不是一个空洞的符号？我们在现实中的处境，涉及人本的种种困境，而关注人的命运、生存意义和精神家园，是一个具有普遍性的主题，因此，散文可以回到历史、回到乡土、回到童年，但是所有的往回走和往后看，都应当是精神的重建而不是精神的消费。我赞成包括文化大散文之类的写作对历史叙事的运用，用历史叙事探究文化、生命、人性的种种形态，打开中国知识分子尘封的心灵之门和与之相关的种种是必须的；但是历史询问其实只是探究我们精神来龙去脉的一种方式，历史叙事同时应当是写作者关于自我灵魂的拷问、关于生命历史的考证、关于精神家园的构建。相对而言，散文与自然、与生态的关系日渐疏离。我们越来越缺少与自然、与生态对话的散文，文字在面对自然时已经越来越缺少敏感，越来越陌生，越来越不能抵达大自然的怀抱。我们的身体与语言文字长久没有受到阳光的照射和雨露的滋润了。而所有的这些缺失，都表明人的思想、精神、胸襟、情怀、格调等在从散文中退出，散文中已经没有了名士、绅士、隐士和叛徒。

重建文学与精神生活的联系

　　文学与精神生活的关系，并非一个新的话题，甚至几乎是老生常谈。但现在的状况常常在于，我们往往会疏忽一些常识性的问题，于是，真问题的阐释中断，而伪问题的困扰不止。在把近几十年文学作为一个整体并且置于"改革开放"的时空中加以清理时，再次提出重建文学与精神生活的联系，也许能够获得对文学在当下的真实处境和新可能的另一种理解。

　　卡尔维诺《为什么读经典》这本书中的观点早已为我们所熟知。他在给"经典"下的定义之三中说："经典作品是一些产生某种特殊影响的书，它们要么本身以难忘的方式给我们的想象力打下印记，要么乔装成为个人或集体的无意识隐藏在深层记忆中。"在给出这个定义之前，他说"这种作品有一种特殊效力，就是它本身可能被忘记，却把种子留在我们身上"，和这个定义可以联系在一起的说法是"'你的'经典作品是这样一本书，它使你不能对它保持不闻不问，它帮助你在与它的关系中甚至在反对它的过程中确立你自己"。他认为第七个定义同时适用于古代和现代经典："经典作品是这样一些书，它们带着先前

227

解释的气息走向我们，背后拖着它们经过文化或多种文化（或只是多种语言和风俗）时留下的足迹"。卡尔维诺终于说到了经典作品和"现在"的关系："它把现在的噪音调成一种背景轻音，而这种背景轻音对经典作品的存在是不可或缺的。哪怕它与占统治地位的现代格格不入，它也坚持至少成为一种背景噪音。"文学经典其实不只是文学史的论述内容，它从来都与人的精神生活相关。

精神生活的问题与时代的变化密切相关。当我们认为这个时代处于文化转型时，实际上也表达了对文学与时代关系变化的认知。在观察文学语境的社会文化空间时，我们并不否认这个时代的进步；但在这个进步的时代，"文学性"危机曾在摆脱政治意识形态的操控后有过缓解，但消费主义意识形态又让"文学性"危机呈现更加复杂的特点。九十年代以来，随着社会转型的深入，文化的复杂性更为突出，置身其中的文学虽然并未完全受制于文化转型，但受其影响之深则毋庸置疑。和今天对八十年代文学的论述不同，对九十年代以来的文学我们已经失去了用一种路径的演变来加以概括的可能。从九十年代的"人文精神"讨论，到二十一世纪的"纯文学"反思，偏颇地说大致上都是在关注文学的精神生态，关注文学介入业已变化了的公共空间的方式和可能。文学是精神生活的镜像，这是一个共识。但文学与精神生活的关系逐渐演变为一种失败的关系。我们今天的不安和焦虑，很大程度上来自文学从精神生活的退出，或者是对精神生活的影响越来越弱。当文学，无论是创作还是评论，对这个时代的精神生活无足轻重时，文学才真正地边缘化了。现在，我们已经有了这种边缘化的危险。我们一直认为文学的位置边缘化了，文学的价值没有边缘化，但是，如果文学失去对精神生活的重要影响，其价值又如何不会边缘化？

文学与精神生活的脱节，或许是现代生活独有的问题。在社会转型的大背景下，我们的文化、文学、作者与读者都处于一个在"正常"与"非常"之间的状态，关于文学状况的认识和判断也充满了矛盾。柯林伍德曾经把"一方面是生产过剩"，"另一方面是需求没有得到满足"这两种现象的并存看作"现代生活独有的问题"。在他看来，"一方面，大众对艺术、宗教和哲学的需求得不到满足；另一方面，一大群艺术家、哲学家和牧师无法为自己的商品找到市场"。而九十年代以来，这一"现代生活独有的问题"表现出更为复杂的"中国特色"。究竟是什么样的文学生产过剩？又是怎样的大众需求得不到满足？大众没有得到满足的是什么？大众如果没有接受我们所认可的文学的影响，那么他们接受了什么，又为何接受？我们从来没有认为"纯文学"的生产已经过剩，被认为过剩的是那些被当作消费的"媚俗艺术"或者大众读物。"大众"对"艺术""哲学""宗教"的兴趣转移了，有些甚至不再，而一大群"艺术家""哲学家""牧师"的产品是否具有价值又受到怀疑。即使是那些有价值的文本与大众之间的联系也存在鸿沟。

如果我们把文学秩序的变化视为一种文学的扩张和另一种文学的压缩，那么"纯文学"的空间显然被压缩了。很长一段时间以来，在我们专业范围内论述的"文学"已经越来越从社会的公共空间中退出，并越来越难以影响人们的精神生活。我们可以在文学史论述和文学评论中列举无数的我们认为可能成为"经典"的文本或者重要文本，同时我们也诟病那些被消费的读物，而被论述和评论的这些作家作品事实上更多地局限在专业人士和少数文学爱好者那里，对被我们诟病的那些读物的认识似乎又和消费这些读物的"大众"大相径庭。在此，我们暂且搁下"文学性"的差异性和精神生活的差异性，因为这样的差异，并不妨碍在一般意义上建立文学与精神生活之间的密切联系。如果我们认为九十年代以来我们并不缺少文学，但同时我们又认为消费主义意识形态促成了"媚俗艺术"，而且"媚俗艺术"受欢迎的程度远远超过"纯文学"，那我们就应当承认，文学的危机至少表现为它未能有效地抵抗"媚俗艺术"，未能与读者的精神生活建立有效的联系。这就意味着"纯文学"的被压缩，不能完全因为"他者"的原因，也与自身的状况相关。但现在我们往往习惯于指责"他者"。

"精神生活并不像一台机器那样按照固定模式进行周期性的运转，而是像一股流经山涧的溪流奔涌不息"。显然，文学在应对精神生活的变化时有些自以为是，也可能是手足无措。近几十年的文学，其实曾经有过广泛而深入地影响精神生活的历史，"八十年代文学"便是一个例证。无论今天如何评价"八十年代文学"，我们都不能不承认"八十年代文学"与人们精神生活的广泛联系，正是这样一种广泛的联系，既创造了文学的历史也参与改变了当代中国的精神面貌。"八十年代文学"与思想解放运动、新启蒙运动的关联，并未影响"纯文学"思潮的产生，也并未影响"文学回到自身"的过程。但是面对已经变化了的精神生活以及精神生活的需求时，文学的力量萎缩了。如果我们把这种萎缩归咎于市场的变化，归咎于读者的堕落，那么，我们在什么之中讨论文学，又从何处寻找我们需要的读者？公共空间变了，精神生活的单一性消失了，文学因应的方式不可能不发生变化。

在谈到文学与公共空间的关系时，人们常常设定一个前提，是用"文学的方式"而非其他方式。这样的设定包含了一种担心，即文学如果介入不当有可能重蹈覆辙。其实这样的担心是多余的。近几十年来文学"回到自身"的历史，已经昭示了文学应当以什么样的方式维护"自身"，如果我们缺少这点自信，那只能表明我们曾经的历史是虚弱的。其实，我们不必把"文学的方式"窄化。窄化的一种结果是，我们只注意了"语言"的意义，而忽略了"历史"的意义，当初从"历史"转向"语言"不可避免，今天即使不再由"语言"转向"历史"，我们也无疑兼顾了"语言"与"历史"的不同意义。作家当然主要是以作品发言，但作家在文本之外的方式，同样十分重要，而且这一点也使作家之于历史的价值大不相同。现代文学在今天已经成为历史，我们自然说鲁迅有《呐喊》《彷徨》《阿Q正传》《野草》和《朝花夕拾》，但这不是全部的鲁迅。鲁迅在文本之外的思想活动，同样赋予了鲁迅以不朽的意义，而他的思想又从来与文本写作有关。比较中国当代文学与现代文学，当代作家并不缺少技巧，缺少的是以思想介入公共领域的能力。尽管有许多作家并不喜欢给自己贴上"知识分子"的标签，但当讨论到作家与现实与人的精神生活的关系时，我们还是习惯用知识分子的标准来衡量作家。因此，如果反省自身，我们不能不承认在时代的变局中文学的思想格局、精神格局确实变小了。

文学在精神生活中影响力的衰退，与一段时间文学批评的误导和缺席有关。今天的批评界过早地学会了与创作妥协，与现实妥协，有时甚至把不痛不痒的批评视为学术的转向。不仅对文学生产进行批评的学者少见，能够通过文学批评介入公共空间问题的学者更是凤毛麟角。这和八十年代的批评有很大差异。批评的状况之所以招致不满，除了我提到的这种妥协外，很大程度上是因为学者们已经开始习惯封闭通往公共领域的路径，反而将身心安放于这些年逐渐形成的学科界限之中。我非常赞成文学批评的学院化方向，但学院化并不排斥内在于专业的社会批评。文学批评的学院化并不是思想的终结过程。已经成为导师的学者，其最大的责任变为训练学生写作硕士、博士学位论文——学位制度、学科体制日渐成熟，而文学教育的问题却越积越多。文学批评界的断层，与文学教育的这一缺陷有密切关系。文学批评和政治实践、社会经验、思想文化、精神生活等诸多领域的脱节，可能造就了某种类型的人文学者，但失去了使学生中的一部分转化成知识分子的可能。文化研究在文学批评中的影响剧增，在一定程度上是对这种脱节现象的反拨，它仍然重视文本的审美分析，但克服了以文本为中心的局限，把批评的触角引入文化的现实政治层面（那种背弃文本的美学属性、只是叙述社会文化现象的所谓文学批评也应当终止）。

要求文学批评在面对文本的同时也应当对社会生活做出自己的判断，或许也是一种冒险，正如约翰·罗所说："对于那些敢于批评的学者来说，批评通常意味着政治、经济、心理，乃至身体方面的冒险。"但这种冒险正是一个人文学者所必需的。冯友兰先生曾经引用过金岳霖先生的一段未刊稿，这段文字有这样的表述："中国哲学家都是不同程度的苏格拉底。其所以如此，因为道德、政治、反思的思想、知识都统一于一个哲学家之身；知识和德性在他身上统一而不可分。他的哲学需要他生活于其中，他自己以身载道。遵守他的哲学信念而生活，这是他的哲学组成部分。他要做的事就是修养自己，连续地、一贯地保持无私无我的纯粹经验，使他能够与宇宙合一。显然这个修养过程不能中断，因为一中断就意味着自我复萌，丧失他的宇宙。因此在认识上他永远摸索着，在实践上他永远行动着，或尝试着行动。这些都不能分开，所以在他身上存在着哲学家的合命题，这正是合命题一词的本义。他像苏格拉底，他的哲学不是用于打官腔的。他更不是尘封的陈腐的哲学家，关在书房里，坐在靠椅中，处于人生之外。对于他，哲学从来就不只是为人类认识摆设的观念模式，而是内在于他的行动的箴言体系；在极端的情况下，他的哲学简直可以说是他的传记。"[①] 这段话对于文学研究者来说，实在是一种教诲。

① 冯友兰：《中国哲学简史》，《三松堂全集》(第六卷)，河南人民出版社，2000年，第13页。

第四编

当代文学研究中的问题与方法

批评的轨迹

———— ◎ ————

对文学批评的议论不绝于耳，即便是从事文学批评的人，似乎也对自己现在的工作充满疑虑甚至不无动摇。关于批评的质疑与指责、辩解与肯定，构成了当下文学批评语境的一部分。这样的纷争，或许模糊了我们讨论文学批评的视野和支点。因此，在反思九十年代以来的文学批评时，我想，应当明确我们是基于什么层面来讨论批评的是与非，设定批评的功能与意义以及阐释批评的现状与态势。

在"文学研究"的大势中讨论文学批评是必要的途径。如果文学批评确实存在危机，不妨说，文学批评的问题也只是这些年来整个文学研究的一种征候。依据常规，可将文学研究分为理论、批评和文学史三部分，文学研究之"鼎"的三足都已经先后有些"松动"。这些年来文学理论界业已变化，关于原创性不足的批评、关于中国古代文论创造性转换的提出，甚至对"文艺学"作为一个独立的学科有无存在必要的怀疑等，都表明了理论界应对危机的努力。文学批评的思想与方法资源，相当程度上源自理论界，"纯文学"与"文学性"的再讨论，由批评界至理论界，是当下批评与理论关联的一个侧面。至于文学的历史研究与写作，这些年不断颠覆，一大批重写和复制的文学史成为当今中国学术的一个特色。对部分文学史著作或宽或严的评价，反映出对"重写"背后话语权力的逐鹿，丧失的是公允的学术标准。虽然文学史著作的写作亦可视为受"西方"影响的产物，但又夹带中国传统的影响，学术界的部分学者似乎特别看重文学史写作的至尊地位和话语权力。在今天的大学知识生产过程中，如何编写文学史、使用何种文学史，已经不是纯粹的学术和教学问题。现在写通史、断代史的热情有增无减，这些固然重要，但专题的研究则远未获得应有的重视。就当代文学史的研究与写作而言，一方面，文学史的论述显然是在当年的文学批评基础上进行的（特别是关于"新时期文学"的论述很大程度上吸收了八十年代文学批评的成就），另一方面，在当代文学研究界，文学批评的位置相对于文学史研究与写作又等而下之，文学批评在当下的学科体制中无疑没有受到应有的重视。所以说，整个文学研究其实都面临危机并且在应对危机。我们不必把文学批评的问题归咎于理论与文学史的研究状况，但文学批评与理论、文学史研究是相生相发的。文学批评在文学研究中处于表层和前列，其问题所在也就更加容易浮现出来。

文学研究秩序的重组，是文学批评转型的一个大背景，在这个大背景下，原来我们熟悉的文学批评此时开始有了种种陌生的面孔。从九十年代至今，文化语境、文学格局、知识谱系、学科体制及知识生产的方式都已经有了大的变化，这些变化深刻地影响了文学批评。从路径上说，文学批评一路转向"学院"，一路转向"媒体"，因此有了"学院批评"与"媒体批评"之分。而这两者的问题并不相同，笼统地说文学批评如何，其实是错误的。尽管这两者之间并非没有关联，但只有区分它们，才能厘清文学批评的问题所在，并有的放矢。一段时间以来，关于批评的纷争，特别是对批评的情绪化观察与表述，与视线混乱有关。在文学批评分化之前，我们曾经有一个可做统一论述的"文学批评"的历史，即八十年代的文学批评。在反思当下的文学批评时，一个明确的参照系是八十年代文学批评的繁荣与影响力。当人们在指责当下批评的无力、失语，甚至沉沦、堕落时，除了表达对文学批评的热切期待外，同时也是以八十年代的批评业绩作为参照的。在关于八十年代文学的共识中，文学一度处于社会的中心位置，而人文学科的活跃程度远超过社会科学。在这样的八十年代，文学批评与思想解放运动、文学重返自身的历程是紧密相关的。在从"文化大革命"到"新时期"的过渡中，在文学走向自觉的过程中，文学批评既承担了传达新思想、新思潮的任务，又在文学思潮的产生与引领、文本的生产以及在今天已经被视为经典或者重要作品的"初选"过程中，发挥了积极的作用。于是，文学批评既介入了文学史进程，又介入了公众的思想文化生活，当文学处于社会的中心位置时，这样的文学批评在当时获得了巨大的成功与反响。问题在于，统一论述中的八十年代文学批评已经成为历史，批评的路径一分为二，于是仅以八十年代文学批评为参照系是不够的。八十年代文学批评的意义并未消失，但八十年代和九十年代的分野已然形成。

文学在九十年代后的复杂处境已无须论述。我们几乎都认为九十年代以后文学的位置已经不处于社会中心（即通常所说的"边缘化"，是位置的"边缘化"，文学的价值或许不能说成"边缘化"，但其在社会核心价值体系中的作用已今非昔比，且受到各种因素的牵扯）。和八十年代相比，人文学科与社会科学的位置亦发生变化。一些新的因素，不仅是负面的，也有很多正面的，逐渐使文学批评在社会转型中转型。认为市场经济体制的建立、价值观的多元、经济建设的中心地位等冲击了文学写作和文学批评，其实只是对文学与转型期复杂关系的一种理解，事实上此种复杂关系已很难用"一分为二"的方法论述。我们看到，知识分子的分化、学术制度的建立，使批评家不能不重新确立自己的文化身份，重新评估文学批评的意义；西方学术译介和研究的正常化，使文学批评无法充当传达新思想、新思潮的"先锋"文体；大众文化的兴起，使对于"纯文学"的文学批评显得局限；因为社会对文学的疏离，文学批评的中介作用也逐渐消失；媒体的发达，也催生了新的批评文体；等等。诸如此类的变化，表明文学曾经拥有的功能与意义已经被颠覆，或者说新的文学批评尚处于建构阶段。面对九十年代以来文学批评的未有之变局，社会的观望与圈内的见仁见智也就在所难免。

因此，文学批评并未消失，也从未失语，但文学批评需要解决的问题则更为紧迫：批评家应当确立什么身份？文学批评究竟是何种文体？文学批评如何重建文学与大众日常生活的关系？文学批评怎样处理与作家作品的关系？文学批评自身的独立价值如何建立？这些也许是旧问题，但它们包含的意义则异于八十年代的文学批评。回应这些问题的不同方式，形成了九十年代以后文学批评的基本路径：媒体批评和学院批评。

这些年来，对媒体批评的指责有诸多合理性。从现象上看，贴近市场的批评、座谈会式的批评和广告式的批评等，使批评家们几乎声誉扫地，并且殃及整个文学批评的形象。冷静地看，问题并不在这些批评的形式，而是因为利益关系的介入、文本的草率和过度解读以及批评独立性的丧失。其实，九十年代以来，真正的媒体批评尚未形成便陷入歧途。很长时期以来，批评界对文本的选择过于宽松，对作家作品的研究过于倾心。在今天的文化秩序中，一个批评家选择介入媒体的方式不应当受到非议，这正如一个批评家拒绝媒体一样。理想中的媒体批评应当是，当书评人真正出现时，从事媒体批评的人会成为受人尊重的书评人，书评人式的批评家还是非常缺少的。

在传统的文学批评中，跟踪式的批评是常见的，而媒体的发达也为跟踪批评提供了条件。但当下写作的不确定性、非经典性，确实也动摇了许多批评家从事传统文学批评的信念。因为他们担心的是，如果那些评论的作品被淘汰，那么自己关于那些作品的评论也会成为学术的泡沫。这也是一部分曾经活跃的批评家放弃文学批评而转向研究的一种原因。而且随着学位制度的发展和成熟，在现在的学科体制中训练出来的学生们，以文学批评为职业的也越来越少。在这里，受到考验的不是跟踪的方式，而是批评家的眼光。

文学批评的学院化是另外一条路径，随之而来的是"批评"转向"研究"。粗略地说，八十年代作家协会系统从事文学批评的人远多于学院。在学术制度建立过程中，作家协会系统的批评群体不断消失。核心问题是知识生产的方式发生了变化，不在学科体制内，知识生产的权威性和影响力显然是微弱的。但这并不是今天的文学批评的全部事实，因为作家协会同样是一种权威体制，作家协会系统的批评家、文学杂志社的批评家还保持着独特的影响力。这当中，既有这一部分批评家的卓越才华对写作者的独特影响，也与这些批评家的身份有关。所以，我们不能只看到学院化，而看不到在体制式微的过程中，非学院派批评家的力量。

在学术资源重新配置中，以学科为基础的知识生产与传播过程成为主渠道，纯粹的文学批评已经失去了原先在八十年代的崇高位置，所谓"研究"也早已以学术的名义质疑了文学批评在学术上的合法性。这就是在众多而不是少数大学里，文学批评的论文不能视为规范的学术论文的一个原因。被学院吸收的批评家，或者以学者、教授身份兼任的批评家，都不能不带有这种学术体制的特色。于是，在学院派那里，文学研究是分为"长线"和"短线"的。所谓"长线"，是指文学史研究，某个领域或者专题的研究；所谓"短线"，即当下文学的研究，也即我们这里所说的文学批评。在这样的格局中，学院派的文学批评确实以文学史的背景和学理的立场为文学批评带来了新的素质。

学院派对文学批评的质疑，在于文学批评的及时性，在于阐释对象的当下性，因为有这些局限，学院派认为文学批评缺少学术性。当学院派这样选择时，学院派自身的局限也暴露出来：他们讲解经典或者等待经典的形成，但忽视了参加经典形成的"初选"，其中一些人也失去了这样的能力。而最大的悲哀在于，学院里的许多教授始终不知道教授身份其实并不决定他的研究是否具有学术性。

如果我们承认了这些道路选择的自由，那么我们始终如一需要回答的是：文学批评的独立价值何在？从这一问题出发，文学批评只会生，不会死。

"强制阐释"与当代文学研究

⎯⎯⎯⎯◎⎯⎯⎯⎯

　　反思和批判当代西方文论是重建中国文论和文学批评理论的基础之一。与此相关的，还涉及对中国古代文论、马克思主义文艺理论与批评，以及苏联文艺理论的反思。"重建"，则要清理"重建"之前的文论和批评，这涉及学术史的诸多关键问题。如果不笼统地说"扬弃"，那么，我们实际上面临很多具体问题：去除什么，接受什么，改造或者转化什么，又能再造什么。一旦深入下去，就会发现这都是难题。这也是多年来学界一直呼吁建立中国特色文艺理论和文艺批评话语体系，但又尚未建立起来的重要原因之一。无论是文化现实的诉求，还是当代文论和文学批评自身的发展，解决这些问题尤显迫切。

　　我们都意识到，与当代西方文论进行总体性的对话极其艰难。当代西方文论本身斑驳陆离，译成中文的应该只是其中一部分，而在翻译和接受中无疑有这样或那样的"误读"。这意味着，我们在和当代西方文论对话时，也有文本选择的问题，是中文版的当代西方文论，还是外文版的当代西方文论？但这些困难并不妨碍我们在深入思考的前提下，选择具有代表性的当代西方文论论著进行反思和批判，诊断出一些文论的局限和错误，这些局限和错误也许带有当代西方文论的总体性特征。正如张江先生所说，当代西方文论为当代文论的发展"注入了恒久的动力"，但"一些基础性、本质性的问题，给当代文论的有效性带来了致命的伤害"。确实，这种致命性的伤害同样存在于中国学界，"特别是在最近30多年的传播和学习过程中，一些后来的学者，因为理解上的偏差、机械呆板的套用，乃至以讹传讹的恶性循环，极度放大了西方文论的本体性缺陷"①。因此，如何概括和提炼核心缺陷的逻辑支点，对中国学者而言，仍是应该深入研究和讨论的大问题。我们一直讲跨文化对话，在很长一段时期内，我们和当代西方文论并不构成实质性的对话关系，而是"说话"和"听话"的关系，我们处于"听话"的位置上。我也曾经消极地认为，如果要"对话"，我们拿什么来对话？现在看来，在对当代西方文论已经有相当程度的接受和运用之后，提出一些质疑，应该是对话的开始。

在这个意义上，我对张江先生关于当代西方文论"强制阐释"的系列论述，给予积极的评价，并且认同张江先生的立场、方法和关于相关问题的重要阐释。这是当代中国学者对当代西方文论所存问题的一次颇具学术分量的揭示、命名和论述，是对当代西方文论进行反思和批判的有效开始，在相当程度上改变了中国学者与当代西方文论对话的疲弱状态，将对重建中国文论的路径和方法产生重要和持续的影响。尽管我们还没有足够的把握将"强制阐释"视为当代西方文论"核心缺陷的逻辑支点"，但张江先生精辟地揭示了作为当代西方文论根本缺陷之一的"强制阐释"的基本特征，是重建中国文论这一过程

---

① 张江：《强制阐释论》，《文学评论》2014 年第 6 期。

的一个重要起点。在某种程度上说，中国学界存在双重的"强制阐释"现象，一是对当代西方文论"强制阐释"的接受，二是用当代西方文论"强制阐释"中国文学。如果不局限于文论研究，拓展到中国当代文学研究领域，可以认为对当代西方文论"强制阐释"的揭示和剖析具有方法论的意义。以张江先生的思路和方法，反思中国当代文学研究，我们同样能够发现研究中的"强制阐释"问题，而这一问题与当代西方文论的"强制阐释"相关。因此，在反思当代西方文论的"强制阐释"时，需要和反思中国文学研究（尤其是中国当代文学研究，包括理论、批评和文学史）相结合。

当代西方文论"强制阐释"的特征，深刻影响了中国学者接受和运用西方文论研究中国文学的思路、方法和具体成果。这一现象的产生，如果追溯历史，应该与现代中国文论和现代中国文艺批评的建立有很大关系，或者说是现代中国文论史和现代文艺批评史的一个部分。在中国文学由古典向现代转型的过程中，现代中国文论和现代中国文艺批评基本上是受到"西学"和苏联"文艺学"的影响，中国古代文论并没有构建现代中国文论或者文艺批评理论的知识体系，提出中国古代文论的创造性转换问题是在"新时期"之后。也就是说，我们一直缺少自己的知识体系。西方"现代性"的深刻影响和中国学者的文化身份焦虑，是困扰现代中国学者的基本问题之一。对"西方"或者"苏联"文论的接受，自然与中国现代文学受西方和苏联的影响有关，现代中国文论已经在内容和形式上存在"西方"或"苏联"因素。当"中国文学"已经和"世界文学"有着这样或那样的联系时，西方文论对中国文论、文艺批评的建立和发展确实起到了积极的作用，这是我们今天讨论"强制阐释"问题时不能轻视的。但缺少自己的知识体系的学术史，无论如何是令人尴尬的。就文学创作而言，如果用母语写作，就不可能完全脱离自己的传统，脱离自己的生存方式，脱离自己的文化现实；如此，无论就学术本身的创新而言，还是就理论、批评与创作实践的结合而言，当代西方文论和批评理论不足以面对和解释中国当代文学；同样，在新的语境中，中国古代文论也不足以解释中国现当代文学。

现代中国文论和文学批评的内在矛盾和冲突，制约了中国当代文学研究。中国当代文学这一学科，最初建立在左翼文艺理论家、批评家的思路和框架之上。其中现实主义理论，特别是社会主义现实主义理论，在很长时间内既用来解释三十年代以来的左翼文艺，也用来阐释中国当代文学。这在倡导社会主义现实主义的文艺界领导周扬的文论中有鲜明的记录。冯雪峰在他的文论中，也曾经用社会主义现实主义阐释"五四"以来的文学和鲁迅的创作等。茅盾用现实主义和反现实主义的斗争解释中国古典文学，也是我们熟悉的一段历史。这些理论家、批评家对中国现代文学、当代文学都有重要的贡献，而且在他们的文论中也强调反对"教条主义"的错误，但在运用一些理论和方法时，同样犯了"教条主义"的错误。"教条主义"在某种意义上说是最严重的"强制阐释"。这表明，"强制阐释"的问题常常是不以人的意志为转移的。与之相应的是，在当代文论史、批评史上，对西方文论的解释，我们也多少进行了"强制阐释"。我曾经比较《辞海》在1979年之前的各种版本中对西方文论条目的修订，这些不同时期的条目修订有诸多强加的内容。"文化大革命"结束以后的中国当代文学研究，可以说去除了以前的"教条主义"，去除了以前的"强制阐释"。对"现实主义""社会主义现实主义"和"革命现实主义"的重新理解，构成了重写文学史的一条线索；对"现代主义"合法性的确认，又构成了重写文学史的另一条线索。这两方面的侧重点不同，当代文学史著作的基本面貌也有大的差异，突出表现在对文艺思潮的重新阐释、对作家作品的再次历史化。在这个意义上，不妨说"新时期"以来的理论和批评，是用一种"强制阐释"代替另外一种"强制阐释"。

中国当代文学研究看似繁荣的状态的背后，存在缺少自主的知识体系、话语体系的危机。这种危机并不否定接受和运用当代西方文论，但反映出西方文论阐释中国当代文学时的局限。以近几十年文学研究为例，这种局限是显而易见的。关于"新时期"以来的文学秩序，通常是以伤痕、反思、改革、寻根、先锋、写实为序的，这是典型的以时间为序的"现代性"建构方式。但事实上，在"伤痕文学"阶段，已经有了《今天》；通常认为"寻根文学"发生在1985年前后，但汪曾祺等人的小说在"反思文学"阶段就已经出现；而"寻根文学"和"先锋文学"也不是以对立的、前后更替的方式出现的。类似的"强制阐释"还出现在对具体的思潮及作家作品的研究中。用西方现代派理论，很容易解释"先锋文学"，但用来解释"寻根文学"就不那么得心应手。在八十年代逐渐形成了关于"纯文学"的观点，这样的观点在九十年代以后受到了挑战。我也是坚持"纯文学"观的学人，对大众化语境下的许多文学现象不以为然，但如果仅仅从"纯文学"的立场出发，去批评、否定一些现象，似乎又不足以解决问题。如同我们曾经用现实主义理论去否定现代主义作品一样，用"纯文学"观去解释大众文化的有效性显然值得怀疑。

重建中国文论和文学批评，无疑是一个艰巨的过程。在对当代西方文论的缺陷开始进行学理上的质疑之后，这一重建是值得期待和努力的。

作为方法的中国当代文学史料研究

———— ◎ ————

　　近几年，中国当代文学史料的整理与研究兴起，尤其是史料整理蔚然成风。少谈些主义，多研究些问题，固然是当前文学史料整理热潮产生的原因之一，更多的则与中国当代文学史学科意识的深化和学术研究的成熟有关。一些整理者和研究者个人的特质和学术兴趣也促进了史料整理与研究工作的发展。但史料意识和学科意识的强化，并不等于当代文学史研究"学术"分量的增加，并不意味着当代文学史研究的"思想"淡化具有合理性，同样也不会助长"史料的整理与研究远比当代文学史论述更有学术生命力"这样的偏见。

　　其实，当代文学研究的史料意识萌生较早，由茅盾、周扬、巴金、陈荒煤、冯牧担任顾问，并由茅盾作序的"中国当代文学研究资料"丛书，1978 年便开始筹划，中国社会科学院文学研究所、苏州大学、复旦大学等合作编纂，此后由多家出版社陆续出版。丛书大致分为作家研究专集（包括作家的生平和创作、评论文章选辑和评论文章目录索引、作家著译系年目录等）、按文体分类的综合研究资料、文艺运动和文艺论争研究资料、文学大事年表、文学期刊目录索引、当代作家作品总目索引和评论文章总目索引等。在某种程度上，这套丛书大致确定了很长一段时间当代文学研究资料的分类和编辑方式。参与筹划和编辑这套丛书的卜仲康教授，在八十年代中期谈到他最大的苦恼是，这样的研究资料是否为学术成果。这在许多大学存在分歧。三十多年过去了，这样的分歧依然存在。

相对成熟的史料整理与汇编成果是江曾培主编的《中国新文学大系1949—1976》，1997年11月上海文艺出版社出版。该"大系"凡二十集，第十九集、第二十集为丁景唐担任主编、徐缉熙担任副主编的《史料·索引卷一》《史料·索引卷二》。《史料·索引卷一》与其说是"索引"，毋宁说是常见的"文献选"。该卷分为"党和政府有关文艺问题的文献史料""中央报刊的有关社论和文艺界领导人的文章、讲话""文艺运动和文艺论争""社团史料"和"刊物史料"等五个方面以及徐缉熙编的"文学运动纪事"。这一分类和所选文献内容也是通行的文学史料选的"惯例"。相比较而言，《史料·索引卷二》作为文献的价值更为重要，它分为"著作图书编目"和"期刊编目"。"著作图书编目"收录1949—1976年出版的文艺理论、文学创作图书5000余种，按类别分为中国文学史、文学基本原理、文学研究、中长篇小说、短篇小说、散文、诗歌、戏剧、电影、儿童文学、民间文学和综合等12个部分。这是一种相对完整的文学目录。

在谈到中国当代文学史料问题时，我个人的习惯表述是"整理"与"研究"。这基于我对当代文学史料研究状况的基本判断，也陈述了我对当代文学史料研究过程的一般认识。"整理"是"研究"的前提，如果整理不是堆砌和复制，那么整理无疑带有研究的性质。事实上，对史料的收集和整理，是一种学术行为。尽管文学史料学也可视为一门独立的学科，但我觉得史料学还是服务于文学史研究的，没有孤立的史料整理与研究，史料整理与研究是和文学史研究相关联的。在中国当代文学研究领域，史料整理与研究是文学史研究的一部分。换言之，我们存在如何整理文学史料的问题，但在整理之后如何研究，同样是一个需要讨论的重要学术问题。如果把史料的整理简化为文献的汇编或者以新的分类重编文献，而忽视对现有文献是否具有史料价值的判断，忽视对史料的再挖掘、拓展和考订，那么这样的史料整理可能会为一般的研究者提供查阅资料的方便，但就学术价值而言，这只是平面上的重复，通俗地说就是"炒冷饭"。基于这样的现状谈当代文学史料学显然是苍白的。在这个意义上，我们有必要提出作为"方法"的当代文学史料研究这一问题。

由于学科的特点，中国当代文学研究者通常没有受过严格的文献学、目录学等专业训练。在历史学、哲学史研究领域，关于史料学的一般理论和方法，中国学者有诸多成果，许多重量级学者都有特别精辟的论述。在中国古代文学研究领域有成熟的文献学，与之相关的版本学、校勘学和目录学也是治古典文学者必备的专业知识。如果我们接受文献学是版本学、校勘学和目录学三者的结合，就会意识到我们需要在知识、理论和方法上补课。在借鉴和传承古典文献学时，不能以为文献学只是要求研究者收集、考订、结集、编撰、注释和出版文献，而忽视文献的整理与研究。除了"辨章学术"，还要"考镜源流"，即研究和揭示文献中的各种学术观点与思想的产生、演变和相互关系及其在文学史中的构成和价值。我个人以为，就现当代文学而言，这一点特别重要，需要史料整理与研究者具备相应的学养和价值判断能力。

在先天不足的同时，我们又面临着现代以来文学生产方式的变化，特别是新媒体的迅猛发展对文学生产方式和研究方式的影响甚至是改变。古典文献学是以考证典籍源流为主要内容的学科，而当代文学文献的内容、形式（包括载体）都出现了大的变化，古典文献学已不足以应对之。我大学时的老师潘树广教授开设"文献检索"课程，涉及版本学、校勘学和目录学等诸多领域，我们也只是学到了简单的入门知识。潘教授后来主持编撰了《中国文学史料学》，潘教授辞世后，他的助手黄镇伟、涂小马教授修订了《中国文学史料学》，融入新知。这是目前为止最为完备的贯通古今的中国文学史料学著作，它对新的史料形式（载体）也做了相当成熟的论述。史料分为文献（文字）与实物，顾颉刚先生在《史学研究入门》中谈到史学研究从实物到文献的侧重。我们做当代文学史料的整理与研究，仍然以文献（文字史料）为主，但显然要兼顾图像、影像、口述和网络文献等。当代文学生产方式的变化，无疑赋予了当代文学史料整理与研究的独特性，这是当下文学史料整理与研究的新内容。传统意义上对史料的理解，随着时代的变化而有所突破和拓展。

"史源"的局限也是当代文学史料整理中的突出问题。陈垣先生当年在北京的一些大学开设"史源学研究"课程，专门讲述史料的来源问题。由于当代社会政治、经济、文化的变化，当代作家的生存方式、创作方式和古代作家及近代作家都有大的不同，一些文化样式已经消逝或者式微，当代文学史料的"史源"远远不及传统意义上的"史源"丰富、复杂。按照"史源"的分类，文学总集、别集是最基本的史料，其次是文学活动的当事人或事件的目击者的著述，再次是文学批评和文学制度的史料。史料分布在各类史书、类书、方志、书目、家谱、年谱、档案和近现代报刊中。目前当代文学史料的史源主要是报刊发表或正式出版的作家著述（包括文集、日记、书信、回忆录、自传、访谈、口述等）、已经公开发表和出版的政治人物的讲话、党和政府文件、报刊社论，以及文学批评文章等。

　　显然，目前的当代文学史料整理大多是在做驾轻就熟的工作，其价值也应当肯定。但更为重要的是，在现有基础上挖掘"陌生"的文献，也就是说需要发现新的史料。由于政治文化的特点，许多档案尚未解密；一些史料则由于运动、管理或其他原因散佚、毁坏，这几年一些民间收藏者开始披露一些史料，有学者将这些史料称为"稀有史料"或"罕见史料"。版本问题也是近几年关注的一个话题，比如《青春之歌》《白鹿原》等作品的修改。在跨文化语境中，其他语种的译本现在看来也需要纳入版本研究中，尽管难度比较大。多年前，关于"地下诗歌"的创作时间，曾经引起争论，其核心问题是需要确证后来公开发表的、名为"地下诗歌"的作品写作时间是否在"文化大革命"时期。这一工作未有进展。"手抄本"小说作为一种现象，当代文学史也有提及，但多数论述是基于"手抄本"修订而成的公开出版的文本。以《第二次握手》为例，我所见到的"手抄本"就有两种，这两种"手抄本"在传抄过程中也出现了很多差异。作者张扬后来创作的《第二次握手》已经不是"文化大革命"时期"手抄本"的面貌。我在阅读手抄本《九级浪》时意识到，如果我们打破当代文学史只讨论公开出版物的藩篱，将《九级浪》纳入文学史考察对象，那么我们对九十年代的王朔现象和"顽主"形象就会重新评价。

　　如果编制当代文学作品"目录"，"手抄本"以及近几年有影响力的"网络文学"不能付之阙如。传统目录学关于目录的编纂和利用的基本原理与方法对史料整理与研究仍然是有效的。和古典文学已有大量的"目录"（史志书目、诗人藏书目、国家书目、地方文献目录、个人著作目录、专科目录和丛书目录等）不同，当代文学尚未建立起完整的目录。通常情况下，史料的收集与整理需要借助目录，但目前并没有相对完整的当代文学目录（一些学者做了相对完备的阶段性文学目录或文体分类目录）。除了图书目录、报刊目录外，"非书资料目录"也要合并到文学目录中。这里的"非书资料"（non-book materials），也就是现在通常所说的音像制品，如电影、纪录片、网络文献等。目录的编撰需要细心考订和鉴别，以《史料·索引卷二》为例，其文学史部分收麦啸霞著《广东戏剧史略》（广东省广州市戏曲改革委员会重印），编目者未标明重印时间，根据笔者了解，广东省广州市戏曲改革委员会于1955年以"内部资料，仅供参考"的名义重印了麦啸霞这部1940年撰写的著作。那时，广东省广州市戏曲改革委员会无法办公，《广东戏剧史略》在这个时期"重印"的可能性存疑。而《史料·索引卷二》的文学基本原理部分，编目近三十种，收录著作出版时间最早的是，由当时的天津师范学院中文系编写、天津人民出版社1971年4月出版的《革命现代京剧常识》。这一部分的编目和文学研究部分在类型上有交叉，有些著作更适合编入文学研究的目录之中，如山西长治市图书馆、长治市文化馆编印的《文艺短评》，上海人民出版社编印的《文艺评论集》，上海师范大学中文系文艺评论组编写的《短篇小说创作谈》，复旦大学、上海师范大学中文系编的《鲁迅作品分析》等。

当代作家的年谱这几年陆续出版了多种，关于作家个人的创作、活动等比较翔实，但与现代作家的年谱相比，相关作家、文学思潮、文学事件的叙述显得单薄。这些年谱中，作家是鲜明的，但时代是薄弱的。史书、方志一直是古代文学的重要"史源"，对于当代文学的重要性则小了许多。部分史书、方志涉及一些文学史料，比如《上海县志》便有《虹南作战史》的成书。政治人物的年谱或者回忆录中也有与文学相关的史料记载，比如《毛泽东年谱》等。我尚未见到当代作家家谱的出版物，目前家谱尚不在当代文学的"史源"范围。有些作家的著述如日记、书信等尚未出版（或者没有日记，也很少有书信）。当代文学口述史料并不发达，一些学者开始重视文学口述史的工作，由声音转成文字的史料逐渐增多。将口述史料纳入整理与研究中需要加强，而这一学术工作的前提首先是整理出更多的口述，而后才可能编成"口述史"。如前所述，当代文学由于其"当代"特点，史料是在不断累积的，也有一些特殊的形式或文体。比如说"编者按""卷首语""编后记""读者来信""检讨书""稿签""会议记录""稿费单"等，都是具有当代特点的史料，史料的整理目前尚未充分顾及这类文献的收集、辑录和汇编。

当我们谈及史书、方志等"史源"时，实际上已经涉及另一个问题，即当代文学史料与其他非文学史料的"关联性"问题。如果说史书、方志等只是"史源"，那么其他跨学科的史料则是理解文学史料时不可或缺的参照。任何一个时代的文学史研究大概都无法离开对政治史、思想史、学术史、文化（文学）交流史以及生活史的考察，当代文学研究尤其如此。事实上，我们的文学史研究一直牵扯到这些学科，但我们的史料整理尚未充分涉及这些学科的史料，就文学制度、思潮现象、运动论争而言，单一的文学史料不足以解释文学史进程。以文学的"内部读物"为例，我们都知道当年这些"内部读物"曾经对作家的思想转型和创作产生了影响，但是如果我们不熟悉其他学科或领域的"内部读物"，就不可能理解出版"内部读物"时的政治语境、文化生态以及当年的思想空间状况。因此，需要拓宽文学史料的"边界"。

发现、拓宽史料的范围是需要下大功夫的。对现有文献不断重复地编选，即便是以新的方式编选，虽然确实为当代文学史料的整理做了有意义的工作，但只是"存量"的盘活，而不是"增量"的获得。

史料整理包括收集、阅读、鉴别和研究，现在不仅需要拓宽和深化史料收集的范围，而且需要鉴别和研究。即便是对现有文献的整理，也需要我们通常所说的"史识"，文献的编选同样反映了编选者的价值判断。如果以为重视文学史料，是因为文学史料的整理与研究不需要学术和思想，那是极大的误解。如果某位学者被称为"史料学家"，那么他一定是既肯花工夫又有见解的学者。做史料整理与研究工作同样需要学养、思想。不是研究者赋予史料以"思想"，而是因为研究者有"思想"才能发现史料的价值，才能持续"整理"之后的"研究"。至于史料的"发现"，可能有两种：发现无用的史料，发现有用的史料。有些史料本来是没有价值的，是无用的，是在学术的演变中被淘汰了，现在有些学者会拿一些无用的史料做文章。所谓"有用"，在我看来这些史料是能够为作家作品研究、文学制度研究和文学史论述提供补充或改写的文献。

当我们意识到无论是狭义的文学批评还是广义的当代文学史研究都需要史料的支撑时，我们面临着更为复杂的学术研究问题，即史料研究如何补充、拓展、修正、改写中国当代文学史论述（包括教科书式文学史的宏观和微观的叙述与观点）。如果按照史料的内容分类，当代文学史料大致可以分为文学制度史料、文学创作史料和文学批评史料，这三者当然是有交叉的。我曾经将当代文学史著作的构成简单描述为文学制度和文学创作的综合。这些年来关于文学制度的研究成果斐然，在很大程度上丰富和改写了我们熟悉的文学史内容，现在的问题是：其一，当我们研究新发现的文学制度史料或者重新解读旧的文学制度史料时，如何调整、修订文学史的个别和整体论述，从而使文学史著作的内容有所改变；其二，文学制度的研究最终仍然要与作家创作相关联，那么制度的规定性在多大程度上影响了作家的创作？我以为，后者的研究还比较薄弱。

对文学制度和作家作品的研究，通常是通过不同时期的文学批评来完成的，因而我们需要重视作为史料的文学批评研究。这不止是文学批评史的问题，从文学史研究的角度来思考文学批评与文学史写作的关系是史料整理与研究中的又一个重要问题，即文学批评是如何影响文学史写作的。韦勒克在《文学原理》中对理论、批评、文学史三者的关系有深刻的论述，在此不赘述。文学批评对作家作品做了最初的历史化的处理，这些构成了文学史写作的基础。也就是说，文学史的论述吸收了当时文学批评的成果。这种吸收是一种选择。陈国球教授在《结构中国文学传统》中用相当的篇幅讲"结构主义与文学史"，其中介绍了布拉格学派第二代代表人物伏迪契卡的一些观点。在伏迪契卡看来，文学史家除了要了解文学结构的发展外，还要整理出文学基准的发展情况，他认为可以从三个途径获得重建基准所需的材料，其一便是文学批评。伏迪契卡说："最丰富的数据在于批评文学的言论、评论所采的观点和方法，以及指向文学创作的种种要求。"在不同时代或阶段，文学批评经常讨论作家作品，其实就是历史化、经典化的过程，而文学史著作对文学作品的阐释通常是建立在文学批评基础之上的，在这个意义上一部文学史又潜藏着一部文学批评史。在文学史的结构中，我们需要讨论文学制度的规范性或规定性以及理论和批评所强调的准则对文学作品生成的影响，对作品意义阐释和经典化的影响。因此我们需要重新理解作为史料的文学制度和文学批评的意义。

"何为文学史"与"文学史何为"的再创造

───── ◎ ─────

　　"重写文学史"已经成为常态性的学术话题和文学史写作实践，现在即便是某部重写的文学史著作新见迭出，学界也几乎是波澜不惊。这意味着一方面我们已经习惯于变动不居的文学史研究和文学史写作的秩序，另一方面不断重写的文学史著作的观念、方法等可能逐渐趋同，显示了相对稳定的状态。如果这样的情形可以确认，不妨说王德威教授主编的《新编中国现代文学史》无疑会打破一段时间以来的平静。尽管我们尚不能深入评价《新编中国现代文学史》，但王德威教授在该书之导言《世界中的中国文学》（以下简称"导言"）中，完整地阐述了他的文学史理念、方法和问题，以及他对"现代""中国""文学"和"文学史"的新见，是我们理解和评价《新编中国现代文学史》的切入点。贯穿了这些理念、方法和问题的《新编中国现代文学史》，重新讲述了"中国现代文学"的故事，呈现了中国现代文学史研究和写作新的可能性。

　　多年来，学界试图建立"学术共同体"的努力，近一段时间受到一些学者的质疑。其实，八十年代"重写文学史"的提出和三十多年学界对文学史的不断重写，都是在中西对话关系中发生的，包括吸收海外中国文学研究的理论、方法和具体成果。以中国现代小说史研究为例，夏志清《中国现代小说史》的影响毋庸置疑，虽然这部小说史在不少方面亦有可议之处。我也读到几篇批评夏志清《中国现代小说史》的文章，感觉个别批评者似乎没有完全理解这本小说史。学术上的批评并不是一件很容易的事。我以为，学界在"文化大革命"之后逐渐形成的中西对话关系，不能因为分歧的存在或其他原因而被粗暴地中断。我深感中国的文学研究需要确立主体性，也深感海外关于中国现代文学的研究存在这样或那样的问题，但我们不得不承认这样一个对话的事实，中国文学研究主体性的确立或者是中国文学批评话语体系的形成仍然需要在对话中完成，而不是画地为牢后自说自话。回溯近几十年的学术史，如果离开这样的对话关系，现当代文学研究能否有今天这样的面貌，答案显而易见。可以预料的是，王德威教授主编的《新编中国现代文学史》中译本出版后同样会受到质疑或者争论。正常的学术讨论在当下不是多了，而是少了。如果正常的学术讨论少了，非正常的现象就有可能增多。我们应当在学理上深入讨论海外汉学家研究中国文学的问题，而不是以一种"偏见"对待另一种意识形态的"偏见"。

"世界中的中国文学"就是对话关系的呈现。这里我们不涉及中西文学的比较问题，就中国文学史写作而言，"世界观念"的影响是显著的。王德威教授在导言中提到了黄人的《中国文学史》，而黄人的"始具文学史之规模"的这部文学史著作则是当年东吴大学①的国学讲义。

---

① 今苏州大学。

这本讲义在观念上受西学影响甚深，其编撰工作也是在美籍校长支持下完成的。黄人的同人，东吴大学的讲席徐允修《东吴六志》记："光绪三十年，西历 1904 年，孙校长以本校仪式上之布置，略有就绪，急应厘定各科学课本；而西学课本尽可择优取用，唯国学方面，既一向未有学校之设立，何来合适课本，不得不自谋编著。因商之黄摩西先生，请其担任编辑部主任，别延嵇绍周、吴瞿庵两先生分任其事。"除《中国文学史》外，还有《东亚文化史》《中国哲学史》等几种。我不熟悉其他领域，《东亚文化史》《中国哲学史》的讲义如能出版，可以探讨在西式大学建制中中国的文史哲作为学科是如何形成的。徐允修感慨道："窃谓孙校长以一西国人，不急急于西学之课，而惟不吝巨资编著国学课本，欲保存国粹也，其心不显然可见乎？"[①] 我引述徐允修这段文字是想说明，即便是中国学者编撰的最早的一部"中国文学史"著作，也是在西式大学产生的，但它"保存"了"国粹"。回溯这段学术史，特别值得我们注意的是，一百余年之前的黄人便曾直陈"国史"之狭隘："盖我国国史，受四千年闭关锁港之见，每有己而无人；承二十四朝朝秦暮楚之风，多美此而剧彼，初无世界观念，大同之思想。历史如是，而文学之性质亦禀之，无足怪也。"黄人提到了"世界观念"，在"分论"中又提到了"服从之文学"与"自由之文学"，以及"一国之文学"与"世界之文学"的概念。可见，最初编撰《中国文学史》时，"一国之文学"与"世界之文学"便是重要的问题，而"服从之文学"与"自由之文学"的划分，至少让我们意识到我们的学界前辈曾经是多么高明和先进。

---

① 转引自黄人《中国文学史》，杨旭辉点校本之"前言"，苏州大学出版社，2015，第 2 页。

王德威教授对晚清文学、"五四"文学、当代作家作品、中国文学抒情传统、华语语系文学的研究为中国学界所熟知，也在中国学界产生了重要影响。在一般的介绍中，王德威教授被称为学者和批评家，很少提及他的文学史家的身份。王德威教授对这几个领域的研究，大致呈现了他对中国现代文学史的理解。这些年有一个误解，似乎只有编撰了文学史才是文学史家，这可能是中国学界盛产文学史著作的原因之一。在《新编中国现代文学史》出版之前，王德威教授的一些谈话和文章，陆续透露了他新编文学史的想法、观点和方法，这篇导言则更为完整。王德威教授无疑看到了诸多文学史的问题，他甚至用一种在一些学者看来或许偏颇的方式来纠正这些问题："熟悉中国大陆文学史生态的读者对此书可能有如下的质疑。第一，哈佛版文学史尽管长达千页，却不是'完整'的文学史。一般文学史写作，不论独立或群体为之，讲求纲举目张，一以贯之。尽管不能巨细靡遗，也力求面面俱到。相形之下，《新编中国现代文学史》的疏漏似乎一目了然。鲁迅的作品仅及于《狂人日记》和有限杂文，当代文学只触及莫言、王安忆等少数作家，更不提诸多和大历史有关的标志性议题与人物、作品付诸阙如。"从导言的论述和已经读到的目录来看，这部文学史也吸收了中国大陆学界这些年研究文学史的成果，但它对已经形成的新的文学史写作模式确实是一次大的冲击。其实，不完整是一次敞开，而不是封闭；是叙述过程，而不是果断结论。正因为不"完整"，文学史写作中的诸多重要问题才得以呈现。就我个人而言，我赞成王德威这样不"完整"的处理方式，这种方式的背后是把文学史写作视为"历史化"过程中的环节，而非以"完整"的面貌终结"历史化"过程。

《新编中国现代文学史》深刻反思了"建制式"文学史，王德威教授明确希望对将中国现代文学史作为人文学科的建制做出反思："长久以来，我们习于学科建制内狭义的'文学'定义，论文类必谈小说、新诗、戏剧、散文，论作家不外鲁、郭、茅、巴、老、曹，论现象则是各色现实主义外加革命启蒙、寻根先锋，久而久之，形成一种再熟悉不过的叙述声音，下焉者甚至流露八股腔调。然而到了二十一世纪的今天，如果中国现当代文学史仍然谨守 20 世纪初以来的规范，忽视与时俱进的媒介、场域和体裁的变化，未免故步自封。回顾 20 世纪以前中国'文''文学'，我们即可知意涵何其丰富——温故其实可以知新。"其中，对"文""文类"和"文学"的重新定义并纳入被现代文学史写作通常排斥的一些文类，是这本《新编中国现代文学史》的特点之一。受西方的影响，新文学运动之后文类的四分法成为文学的基本规则，文类的范畴基本集中在小说、诗歌、戏剧和散文。在文学史写作中，通常又形成了以小说为中心的论述格局。由于中国传统的文章概念逐渐被文学代替，散文的范畴也随之缩小。尽管报告文学从散文中分离出来，但在文学史研究中几乎是被忽视的。个中原因除了报告文学自身的成就不足外，也与报告文学的"非文学性"有很大关系。杂文也是同样的命运。王德威教授主编的《新编中国现代文学史》一方面尊重这些文类的历史定位，另一方面，"本书对'文学'的定义不再根据制式说法，包罗的多样文本和现象也可能引人侧目。各篇文章对文类、题材、媒介的处理更是五花八门，从晚清画报到当代网上游戏，从革命启蒙到鸳鸯蝴蝶，从伟人讲话到狱中书简，从红色经典到离散叙事，不一而足"。因此，除了传统文类，该书也涉及"文"在广义人文领域的呈现，如书信、随笔、日记、政论、演讲、教科书、民间戏剧、传统戏曲、少数民族歌谣、电影、流行歌曲，甚至有连环漫画、音乐歌舞剧及网络漫画和网络文学。王德威教授尝试将多种"文"

和"文类"带入文学史，以为文学"现代性"带来特色的"动作"可以说是"大幅度"的。

事实上，这些年来中国学界对文、文类的定义也逐渐发生了变化。歌词、日记、随笔、新编传统戏曲、通俗文学、网络文学等一直在文学研究范围内，但由于"纯文学"的定义和四分法的限制，能够进入文学史论述范围的文类则少之又少，而整合通俗文学与"纯文学"的"大文学史"写作尚未取得突破性的进展。如果从这一层面看，王德威教授主编的《新编中国现代文学史》可以成为"大文学史"。在处理文类问题上，王德威教授一方面是突破"现代"的规则，部分回复到中国文学的传统，特别是重视文章传统，重视"文"和"史"的关系。黄人《中国文学史》中关于文学史与历史关系的论述，关于"文学之种类"的分类，是值得我们注意的。在谈到历史与文学史时，黄人说："以体制论，历史与文学亦不能组织。然历史所注重者，在事实不在辞藻，界限要自分明。惟史之成分，实多含文学性质，即如'六经'皆史也。""盖一代政治之盛衰，人事之得失，有文学以为之佐证，则情实愈显，故曰文胜则史。"黄人将文学的种类分为命、令、制、诏、敕、策、书谕、谕告、玺书等，以及诗、诗余和词余。在经历了文学观念的现代变革之后，文学的类型既敞开了也紧缩了。另一方面，王德威教授面对变动不居的文化现实，特别重视媒介、场域的变化对文体的影响，从而发现新的文类。正如他强调的那样，"这里所牵涉的问题不仅是文学史的内容范畴而已，也包括'文'与'史'的辩证关系"。"归根结底，本书最关心的是如何将中国传统'文'和'史'——或狭义的'诗史'——的对话关系重新呈现。通过重点题材的配置和弹性风格的处理，我希望所展现的中国文学现象犹如星罗棋布，一方面闪烁着特别的历史时刻和文学奇才，一方面又形成可以识别的星象坐标，从而让文学、历史的关联性彰显出来。"

在《新编中国现代文学史》的导言中，王德威教授用了"'世界中'的'中国文学'"这样的表述。这是本书的核心概念，由此确立了本书的另一种对话关系、基本问题和叙述中国现代文学史的新框架。我注意到，王德威教授没有用歌德的"世界文学"的概念，而是用了海德格尔的"世界中"这样的概念。对此，王德威教授的解释是，如果必须为《新编中国现代文学史》提出一个关键词，那么"'世界中'的'中国文学'差堪近之"。"'世界中'（worlding）是由哲学家海德格尔（Martin Heidegger）提出的一个术语，海德格尔将名词'世界'动词化，提醒我们世界不是一成不变地在那里，而是一种变化的状态，一种被召唤、揭示的存在的方式（being-in-the-world）。'世界中'是世界的一个复杂的、涌现的过程，持续更新现实、感知和观念，借此来实现'开放'的状态。""人遭遇世界，必须从物象中参照出祛蔽敞开之道，见山又是山，才能通达'世界中'的本体。"在"世界中"讨论中国现代文学，才能在相互关系中既突出"世界"的影响，也呈现"中国文学"的独特性。在王德威教授看来，中国现代文学是全球现代性论述和实践的一部分，对全球现代性我们可以持不同的批判意见，但必须正视其来龙去脉，这是《新编中国现代文学史》编撰的立论基础。

和王德威教授之前关于中国文学现代性的论述相比，导言以及《新编中国现代文学史》关于中国文学现代性的论述更为宽泛和深入。王德威教授试图讨论的问题是：在现代中国的语境里，现代性是如何表现的？现代性是一个外来的概念和经验，它仅仅是跨文化和翻译交汇的产物，还是本土因应内里和外来刺激而生的自我更新的能量？西方现代性的定义往往与"原创""时新""反传统""突破"这些概念挂钩，但在中国语境里，这样的定义可否因应"夺胎换骨""托古改制"等固有观念，而发展出不同的诠释维度？最后，我们也必须思考中国现代经验在何种程度上，促进或改变了全球现代性的传播。在这一系列问题中，我以为"在现代中国的语境里，现代性是如何表现的"这一问题是最基本的问题，而在"世界中"讨论这一问题则是基本的思路和方法。在这里，我引用欧洲科学院院士西奥·德汉文章中的一段话来补充王德威教授对这个问题的论述："海德格尔在《艺术作品的起源》一书中使用了'世界化'这一术语，之后，赛义德和斯皮瓦克提出'世界化'的世界，即用国家的权力去塑造特定的形象，不再限于欧洲人文学科所讲的故事，欧洲人应该放弃那种'我们的人文科学''我们的故事'不会成为别人的或其他国家的故事这种观点。相反，作为世界公民，我们应将人文学科中的各种故事、历史并列来看待，形成同一个世界中的各种故事，而不是将整个世界仅看作一个故事。"[①] 世界并不仅仅是一个故事，同样，中国也不仅仅是一个故事。

当王德威教授重新定义"文""文学"，重建"文"与"史"的"诗史"的对话关系，建构"世界中"的"中国文学"时，实际上展现了克服文学史写作危机的宏大抱负。文学史写作的危机，文学史建制的危机，其实是世界性的。美国学者约翰·雷乌巴渥的《全球化的文学史》曾经比较详细地呈现了文学史写作危机的历程。19世纪欧洲文学史的写作，在促进民族身份形成的同时，形成了以伊波利特·泰纳的"民族、环境和时间"三要素和黑格尔提出的以"时代精神"为

---

① 西奥·德汉：《大学为何要加大对人文学科的投入》，《探索与争鸣》2017年第5期。

依托的公式化的一体化格局。此时的欧洲文学史著作，排除少数族裔文学著作，牺牲文学作品的个性和多样性。这样的文学研究或文学史写作，受到俄国形式主义者的挑战，迪利亚诺夫将文学进化中的"文学序列"置于文学史写作的中心位置。韦勒克采纳了迪利亚诺夫的观点，他在《文学理论》一书中提出，"我们的出发点必须是作为文学的文学发展史"，文学的"内部研究"受到重视。将近二十年后，姚斯在 1967 年挑战迪利亚诺夫和韦勒克的理论，开始勾画接受理论的轮廓，通过读者的经验及其与文学作品的对话把文学和社会序列连接起来。1973 年韦勒克则在《文学史的衰落》中回应了姚斯的理论主张，虽然他置接受理论于不顾，但承认《文学理论》过于突出内部和外部研究方法的差异，并且放弃了他从迪利亚诺夫那里采纳的假设：文学史应当以内部标准为唯一依据，并且这样的文学序列构成了一种进化。1992 年戴维·帕金斯撰写了《文学史是否可能？》，他的怀疑论得到后结构主义和解构主义理论的强化，随后他对历史有机论和书写宏大历史叙事的可能提出质疑。而在帕金斯这本书出版的时候，接受理论、福柯的遗传史、新历史主义和文化史已经开创了新的文学史研究方法①。

在讨论王德威教授的《新编中国现代文学史》时，我择要介绍约翰·雷乌巴渥关于文学史观和文学史写作演变过程的叙述意在说明，如果从 1985 年"重写文学史"算起，三十余年来，中国学界的文学史写作或者文学史写作的危机，几乎是重复了欧洲学界的轨迹。"重写文学史"的思潮，在很大程度上是"以内部标准为唯一依据"的产物。

---

① 约翰·雷乌巴渥：《全球化的文学史》，《学问》，花城出版社，2016，第 96 页。

将"文学制度"研究纳入文学史写作中，则是试图填补内部研究和外部研究的鸿沟。九十年代以后，对"纯文学"的反思和文化研究的兴起，又试图把文学和社会序列连接起来，并克服专注于文本的"作品内涵"这一研究方法的偏差。在这样的轨迹中，一方面当代文学创作的宏大叙事危机不断，另一方面，文学史写作在整体上仍然是以宏大叙事的方式应对文学史宏大叙事的危机。这里呈现出来的危机是：我们有无可能以新的方式应对宏大叙事的危机。1998年谢冕、孟繁华主编的《百年中国文学总系》出版，是以新的方式应对宏大叙事危机的最初尝试。《百年中国文学总系》各卷分别选择具有代表性的文学年代呈现一个时间点上的中国文学及相关事件。这样的方法或许是受到《万历十五年》的影响，但连续性的历史叙述被搁置。而在具体的写作中，《百年中国文学总系》仍然呈现了宏大叙事的特征。

在这样的脉络中，王德威《新编中国现代文学史》的理念、方法和结构，是"摒弃连续性的历史叙述"这一学术潮流的延续和再创造。根据约翰·雷乌巴渥的介绍，"在民族文学史内部，对宏大叙事危机做出的重要应对就是摒弃连续性的历史叙述。这一潮流是由丹尼斯·霍勒（Denis Hollier）所撰写的法国文学史确立的，其方法受到广泛采纳"[①]。约翰·雷乌巴渥在《全球化的文学史》中提到了受霍勒影响的几部文学史著作，"这些文学史都用按时间排序的独立文章取代文学史连续的叙事线，其中每一篇文章都附属于某个与文学密切相关或者关系不大的历史事件的日期"。而霍勒的《法国文学》的书写方式是，"把作家、作品和主题分散到若干毫无关系的文章里，这种方式避开了历

---

① 约翰·雷乌巴渥：《全球化的文学史》，《学问》，花城出版社，2016，第96页。

史时期的划分法，试图通过缩短文章的时间跨度使更多的遭遇、相逢和变异得以发生"。"这种方法消除了规模更大的叙事，而是跳跃性地把文学与同时代的文化事件和国际事件联系起来，从而弥补这方面的损失。"① 所谓"损失"是指《法国文学》这个书名省掉了"史"字，因此损失了"历史性"。其实，书名有无"史"并不决定文学史著作有无"历史性"。

王德威教授的创造，是两种历史书写形式的融合，"重要的"和"未必重要的"多重组合，或者是"大叙述"和"小叙述"的相互参照："《新编中国现代文学史》的读者很难不注意书中两种历史书写形式的融合与冲突。一方面，本书按时间顺序编年，介绍现代中国文学的重要人物、作品、论述和运动。另一方面，它也介绍一系列柜对却未必重要的时间、作品、作者，作为'大叙述'的参照。借着时空线索的多重组合，本书叩问文学（史）是因果关系的串联，或是必然与偶然的交集？是再现真相的努力，还是后见之明的诠释？以此，本书期待读者观察和想象现代性的复杂多维，以及现代中国文学史的动态发展。"② 在"大叙述"之外，王德威教授对中国文学现代性和历史性的繁复线索和非主流形式给予了特别重视。

---

① 约翰·雷乌巴渥:《全球化的文学史》,《学问》,花城出版社, 2016, 第 97 页。

② 王德威:《"世界中"的中国文学》,《南方文坛》2017 年第 5 期。王德威教授的导言介绍,《新编中国现代文学史》由 161 篇文章组成,"笔者希望文学史所论的话题各有态度、风格和层次, 甚至论述者本人和文字也各有态度、风格和层次; 文学和历史互为文本, 构成多声部的体系。只是, 每篇文章都由一个日期和相应事件来标识。这些事件也不尽相同: 特定作品的出版, 机构(比如一个团体、一家杂志、一个出版社)的建立, 某一著名文体、主题或技巧的初现, 一项具体问题的辩论, 一个政治行动或社会事件, 一段爱情, 一桩丑闻……每篇文章的目的都是为了揭示该事件的历史意义, 通过文学话语或经验来表达该事件的特定情境、当代的(无)关联性, 或长远的意义。"

在这样的思路、理念和方法影响下，《新编中国现代文学史》不再简单地将文学史写成简单的"民族国家叙事"："《新编中国现代文学史》不刻意敷衍民族国家叙事线索，反而强调清末到当代种种跨国族、文化、政治和语言的交流网络。本书超过半数以上文章都触及域外经验，自有其论述动机。从翻译到旅行，从留学到流亡，现当代中国作家不断在跨界的过程中汲取他者刺激，反思一己定位。基于同样理由，我们对中国境内少数民族以汉语或非汉语创作的成果也给予相当关注。"这是这本文学史的"再创造"之一。王德威教授在导言中提出了两个"更为重要"："更重要的是，本书从而认识中国现代文学不必只是国家主义竞争下的产物，同时也是跨国与跨语言、文化的现象。有鉴于中国大陆和台湾的文学史囿于意识形态和文化本质主义，我们需要其他视角来揭露'中国'文学的局限和潜能。《新编中国现代文学史》企图跨越时间和地理的界限，将眼光放在华语语系内外的文学，呈现更宽广复杂的'中国'文学。""更重要的是，有鉴于本书所横跨的时空领域，我提出华语语系文学的概念作为比较的视野。此处所定义的"华语语系"不限于中国大陆之外的华文文学，也不必与以国家定位的中国文学抵牾，而是可成为两者之外的另一界面。"我个人的阅读感受是，相比于"文""文学"的重新定义，相比于"'世界中'的'中国文学'"对话关系的重建，《新编中国现代文学史》在这方面的学术探索将会对文学史写作带来更大的影响。

如何看待导言的论述和《新编中国现代文学史》的意义，我想还是援引王德威教授在导言中说的那句话："无论如何，与其说《新编中国现代文学史》意在取代目前的文学史典范，不如说就是一次方法实验，对'何为文学史''文学史何为'的创造性思考。"

后　记

　　这些年的研究和写作大致在文学史与文学批评之间，因而书名为《历史·文本·方法》。为了读者阅读的方便，我大致按照文章的内容，做了归类和编排，因而这本书有点像专题文集。

　　重读这些文章时，我自己觉得熟悉而陌生，有些想法在序言里坦陈了。现在研究当代文学，似乎是一件很困难的工作，一个批评家要在文本与世界之间建立某种联系并加以阐释，面临诸多考验。在这个意义上，我感到非常惭愧。这也是仲明兄当初邀我加盟这套书时我比较犹豫的原因之一。